KB201564

80일간의 세계일주

80일간의 세계일주

초판 1쇄 발행 | 2005. 10. 31
초판 5쇄 발행 | 2014. 11. 6

지은이 | 쥘 베른
옮긴이 | 유 영
펴낸이 | 박옥희
펴낸곳 | 도서출판 인디북

등록일자 | 2000. 6. 22
등록번호 | 제 10-1993호
주 소 | 서울시 마포구 마포대로11나길6 2층(염리동)
전 화 | 02)3273-6895 팩 스 | 02)3273-6897
e-mal | indebook@hanmail.net

ISBN 89-5856-070-3 03860

Le tour du monde en quatre-vingts jours

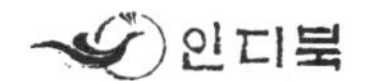

차 례

1 파스파르투와 필리어스 포그, 하인과 주인으로 처음 만나다_ 7
2 파스파르투, 마침내 이상형을 찾았다고 확신하다_ 17
3 필리어스 포그, 많은 희생을 감수해야 할 대화가 시작되다_ 25
4 필리어스 포그, 하인 파스파르투를 깜짝 놀라게 하다_ 38
5 런던 금융시장에 새로운 주식이 등장하다_ 46
6 픽스 형사, 초조함을 보이다_ 52
7 경찰이 여권의 무용성을 한 번 더 입증하다_ 61
8 파스파르투, 필요 이상으로 많은 것들을 말하다_ 66
9 홍해와 인도양이 필리어스 포그의 계획에 유리한 입지를 만들다_ 74
10 파스파르투, 신발만 잃은 것을 매우 다행스러워하다_ 84
11 필리어스 포그, 엄청난 값을 주고 탈 짐승을 사다_ 94
12 필리어스 포그와 그 일행, 인도의 밀림 속에서 모험을 하다_ 110
13 파스파르투, 행운은 용감한 자의 편이라는 걸 다시 한 번 입증하다_ 123
14 필리어스 포그, 갠지스 강의 멋진 계곡을 구경할 생각도 하지 않고 내려오다_ 135
15 돈 가방에서 수천 파운드가 또다시 빠져나가다_ 147
16 픽스, 자신이 들은 모든 것들을 모르는 체하다_ 159
17 싱가포르에서 홍콩까지 가는 도중 이런저런 일들이 벌어지다_ 169
18 필리어스 포그, 파스파르투, 픽스 각자 볼일을 보다_ 181
19 파스파르투, 주인에 대한 관심이 지나쳐 문제가 발생하다_ 189
20 픽스, 필리어스 포그와 직접 친분을 트다_ 203

21 탕카데르호 선장, 2백 파운드의 상금을 놓칠 뻔하다_ 214
22 파스파르투, 지구 반대쪽에서도 주머니에 돈이 있어야 한다는 걸 깨닫다_ 229
23 파스파르투, 코가 엄청나게 길어지다_ 241
24 마침내 태평양을 횡단하다_ 252
25 샌프란시스코의 선거 집회를 엿보다_ 263
26 태평양 철도의 급행열차를 타다_ 275
27 파스파르투, 시속 30킬로미터로 달리며 모르몬교의 역사를 듣다_ 284
28 파스파르투, 자신의 타당한 생각을 이해시키지 못하다_ 295
29 미국 철도에서만 마주칠 수 있는 다양한 사건들을 이야기하다_ 310
30 필리어스 포그, 자신의 의무를 이행할 뿐이다_ 323
31 픽스 형사, 필리어스 포그를 매우 진지하게 생각하다_ 335
32 필리어스 포그, 불운에 정면으로 맞서다_ 346
33 필리어스 포그, 탁월한 기지로 난관을 극복해 내다_ 354
34 파스파르투, 독설을 퍼부어 줄 절호의 기회를 얻다_ 370
35 파스파르투, 주인의 지시가 다시 되풀이되지 않도록 하다_ 376
36 필리어스 포그, 다시 주가를 올리다_ 386
37 필리어스 포그, 즐겁지 않았다면 세계일주를 완수하지 못했을 것이다_ 392

작품 해설_ 401

작가 연보_ 413

1
파스파르투와 필리어스 포그, 하인과 주인으로 처음 만나다

1872년, 벌링턴 가든스의 새빌로 가(街) 7번지에는 필리어스 포그 경이라는 사람이 살고 있었다. 이 집에선 한때 셰리던이 살았는데, 그는 1814년에 죽었다. 필리어스 포그는 일부러 세간의 관심을 끄는 일 따위는 절대 하지 않으려고 애쓰는 듯했다. 그럼에도 불구하고 그는 런던의 리폼클럽(1836년에 만들어진 런던 유명인사들의 사교모임)에서 가장 독특하고 주목받는 회원이었다.

필리어스 포그, 이 수수께끼 같은 인물은 영국이 자랑하는 가장 위대한 연설가 셰리던의 뒤를 이어 이 집에 살고 있었지만 사람들은 그가 매우 정중하며 영국 상류 사회에서도 가장 멋진 신사라는 것 이외에는 전혀 아는 바가 없었다.

모두들 그가 바이런(영국의 낭만파 시인으로 다리가 불구였다.)을 닮았다고 했다. 그건 얼굴을 두고 하는 말이었는데, 그도 그럴 것이 다리는 전혀 흠잡을 데가 없었기 때문이다. 이를테면 늙지 않고 천년을 살아갈, 콧수염과 구레나룻이 난 바이런,

냉정한 바이런이라고나 할까?

필리어스 포그는 영국 사람인 건 분명했지만 런던 사람으로 보긴 어려웠다. 어느 누구도 증권거래소나 은행이나 중심가의 계산대에서 그를 본 적이 없었다. 런던의 어떤 강가나 부두에도 필리어스 포그의 소유로 된 선박은 찾아볼 수 없었다. 이 신사는 어떤 행정위원회의 명부에도 올라 있지 않았고, 템플이든 링컨스인이든 그레이즈인이든 어떤 변호인 단체에서도 결코 그의 이름이 호명된 적이 없었다. 그는 고등법원에서도 형사법원에서도 교회법원에서도 결코 변론한 적이 없었고, 사업가도 중개상인도 소매업자도 농민도 아니었다. 또한 영국왕립협회에도 런던협회에도 장인협회에도 러셀학회에도 서양문학회에도 법률학회에도, 여왕이 직접 후원하는 학문예술협회에도 속해 있지 않았다. 결국 그는 영국의 수도 안에 범람하는 수많은 단체들 중 — 하모니카협회에서부터 주로 해충을 박멸할 목적으로 설립된 곤충협회에 이르기까지 — 그 어떤 곳에도 속하지 않은 인물이었다.

필리어스 포그는 리폼클럽의 회원이었고, 그게 전부였다.

그런데, 이처럼 베일에 싸여 있는 신사가 어떻게 리폼클럽 같은 명예로운 단체의 회원이 되었는지 의아스러울 테지만 그가 베어링 형제(영국의 은행가 집안으로 동인도회사를 경영하기도 했다.)의 추천으로 가입되었고, 이들로부터 공공연한 신임을 얻고 있었다는 것으로 답이 될 수 있을 것이다. 또한 그가 발행한 수표들은 늘 흑자 상태인 당좌예금을 통해 일람불로 지불되고 있어서 그는 상당한 사회적 신용을 얻고 있었다.

그렇다면 이 필리어스 포그는 부자였을까? 분명 그렇다. 그런데 그는 어떻게 재산을 모았을까? 아무리 정보에 능통한 사람이라도 이것을 알 수는 없을 것이다. 이 질문에 대한 답을 줄 수 있는 가장 적합한 인물은 바로 포그 씨 자신이다. 어쨌든 그는 돈을 낭비하지도 않았지만 그렇다고 수전노는 더더욱 아니었다. 고상하고, 유익하고, 자비로운 일을 위해 도움이 필요하다면 어디라도 말없이 조용히, 그것도 익명으로 후원하곤 했기 때문이다.

어쨌든 이 신사보다 덜 사교적인 사람은 아무도 없었을 것이다. 그는 가능한 한 거의 말을 하지 않았고, 늘 침묵을 지키고 있어 더욱 신비로워 보였다. 반면에 그의 생활은 빤히 드러나 있었다. 하지만 자로 잰 듯 항상 똑같은 일들을 반복했기 때문에 불만에 찬 상상력은 그 너머에 무엇이 있는지를 찾으려고 애썼다.

그가 여행을 한 적이 있었을까? 아마도 그럴 것이다. 그는 어느 누구보다도 더 좋은 세계지도를 갖고 있었다. 그는 가보지도 않은 멀리 떨어진 오지일지라도, 그곳에 대한 특별한 지식을 갖고 있는 듯 보였다. 가끔 클럽 안에서, 조난당한 여행자들에 관한 수많은 말들이 오고 갈 때면 짧고 명료한 몇 마디로 그걸 바로잡아 주기도 했다. 그는 거의 확실한 가능성들을 지적했고, 그의 말들은 종종 천리안을 지닌 듯 실제로 사건이 끝난 후 옳았음이 입증되곤 했다. 이로 미루어 보아 그는 세계 도처를 여행했음이 분명하다. 최소한 상상으로라도.

어쨌든 확실한 건 필리어스 포그가 아주 오래전부터 런던을 떠나지 않았다는 사실이다. 그를 좀 더 많이 알 수 있는 영광을 가졌던 사람들은, 어느 누구도 그가 자신의 집에서 클럽까지 매일 오갔을 그 곧은길이 아닌 다른 곳에서 그를 보았다고 주장할 순 없을 것이라고들 했다. 그가 즐기는 유일한 오락은 신문 읽기나 휘스트 놀이(카드놀이의 일종)였다. 말없는 그의 성격에 안성맞춤인 이 놀이에서 종종 돈을 따기도 했지만, 그 돈은 결코 그의 주머니로 들어가지 않았으며, 자선 사업에 상당한 액수를 기부하곤 했다. 분명히 주목해야 할 것은 포그 씨가 돈을 벌기 위해서가 아니라 단지 즐기기 위해 게임을 했다는 점이다. 그에게는 이 게임이 전투나 마찬가지였다. 즉 난관을 극복하기 위한 투쟁, 말하자면 몸을 움직이거나 자리를 이동할 필요도 없고 피곤함도 없는 그런 싸움으로 그의 기질에 딱 맞는 놀이였던 것이다.

필리어스 포그에게는 아내도 아이들도 없었고 — 원칙주의

자들에게는 있을 수 있는 일이다 — 친척도 친구도 없었다. 사실 이런 경우는 극히 드물었다. 필리어스 포그는 새빌로의 집에 혼자 살았으며, 이 집에는 어느 누구도 들어가지 않았다. 누구도 그의 사생활에 관해선 결코 묻지 않았다. 그의 수발을 들어줄 단 한 명의 하인이면 충분했다. 정확히 정해진 시간에 그는 클럽의 같은 장소, 같은 식탁에 앉아 — 동료들에게 식사를 대접하지도 않고 어떤 다른 사람을 초대하지도 않은 채 — 점심을 먹고, 또 저녁을 먹었다. 그리고는 정확히 자정이 되어서야 비로소 집으로 돌아왔으며, 리폼클럽이 회원들에게 제공하는 안락한 침실을 결코 이용하는 법이 없었다. 그는 하루 24시간 중 잠자는 시간과 세면하는 시간을 모두 합해 총 10시간을 자신의 집에서 보냈다. 산책을 할 때도, 일정한 걸음으로 똑같은 코스를 택했는데 바닥에 모자이크 무늬가 깔려 있는 현관의 홀이나 원을 그리듯 길게 나 있는 회랑이 그곳이었다. 회랑은 푸른 채광창들이 나 있는 둥근 돔이 덮여 있고, 붉은 반암으로 된 20개의 이오니아식 열주들이 이 돔을 떠받치고 있었다. 점심이나 저녁을 먹을 때마다 클럽의 주방, 식료품 저장실, 찬방, 생선가게, 우유보관소가 그의 식탁에 맛 좋은 식품들을 공급해 주었다. 그때마다 검은 정장을 입고 부드러운 플란넬 깔창이 깔린 구두를 신은 근엄한 표정의 클럽 하인들이 작센산 멋진 식탁보 위에 고급 자기 그릇에다 음식을 담아 내놓았다. 그가 마시는 셰리주나 포트와인 혹은 계피와 곽향과 육계를 섞은 보르도산 적포도주는 더 이상 생산되지 않는 클럽의 고급 크리스털 잔에 제공되었다. 마지막으로 그는 늘 기분 좋을 정도로 시원한 음료를 제공받았다. 이것은 클럽에서 많은 비용을 들여 미국의 호수에서 가져온 얼음 덕택이었다.

이런 환경에서 이렇게 생활하는 사람을 괴짜라고 한다면 괴팍함도 가져 볼 만하지 않은가!

필리어스 포그가 살고 있는 새빌로의 집은 호화로운 것과는 거리가 멀었고, 매우 편안한 것으로 그 진가를 나타냈다. 게다가 그 주인의 변치 않고 반복되는 일상 때문에 사실 시중들 일도 별로 없었다. 하지만 필리어스 포그는 단 한 명 있는 하인에게 시간을 엄수할 것과 극도의 규칙성을 요구했다. 10월 2일, 바로 그날, 필리어스 포그는 제임스 포스터라는 하인을 해고했다. 면도할 물의 온도를 섭씨 30도가 아닌 29도로 맞춰 가져왔다는 게 그 이유였다. 그는 11시에서 11시 30분 사이에 오기로 되어 있는 후임자를 기다리고 있었다.

필리어스 포그는 안락의자에 꼿꼿이 앉아 두 발은 열병식을 하는 병사처럼 모으고 두 손은 무릎 위에 놓은 채, 상체를 똑바로 세우고 당당한 모습으로 시곗바늘의 움직임을 주시하고 있었다. 이 시계는 시간, 분, 초는 물론 연도와 날짜까지 표

시된 정교한 시계였다. 11시 30분이 울리면 포그 씨는 평소 습관대로 집을 떠나 리폼클럽으로 향할 것이다.

이때 누군가 필리어스 포그가 앉아 있는 작은 거실의 문을 두드렸다.

해고된 제임스 포스터였다.

“새로 온 하인입니다.” 그가 말했다.

서른 살 남짓 되어 보이는 남자가 모습을 드러내더니 인사를 했다.

“프랑스인에다 이름이 존이던가?” 필리어스 포그가 물었다.

“죄송합니다만, 장입니다. 장 파스파르투(프랑스어로 ‘만능키’라는 뜻)라고 하죠.” 새로 온 남자가 말했다.

“파스파르투는 제 별명인데, 임기응변에 능한 타고난 기질 때문에 붙은 겁니다. 전 매우 정직하다고 자부합니다만, 솔직히 이전에 몇 가지 다른 일들을 했었습니다. 유랑가수로 떠돌기도 했고, 서커스단에서 곡예사로도 있었죠. 레오타르(프랑스의 곡예사)처럼 공중곡예를 하기도 했고 블롱댕(프랑스의 곡예사)처럼 줄 위에서 춤을 추기도 했고, 그다음엔 제가 가진 재주를 좀 더 유익하게 쓰려고 체조 선생이 되었죠. 마지막으로 파리에서 소방관으로 일했었는데, 몇 건의 큰 화재들이 제 이력서에도 적혀 있습니다. 하지만 지금은 파리를 떠난 지 5년이나 흘렀고, 영국에 와서는 가정적인 삶을 맛보고 싶어 하인으로 일했습니다. 그러다 얼마 전 실직하게 되었는데, 필리어스 포그 씨가 영국에서 가장 정확하고 외출을 하지 않는 사람이라는 걸 알고는 파스파르투라는 별명마저 잊어버리고 조용히 살고 싶은 생각에 이렇게 선생님을 찾게 되었습니다."

"파스파르투라는 이름이 맘에 드는군. 자넬 쓰기로 하지. 난 자네에 관해 많이 알고 있는데, 자넨 내 조건들을 좀 알고 있나?"

"네, 알고 있습니다."

"좋아, 지금 몇 신가?"

"11시 22분입니다." 호주머니 깊숙이 손을 넣어 커다란 은시계를 꺼내며 파스파르투가 대답했다.

"자넨 늦었네." 포그 씨가 말했다.

"죄송합니다만, 당치도 않은 말씀입니다."

"자넨 4분이나 지각했어. 하지만 상관없네. 얼마나 늦었는지 확인해 두는 것으로 충분해. 그러니까 지금 이 순간, 1872년 10월 2일 수요일 오전 11시 29분부터 자넨 내 하인이 되었네."

이렇게 말하고 나서 필리어스 포그는 자리에서 일어나 기계적인 동작으로 왼손으로 모자를 집어 쓰고는 한마디 말도 덧붙이지 않은 채 사라졌다.

대문 닫히는 소리가 들렸다. 집을 나간 사람은 그의 새 주인이었다. 그리고 두 번째로 대문이 닫혔다. 이번에는 선임자였던 제임스 포스터가 나가는 소리였다.

이렇게 해서 파스파르투는 새빌로 집에 혼자 남게 되었다.

2

파스파르투,
마침내 이상형을 찾았다고 확신하다

갑자기 좀 어리둥절해진 파스파르투는 속으로 말했다. '정말로 타소 부인 박물관에서 본 '호인들' 만큼이나 생기 넘치는 분이로군!'

여기서 타소 부인의 '호인들' 이란 런던에서 매우 인기 있는 밀랍 인형들로, 부족한 게 있다면 말을 못 한다는 것뿐이었다.

잠깐 동안 필리어스 포그와 몇 마디 나누는 사이에 파스파르투는 신속하면서도 꼼꼼하게 미래의 주인을 살펴보았다. 그는 마흔 살가량 되어 보였고, 고상하고 멋진 외모, 약간 살찐 몸매에 보기 싫지 않을 정도로 큰 키, 금발 머리와 금빛 턱수염, 주름살 하나 없는 반듯한 이마, 혈색이 좋다기보다는 창백해 보이는 얼굴, 게다가 매력적인 치아를 지닌 사람이었다. 그는 말보다는 행동으로 보여 주는 사람들에게 공통적으로 발견되는 자질, 즉 관상가들이 '활동 속의 정지' 라고 부르는 특성을 가장 많이 소유한 것처럼 보였다. 또한 차분하고 침착하며 맑은 눈과 무심한 시선을 지니고 있었다. 이것은 차가운 인상을 가진 영국인의 전형적인 표정으로 영국에서는 빈번히 볼 수 있는 모습이었다. 안젤리카 카우프만(스위스의 여류화가로 초상화를 주로 그렸다.)은 자신의 그림 속에 이러한 특징을 다소 학자풍으로 표현했었다. 다방면에서 살펴보건대, 이 신사는 모든 부분이 균형이 잘 잡혀 있는 르누아(프랑스의 시계 제작자)나 언쇼(영국의 시계 제작자)가 만든 정밀시계만큼이나 완벽한 존재라는 생각이 들었다. 실제로 필리어스 포그는 정확성의 화신이었다. 이것은 그의 '손과 발의 표현'을 통해 분명히 드러났다. 인간들도 동물들처럼 바로 팔다리 자체가 감정을 표현하는 기관이기 때문이다.

필리어스 포그는 수학적으로 정확한 사람이었다. 그는 결코 서두르지 않았고 언제나 준비된 상태였으며 발걸음과 움직임을 헛되이 낭비하는 법이 없었다. 늘 지름길을 이용하면서도 지나치게 큰 걸음으로 내딛지도 않았다. 또한 천장에다 시선을 두는 법도 없었고, 불필요한 그 어떤 몸짓도 용인하지 않았다. 사람들은 그가 감격하거나 불안해하는 모습을 본 적이 없었다. 그는 세상에서 가장 서두르지 않는 사람이었지만, 언제나 제시간에 도착했다. 그렇지만 그가 혼자 살았다는 것, 즉 모든 사회적인 관계로부터 자유로웠다는 점을 감안해야 할 것이다. 그는 살아가면서 사람들과의 접촉이 불가피하다는 것과 이러한 접촉이 시간을 지연시킨다는 것을 알고 있었기 때문에 어느 누구와도 관계를 맺지 않았던 것이다. 한편, 장, 그러니까 파스파르투는 파리에서 태어난 파리 사람이었다. 그러나 5년 전 영국에 머무르며 하인으로 일하기 시작한 때부터 그는 진정으로 헌신할 만한 주인을 찾았지만 허사였다.

파스파르투는 프롱탱이나 마스카리유처럼 어깨를 거만하게 치켜들고 어슬렁거리며 자신만만하고 냉담한 시선을 던지는, 그저 우스꽝스런 파렴치한들에 불과한 그런 부류는 전혀 아니었다. 절대 그렇지 않았다. 파스파르투는 정직한 하인이었다. 언제라도 맛을 보거나 남을 구슬릴 준비가 되어 있는 약간 튀어나온 입술이 눈에 띄긴 했지만 그의 외모는 전체적으로 호감 가는 인상이었다. 또한 누구나 친구로 삼고 싶어할 만큼 원만해 보이는 둥근 얼굴에다가 상냥하고 남을 잘 돕는 그런 성품이었다. 푸른 눈과 생기 넘치는 얼굴빛에 얼굴은 살이 쪄서 스스로 볼을 볼 수 있을 정도였고, 딱 벌어진 가슴에 강한 근육질의 건장한 체격을 갖고 있었다. 게다가 헤라클레스와 같은 힘의 소유자였다. 그의 갈색 머리카락은 삐죽삐죽 솟아 있었는데, 고전 시대의 조각가들이 미네르바(그리스 신화에 나오는 전쟁과 지성의 여신)의 머리카락을 정돈하는 데 18가지 방식을 알고 있었다면, 파스파르투는 단 한 가지 방법, 즉 얼레빗으로 세 번 빗는 것밖에는 알지 못했다.

이 하인의 외향적인 성격이 필리어스 포그의 성격과 잘 맞는지에 대한 판단은 좀 더 신중해야 할 것이다. 파스파르투는 과연 그의 주인이 필요로 하는 그런 정확한 하인일까? 그건 지켜보아야 알 수 있을 것이다. 앞서 말했듯 그는 파란만장한 젊은 시절을 보낸 후 조용히 휴식을 취하길 원했다. 주변에서 영국인의 절도 있는 생활과 영국 신사들의 널리 알려진 냉정함을 칭찬하는 걸 듣고 그는 행운을 찾아 영국으로 왔다. 그러나 지금까지 운명은 그에게 그리 순탄치 못했다. 그는 어느 곳에도 정착할 수 없어 열 곳이나 집을 옮겨 다녔다. 가는 집마다 주인은 변덕스럽고, 불공정하고 모험을 좇는 떠돌이들이었다. 파스파르투는 더 이상 그런 사람들의 시중을 들 수가 없었다. 그가 가장 최근에 섬겼던 젊은 롱스페리 경은 하원의원이었는데, 헤이마켓(런던의 번화가)의 굴 요리 전문점에서 밤을 지샌 후 경찰들의 어깨에 실려 돌아온 적이 한두 번이 아니었다. 무엇보다 자신의 주인을 존경하기를 원했던 파스파르투는 조심스러웠지만 정중하게 몇 차례 충고를 했다. 주인은 이를 달갑게 받아들이지 않았고, 그는 해고되고 말았다. 그때 필리어스 포그 경이 하인을 구한다는 사실을 알았다. 그는 이 신사에 관한 자세한 사항들을 조사했다. 무엇보다 생활이 매우 규칙적이고, 결코 외박하는 법이 없으며 여행은커녕

단 하루도 집을 비우지 않는 이 신사는 그에게 꼭 맞는 사람이었다. 그다음 자신을 소개하고 이 집의 하인으로 채용된 건 앞서 말한 바와 같다.

11시 30분이 울렸을 때 파스파르투는 자신이 새빌로의 집에 혼자 있다는 사실을 깨달았다. 곧 그는 이 집을 조사하기 시작했고, 지하실에서부터 다락까지 두루 살펴보았다. 깨끗하고, 질서 있고, 엄숙하고, 청교도적이며 시중을 들기 위한 모든 것이 체계적으로 정돈되어 있는 이 집이 마음에 꼭 들었다. 그가 보기엔 근사한 달팽이집 같았다. 말하자면 가스로 조명과 난방이 해결되는 달팽이집으로, 탄화수소가 집 안의 모든 등과 난방을 위해 충분했던 것이다. 파스파르투는 3층에서 자신이 쓰게 될 방을 어렵지 않게 찾았다. 마음에 드는 방이었다. 전기 종들과 통화관들이 중이층과 이층으로 연락을 취할 수 있도록 되어 있었다. 벽난로 위에 있는 전기 시계는 필리어스 포그의 침실에 있는 것과 똑같았다. 심지어는 초침까지도 똑같이 움직였다.

'바로 이거야, 내게 딱 어울리는군!' 파스파르투는 속으로 말했다.

그는 자신의 방 시계 위에 붙어 있는 설명서를 눈여겨보았다. 그것은 매일 시중들어야 할 일들을 적어 놓은 일정표였다. 거기엔 먼저 필리어스 포그가 규칙적으로 일어나는 아침

8시부터 리폼클럽에서 식사를 하기 위해 집을 떠나는 11시 30분까지 해야 할 모든 세부사항이 적혀 있었다. 8시 23분 : 차와 토스트, 9시 37분 : 면도할 물, 10시 20분 전 : 머리 손질 등, 다음으로 아침 11시 30분부터 이 절도 있는 신사가 잠자리에 드는 자정까지의 모든 사항들이 기록되고 예정되고 규정에 맞춰져 있었다. 파스파르투는 즐거운 마음으로 각각의 조항들을 머릿속에 깊이 숙지했다.

새 주인의 옷장은 온갖 종류의 옷들이 완벽하게 구비된 채 잘 정돈되어 있었다. 바지, 예복 혹은 조끼에는 종류별로 순번이 붙어 있었고, 꺼내고 들여놓은 것들을 알 수 있도록 만든 출납부에도 이 번호들이 기록되어 있었다. 이 출납부는 계절에 따라 언제 이 옷들을 입어야 하는지를 말해 주고 있었다. 심지어 신발들도 이같은 방식으로 정렬되어 있었다.

새빌로의 집은 유명했다. 물론 방탕했던 셰리던이 살았던 시절에는 분명 무질서의 온상이었을 테지만, 지금은 안락한 가구들이 더없는 여유로움을 보여 주고 있었다. 이 집엔 서재도 책도 없었는데, 사실 포그 씨에겐 이런 것들이 필요 없었다. 왜냐하면 리폼클럽에 있는 두 개의 도서관을 — 하나는 문학 서적, 또 하나는 정치 서적들이 구비된 — 마음대로 이용할 수 있었기 때문이다. 침실에는 도난이나 화재를 막을 수 있도록 만들어진 보통 크기의 금고가 하나 있었다. 집 안에 무기는 전혀 없었고, 사냥이나 전투용 도구들도 보이질 않았다. 이 집의 모든 것은 가장 평화로운 일상의 모습 그대로였다.

집 안을 세밀하게 살핀 후 파스파르투는 만족스러운 듯 두 손을 비볐다. 그는 커다란 얼굴을 활짝 펴며 유쾌하게 떠들어 댔다.

"딱 좋군! 이게 바로 내 일이야! 주인님과 난 찰떡궁합인 것 같아! 규칙적이고 집 안에 틀어박혀 있기를 좋아하는 사람이라니! 진짜 기계로군! 좋아, 이제부터 난 기꺼이 이 기계를 섬길 거야!"

3
필리어스 포그,
많은 희생을 감수해야 할 대화가 시작되다

필리어스 포그는 11시 30분 새빌로의 집을 떠나 오른발 575번, 왼발 576번을 내디딘 후 팰맬 가에 우뚝 솟아 있는 거대한 건물, 리폼클럽에 도착했다. 이 건물은 짓는 데 적어도 3백만 파운드 이상이 들었다고 한다.

필리어스 포그는 곧 식당으로 향했다. 이 식당의 아홉 개의 창문은 멋진 정원 쪽으로 열려 있었다. 정원에 심어진 나무들은 이미 가을 황금빛으로 물들어 있었다. 그는 평소처럼 자신의 식기가 준비되어 있는 정해진 식탁에 자리를 잡았다. 그의 식사는 오르되브르(전채요리), 최고급 '리딩 소스'를 곁들인 생선찜, 버섯 양념을 가미한 진홍색 로스트비프, 대황과 구스베리로 속을 채운 케이크, 체스터치즈로 이루어져 있었고, 식사하는 동안 리폼클럽 주방에서 특별 주문한 훌륭한 차를 몇 잔 곁들였다.

12시 47분, 이 신사는 자리에서 일어나 휴게실로 향했다. 휴게실은 호화로운 액자에 끼워진 그림들이 걸려 있는 크고 화려한 방이었다. 하인이 아직 페이지가 잘리지 않은《타임》지를 건네주었다. 필리어스 포그는 곧 신문을 펴고 매우 정확한 손놀림으로 잘라 나갔다. 그 솜씨로 보건대 이 어려운 일에 매우 숙달되어 있는 것 같았다. 3시 45분까지 그는 이 신문을 읽어 나갔다. 그다음에는《스탠더드》지를 펼쳤고 독서는 저녁 식사 때까지 이어졌다. 저녁 식사는 점심과 똑같은 조건에서 '로열브리티시 소스'가 첨가되었다.

6시 20분 전, 이 신사는 휴게실로 다시 들어와《모닝 크로니클》지를 탐독했다.

30분 후 리폼클럽의 다양한 회원들이 입장했고, 석탄이 타고 있는 벽난로 근처로 모여들었다. 이들은 필리어스 포그와 마찬가지로 휘스트 놀이에 빠져 있는 게임 파트너들로, 엔지니어 앤드류 스튜어트, 은행가인 존 설리번과 새뮤얼 폴런틴, 양조업자 토머스 플래너건, 영국은행 이사 중 한 명인 고티에 랠프가 그들이었다. 재계와 금융계의 최고 명사들만을 회원으로 받아들이는 이 클럽에서도 이들은 모두 부유하고 존경받는 인물들이었다.

"그런데 랠프, 이번 강도 사건은 어찌 돼 가지?" 토머스 플래너건이 물었다.

"글쎄, 영국은행이 손해를 좀 보게 되겠지." 앤드류 스튜어트가 대답했다.

“아니, 그 반대일세. 그 도둑은 곧 잡힐 걸세. 아주 유능한 형사들이 미국과 유럽의 주요 항구에 파견되었으니 그자가 포위망을 빠져나가긴 어려울 거야.” 고티에 랠프가 말했다.

“하지만 그 도둑의 인상착의는 나왔는가?” 앤드류 스튜어트가 물었다.

“무엇보다, 그는 도둑이 아닐세.” 고티에 랠프가 진지하게 대답했다.

“5만 5천 파운드의 은행권을 훔쳐 달아났는데, 도둑이 아니라고?”

“분명 도둑이 아닐세.” 고티에 랠프가 대답했다.

“그럼, 사업가란 말인가?” 존 설리번이 말했다.

“《모닝 크로니클》에선 이자를 신사라고 단언했더군.”

이 말을 던진 사람은 바로 필리어스 포그였다. 주변에 수북이 쌓여 있던 신문 더미 사이로 얼굴을 비죽 내밀며 그가 말했던 것이다. 이 말과 동시에 필리어스 포그는 동료들에게 인사를 했고 동료들도 답례를 보냈다. 화제가 되고 있는 이 사건은 3일 전 9월 29일에 발생했는데, 영국의 여러 신문들은 이를 두고 열띤 논쟁을 벌이고 있었다. 5만 5천 파운드라는 거액의 은행권 뭉치가 영국은행 출납계장의 책상에서 사라져 버렸던 것이다.

어떻게 이런 범행이 그토록 쉽게 일어날 수 있었는지 의아해하는 사람들에게 은행 부총재인 고티에 랠프는 돈이 없어진 바로 그 순간, 그 출납원은 3실링 6펜스의 수익을 기입하느라 정신이 없었고, 사람의 눈이 동시에 모든 걸 다 볼 순 없는 거라고만 대답했다.

여기서 이 사건을 보다 잘 이해하기 위해 한 가지 주목할 사실은 '영국은행' 이라는 이 훌륭한 기관은 고객의 자존심이 다치지 않도록 극도로 신경을 쓰고 있다는 점이다. 이곳엔 경비원도 퇴역군인도 철망도 전혀 없었고, 금, 은, 지폐들이 여기저기 놓여 있었다. 말하자면 먼저 보는 사람이 임자였던 것이다. 따라서 지나가는 고객을 무턱대고 의심할 순 없는 노릇이었다. 영국인의 관습을 면밀히 관찰했던 어떤 사람은 이런 이야기를 들려주었다. 언젠가 영국은행에서 거의 7 내지 8파운드 무게의 금괴가 출납계원의 책상 위에 아무렇지도 않게 놓여 있는 걸 보고 깜짝 놀란 적이 있었다는 것이다. 그는 이 금괴를 집어 들고 살펴본 후 옆 사람에게 건넸고, 그 사람은 또 옆 사람에게 건네고, 이런 식으로 금괴는 손에서 손으로 전달되어 결국 어두침침한 복도 끝까지 가게 되었고, 결국 30분 만에 제자리로 돌아왔다는 것이다. 그런데도 그사이에 출납계원은 고개를 들 생각조차 않더라는 거였다.

그러나 9월 29일의 상황은 이와는 완전히 딴판으로 전개되었다. 분실된 은행권 다발은 돌아오지 않았다. 은행 안에 걸려 있던 대형 벽시계가 5시 마감 시간을 알렸을 때 영국은행은 손익 대조를 통해 5만 5천 파운드의 손실을 감수할 수밖에 없었다.

이 도난 사건은 정식으로 접수되었고, 경찰과 형사들 중 가장 노련한 자들이 선발되어 리버풀, 글래스고, 르아브르, 수에즈, 브린디시, 뉴욕 등 각지의 주요 항구로 파견되었다. 이들에겐 범인을 잡을 경우 상금으로 2천 파운드에다 환수될 액수의 5%를 주겠다는 약속이 있었다. 이 수사관들은 즉각 착수된 수사에서 나올 정보들을 기다리며 출입하는 모든 여행자들을 철저히 조사해야 할 임무를 띠고 있었다.

그러나 《모닝 크로니클》에서도 지적했듯, 범인은 영국의 어떤 범죄 단체에도 속해 있지 않을 가능성이 있었다. 9월 29일 사건 당일, 옷을 잘 차려입은 예의 바르고 기품 있는 한 신사가 범행 현장인 출납계 사무실을 왔다갔다하는 모습이 사람들 눈에 띄었다. 수사 결과 이 신사의 인상착의가 꽤 정확하게 작성되었다. 이것은 곧 영국과 유럽에 파견되어 있는 모든 형사들에게 보내졌다. 이런 이유로 고티에 랠프와 같은 몇몇 사람들은 범인이 도망가지 못할 것이라고 낙관했던 것이다.

모두들 짐작하듯, 이 사건은 런던뿐 아니라 영국 전체에 걸쳐 세간의 관심사가 되었다. 사람들은 모이기만 하면 이 문제에 관해 토론을 벌였고, 수도 경찰의 성공 가능성 여부를 두고 열띤 논쟁을 벌이곤 했다. 따라서 리폼클럽 회원들이 이 문제로 열을 올리는 건 당연하며, 더군다나 피해 당사자인 영국은행의 부총재가 이들 중에 끼어 있으니 더 말해 무엇하랴!

고티에 랠프는 약속된 포상금이 수사관들의 열정과 통찰력을 더욱 자극할 것임을 확신하며 수사 결과를 추호도 의심하려 들지 않았다. 그러나 동료인 앤드류 스튜어트의 견해는 달랐다. 따라서 플래너건 앞에 스튜어트, 필리어스 포그 앞에 폴런틴이 마주 보며 휘스트 테이블에 앉은 후에도 논쟁은 지속되었다. 게임이 진행되는 동안에는 말이 없었다. 그러나 2선승제 게임에서 잠시 쉬는 사이 중단되었던 대화는 더욱 격렬하게 불붙곤 했다.

"난 범인이 도망갈 가능성이 높다고 보네. 그자는 분명 능수능란한 재주를 가진 게 틀림없어!" 앤드류 스튜어트가 말했다.

"천만에! 이 지구상에 그자가 도망갈 곳은 단 한 군데도 없어." 랠프가 대답했다.

"설마!"

"그럼, 그자가 어디로 갈 것 같은가?"

"그거야 알 수 없지, 어쨌든 지구는 광대하니까." 앤드류 스튜어트가 대답했다.

"예전엔 그랬었죠." 필리어스 포그가 낮은 목소리로 말했다. 그리고는 토머스 플래너건에게 카드를 건네주며 덧붙였다. "당신 차례요."

논쟁은 게임이 진행되는 동안 또다시 중단되었다. 그러나 곧 앤드류 스튜어트가 말문을 열었다.

"아니, 예전이라니! 그럼, 지금은 지구가 갑자기 줄어들기라도 했다는 얘기요?"

"그럴지도 모르지." 고티에 랠프가 대답했다. "그 점에 대해선 포그 씨의 견해가 옳다고 보네. 지구는 분명 줄어들었어. 지금은 백 년 전보다 열 배나 빨리 지구를 돌 수가 있거든. 따라서 우리가 논쟁을 벌이고 있는 이 사건도 이런 이유로 수사가 더 빨리 이루어질 수 있다는 얘기지."

"그건 범인도 마찬가지일세. 그만큼 더 쉽게 도망갈 수 있다는 뜻이니까!"

"스튜어트 씨, 당신 차례요." 필리어스 포그가 말했다.

그러나 의심 많은 스튜어트는 인정하려 들지 않았고 게임이 끝나자 다시 말을 이었다.

"랠프 씨, 지구가 줄어들었다는 말은 좀 우스꽝스럽게 들리는군요. 지금 우리가 석 달 안에 세계일주를 할 수 있다 해도……."

"단지 80일이면 가능하죠." 필리어스 포그가 말했다.

"실제로도 가능해요." 존 설리번이 덧붙였다. "왜냐하면 로탈에서 알라하바드까지의 구간이 '인도반도 철도'에 의해 개통되었기 때문이죠. 여기 《모닝 크로니클》에 실린 계산서가 있소."

런던에서 수에즈까지, 몽스니와 브린디시 경유, 철도와 여객선	7일
수에즈에서 봄베이까지, 여객선	13일
봄베이에서 캘커타까지, 철도	3일
캘커타에서 홍콩까지(중국), 여객선	13일
홍콩에서 요코하마까지(일본), 여객선	6일
요코하마에서 샌프란시스코까지, 여객선	22일
샌프란시스코에서 뉴욕까지, 철도	7일
뉴욕에서 런던까지, 여객선과 철도	9일
합계	80일

"정말 맞군, 80일이야!" 앤드류 스튜어트가 소리쳤다. 그는 잠시 집중력을 잃고 강한 패를 뽑고 말았다. "하지만 나쁜 날씨라든가 역풍, 조난사고, 철도의 탈선 등은 고려하지 않았다는 걸 감안해야지."

"모두 포함해서 그렇소." 게임을 계속하며 필리어스 포그가 대답했다. 논쟁은 이제 휘스트 게임은 안중에도 없이 불이 붙어 갔다.

"하지만 인도인들이나 인디언들이 철로를 치워 버리거나 기차를 멈추게 하고, 화물칸을 약탈하고, 승객들에게 상해를 입힌다면 어쩔 테요?" 앤드류 스튜어트가 소리쳤다.

"모두 감안한 계산이오." 필리어스 포그가 대답했다. 그는 이겼다고 확신하듯 자기 패를 내밀며 덧붙였다. "으뜸패 둘이오."

자기 차례가 된 앤드류 스튜어트가 카드를 모으며 말했다. "이론상으로는 포그 씨의 말이 맞습니다. 그러나 현실에서는 항상……."

"현실에서도 마찬가지요, 스튜어트 씨."

"그럼, 한번 증명해 보시죠."

"그건 당신 마음먹기에 달려 있지. 같이 떠납시다."

"맙소사! 난 이런 조건에서 여행이 불가능하다는 쪽에 4천 파운드를 걸겠소." 스튜어트가 소리쳤다.

"그럼, 난 반대로 가능하다는 쪽에 걸겠소." 포그 씨가 대답했다.

"좋소, 그럼 해 보시오."

"80일 만에 세계일주를?"

"그렇소."

"잘 됐군요."

"언제 떠날 거죠?"

"지금 즉시."

"말도 안 되는 소리!" 앤드류 스튜어트가 소리쳤다. 그는 동료의 고집에 화가 치밀기 시작했다. "자, 자, 진정하고 게임이나 계속 합시다."

"그렇다면, 다시 하시오. 패를 잘못 돌렸소." 필리어스 포그가 대답했다.

앤드류 스튜어트는 흥분된 손으로 카드를 다시 집어 들었다. 그리고는 갑자기 이것들을 탁자 위에 놓으면서 말했다.

"좋습니다. 포그 씨, 당신 말대로 하죠. 4천 파운드를 걸겠소."

"이보게, 스튜어트, 진정하게." 폴런틴이 말했다. "설마, 진담은 아니겠지?"

"한번 말을 내뱉었으면 그만일세." 스튜어트가 대답했다.

"좋소!" 포그 씨가 말했다. 그리고는 동료들 쪽으로 몸을 돌리며 "지금 베어링 형제 은행에 2만 파운드의 예금이 있는데, 난 기꺼이 이 모든 걸 걸겠소."라고 말했다.

"2만 파운드라니!" 존 설리번이 외쳤다. "예기치 못한 지체 때문에 2만 파운드를 날려 버릴 수도 있소!"

"예상치 못한 일이란 없는 법이오." 필리어스 포그가 딱 잘라 대답했다.

"하지만 포그 씨, 80일이라는 기간은 계산상으로 최소한의 시간일 뿐이라구요!"

"잘만 이용하면 최소한의 시간으로도 충분하오."

"하지만, 그 시간을 초과하지 않으려면 철도에서 정기여객선으로 또 정기여객선에서 철도로 한 치의 오차도 없이 뛰어넘어야 하오!"

"틀림없이 그렇게 할 거요!"

"농담 마시오."

"정직한 영국인은 결코 농담을 하지 않소. 특히 내기까지 걸며 호언장담을 했을 땐 말이오." 필리어스 포그가 대답했다. "난 누구하고라도 80일 혹은 더 빠른 시일 내에, 다시 말해서 1,920시간, 115,200분 이내에 세계일주를 완수할 것이라는 데 2만 파운드를 걸었소. 받아들이겠소?"

스튜어트와 폴런틴, 설리번, 플래너건, 랠프는 잠시 서로 상의한 후 대답했다.

"좋소."

"좋소, 8시 45분에 떠나는 도버행 열차가 있으니 그걸 타겠소." 필리어스 포그가 말했다.

"오늘 저녁에 말이오?" 스튜어트가 물었다.

"바로 오늘 저녁이오." 필리어스 포그가 대답했다. 그리고는 휴대용 달력에서 날짜를 확인한 후 덧붙여 말했다. "그럼,

오늘이 10월 2일 수요일이니까 12월 21일 토요일 저녁 8시 45분, 런던에 그것도 리폼클럽의 바로 이 휴게실로 돌아와야 하는 셈이오. 만약 돌아오지 못한다면 베어링 형제 은행의 내 구좌에 예치된 2만 파운드는 당연히 당신들의 몫이 될 테니까. 여기 같은 액수의 수표가 있소. 잘 보관하시오."

여섯 명은 이처럼 즉석에서 내기 계약서를 꾸미고 사인을 했다. 필리어스 포그는 줄곧 침착함을 잃지 않았다. 분명한 건 그가 이기기 위해 이번 내기를 제안하고, 자신의 전 재산 중 절반에 해당하는 2만 파운드를 걸었던 건 아니라는 점이다. 그는 벌써 실행 불가능한 건 아닐지라도 몹시 어려운 이 일을 성공적으로 수행하려면 나머지 절반의 재산을 다 써야 할 것임을 예상하고 있었다. 그의 상대들은 다소 흥분된 것처럼 보였다. 그것은 이 내기에 걸린 액수 때문이 아니라 이런 조건에서 내기를 한다는 게 어쩐지 정정당당하게 느껴지지 않았기 때문이다.

이때 7시가 울렸다. 동료들은 포그 씨가 출발 준비를 할 수 있도록 휘스트 게임을 여기서 그만 끝내자고 제안했다.

"난 항상 떠날 준비가 되어 있으니 걱정 마시오!" 태연스럽게 대답하고는 카드를 돌리며 말했다. "난 다이아몬드요. 스튜어트 씨, 당신 차례요."

4
필리어스 포그, 하인 파스파르투를 깜짝 놀라게 하다

7시 25분에 필리어스 포그는 휘스트 게임에서 20기니(19세기 영국에서 통용되던 옛 금화로 21실링에 해당된다.) 정도를 딴 후 동료들에게 작별인사를 하고 리폼클럽을 나섰다. 7시 50분, 그가 새빌로의 집 대문을 열고 안으로 들어왔다.

꼼꼼히 자신이 할 일들을 살펴보았던 파스파르투는 이렇게 예상치 못한 시간에 갑자기 나타난 주인을 보고 깜짝 놀랐다. 일정표에 따르면 새빌로의 주인은 정확히 자정에 돌아와야 했기 때문이다.

필리어스 포그는 우선 방으로 올라간 다음 그를 불러들였다.

"파스파르투."

파스파르투는 대답하지 않았다. 예상치 못한 호출 명령이 떨어질 리가 없다고 생각했던 것이다. 게다가 정해진 시간도 아니었다.

"파스파르투." 포그 씨는 목소리를 높이지 않은 채 다시 불렀다.

그제야 파스파르투가 모습을 나타냈다.

"두 번씩이나 불렀네." 포그 씨가 말했다.

"하지만 지금은 자정이 아닌데요." 자신의 회중시계를 꺼내 보며 파스파르투가 대답했다.

"알고 있네." 포그 씨가 말을 이었다. "자넬 꾸짖는 게 아냐. 우린 지금부터 10분 후 도버와 칼레를 향해 떠날 걸세."

그러자 이 프랑스인의 둥근 얼굴이 우거지상이 되었다. 잘못 들은 게 분명했다.

"떠나신다구요?" 그가 물었다.

"그렇다네." 필리어스 포그가 대답했다. "우린 세계일주를 떠날 거야."

파스파르투는 두 눈이 휘둥그레지며 눈꺼풀과 눈썹이 치켜올라갔다. 또한 두 팔은 축 늘어지고 온몸에 맥이 탁 풀리는 게, 대체로 사람이 너무 놀라 어안이 벙벙해졌을 때 나타나는 모든 증상을 보여 주었다.

"세계일주라니!" 그가 중얼거렸다.

"그것도 80일 안에." 포그 씨가 대답했다. "그러니까 단 한 순간도 허비해선 안 돼."

"하지만 여행 가방은?" 파스파르투가 말했다. 무의식중에 그는 머리를 좌우로 흔들었다.

"그런 건 필요 없네. 여행용 색(Sack) 하나면 돼. 그 안에다

모직 셔츠 두 벌하고 양말 세 켤레를 담게. 자네 것도 그렇게만 담고. 나머지는 도중에 사면 되니까. 그리고 내 방수외투와 여행용 모포를 가져오게. 신발은 되도록이면 튼튼한 걸로 신게. 하지만 걸을 일은 별로 없을 걸세. 자, 서두르게!"

파스파르투는 대답을 하고 싶었지만 그럴 수 없었다. 그는 포그 씨의 방을 나와 자신의 방으로 올라가 의자에 털썩 주저앉았다. 그리고는 자기 고향에서 쓰던 다소 저속한 말들을 중얼거렸다. "이게 무슨 날벼락이람. 조용히 살길 그토록 바랐건만……."

그는 기계적으로 출발 준비를 하기 시작했다. "80일 안에 세계일주라니! 주인님 머리가 어떻게 된 거 아냐? 아니, 그럴 리가…… 농담이었을까? 도버에 간다고? 좋지. 칼레에도? 그것도 괜찮아." 5년 전 파리를 떠난 이후 한 번도 고국 땅을 밟아 보지 못한 그에겐 이번이 고국 방문의 기회가 될 수도 있었다. "어쩌면 파리까지 갈지도 몰라. 물론 그 대도시를 다시 보게 된다면 무척 기쁘겠지. 그러나 분명 한 걸음도 낭비하는 법이 없는 이 신사는 거기서 멈출 거야. 그래, 아마도 그럴 테지. 하지만 그렇다고 해도 주인님이 집을 떠나 여행을 한다는 사실은 확실해. 지금까지 그렇게 집에만 틀어박혀 있던 사람이 갑자기 세계일주라니!"

8시에 파스파르투는 주인의 지시대로 허름한 여행용 색에다 자신의 옷과 주인의 옷을 모두 담았다. 하지만 머릿속은 아직도 혼란스러웠다. 그는 방을 나와 방문을 조심스럽게 닫은 후 포그 씨에게 다시 돌아왔다.

포그 씨는 준비가 끝난 상태였다. 그는 브래드쇼의 〈대륙철도 및 기선 종합 안내〉를 들고 있었다. 이 책은 앞으로 여행에 필요한 모든 지침들을 알려 줄 것이다. 그는 파스파르투의 손에 들린 색을 받아 들더니, 거기에다 어느 나라에서라도 통용되는 멋진 은행권 다발을 밀어 넣었다.

"빠뜨린 건 없겠지?" 그가 물었다.

"없습니다."

"내 방수외투와 모포는?"

"여기 있습니다."

"좋아, 이 색을 받게."

포그 씨는 파스파르투에게 다시 색을 건네주며 덧붙여 말했다.

"이걸 잘 간수하도록 하게. 그 안에 2만 파운드가 들어 있네."

파스파르투는 하마터면 이 색을 손에서 놓칠 뻔했다. 마치 2만 파운드가 금으로 되어 있어 엄청나게 무게가 나가는 것처럼.

이렇게 해서 주인과 하인은 집을 나섰고, 현관문을 단단히 잠갔다.

마차 정류장은 새빌로 가 끝에 있었다. 필리어스 포그와 그의 하인은 마차에 올라탔다. 이 마차는 동남선 철도의 한 분기점과 연결되는 체링크로스 역을 향해 달렸다.

8시 20분, 마차는 역 철책 앞에서 멈췄다. 파스파르투가 먼저 마차에서 뛰어내렸다. 그의 주인이 뒤이어 내렸고, 마부에게 삯을 지불했다.

이때, 가련한 여자 걸인이 한 아이의 손을 잡은 채 포그 씨에게 다가와 적선을 구했다. 그녀는 진흙탕 속에 그것도 맨발로 초라한 깃털 하나가 달린 너덜너덜한 모자를 쓰고 누더기 위에 헤진 숄을 걸치고 있었다.

포그 씨는 주머니에서 방금 전 휘스트 게임에서 땄던 20기니를 꺼내 그 여자 걸인에게 모두 주었다.

"자, 받으시오." 그가 말했다. "마침, 만나게 되어 다행이로군!"

그런 다음 그는 떠났다.

이것을 지켜보던 파스파르투는 눈시울이 뜨거워지는 것을 느꼈다. 주인의 행동이 그의 마음을 움직였던 것이다.

포그 씨와 파스파르투는 곧 역 대합실로 들어갔다. 거기서 필리어스 포그는 하인에게 일등칸으로 파리행 표 두 장을 사오라고 지시했다. 몸을 돌리자 이번 내기에 참여했던 다섯 명

의 동료들이 눈에 띄었다.

"여러분, 이제 떠나오." 그가 말했다. "돌아왔을 때 내 여정을 확인할 수 있도록 여권에 각 나라의 사증을 찍어 오겠소."

"오! 포그 씨, 그럴 필요 없습니다." 고티에 랠프가 정중하게 대답했다. "우린 당신의 신사로서의 양심을 믿으니까요!"

"그렇다면야 더욱 좋죠." 포그 씨가 말했다.

"언제까지 돌아와야 하는지는 잊지 않으셨겠죠?" 앤드류 스튜어트가 주지시키듯 말했다.

"지금부터 80일 후, 정확히 말해 1872년 12월 21일 토요일 저녁 8시 45분이죠. 모두들 안녕히 계십시오."

8시 40분, 필리어스 포그와 그의 하인은 같은 칸에 자리를 잡았다. 8시 45분, 기차는 한 차례 기적 소리를 뿜고는 움직이기 시작했다.

어두운 밤이었다. 가랑비가 내렸다. 필리어스 포그는 자기 자리에서 구석에 기댄 채 말이 없었다. 아직도 얼이 빠져 있는 파스파르투는 무의식중에도 돈가방만은 꼭 끌어안았다.

기차가 시드넘을 막 지날 무렵, 파스파르투는 절망감에 탄식 소리를 내뱉었다.

"무슨 일인가?" 포그 씨가 물었다.

"실은…… 저기…… 급히 서두르다가…… 당황해서…… 깜빡 잊은 게……."

"뭘 말인가?"

"제 방 가스등을 안 끄고 왔어요!"

"그럼, 그건 자네가 책임져야겠군!" 포그 씨가 차갑게 대답했다.

5
런던 금융시장에 새로운 주식이 등장하다

필리어스 포그는 런던을 떠나면서 자신의 출발이 얼마나 큰 반향을 불러일으킬 것인지 거의 짐작하지 못했을 것이다. 그 내기에 대한 소문은 우선 리폼클럽 내에 퍼졌고, 그 명예로운 클럽의 회원들 사이에 진정한 감동을 자아냈다. 이 소문은 기자들을 통해 각종 신문들로 전해졌고 런던과 영국 전체의 대중들에게 알려졌다.

이 '세계일주'는 알라바마호 사건(미국 남북전쟁 때, 남부 편을 들어 군함을 파견했던 영국은 이후 북군이 승리하자 배상금을 물어 주었다.)과 마찬가지로 열정적으로 언급되고 토론되고 분석되었다. 어떤 이들은 필리어스 포그 편을 들었고 다른 이들은 반대편을 들었다. 곧 반대편이 대다수 여론을 주도하게 되었다. 이렇게 짧은 최소한의 시간에 이론상으로나 종이 위에서가 아닌, 현재 사용 중인 교통수단을 이용해 세계일주를 완수한다는 건 불가능할 뿐 아니라 비상식적이라는 게 중론이었다.

《타임》, 《스탠더드》, 《이브닝 스타》, 《모닝 크로니클》을 비롯한 다른 20개의 주요 일간지들은 포그 씨에게 반대하는 입장이었다. 단지 《데일리 텔레그래프》 하나만 어느 정도 그를 지지하는 입장을 밝혔다. 필리어스 포그는 주로 기인이나 미치광이처럼 취급되었고, 리폼클럽 내 그의 동료들은 포그 씨가 정상이 아닌 상태에서 제안한 이번 내기를 받아들였다는 이유로 비난을 받았다.

이 문제를 두고 극도로 열정적이면서도 논리적인 기사들이 쏟아져 나왔다. 영국인들이 지리와 관련된 것이라면 무엇이라도 관심을 보인다는 건 잘 알려진 사실이다. 따라서 사회적 계층이나 지위 고하를 막론하고 필리어스 포그에 관한 기사들을 탐독하지 않는 영국인은 아무도 없었다.

처음 며칠 동안 대담한 몇몇 사람들, 주로 여자들은 특히 《일러스트레이티드 런던 뉴스》가 리폼클럽 자료실에 보관되어 있던 사진을 본떠서 그의 초상화를 실었을 때 그를 찬성하는 편을 들었다. 어떤 신사들은 "아니, 안 될 건 또 뭐야! 세상엔 이보다 더 괴상한 일들이 얼마나 많은데!"라고 말하기도 했다. 이들은 주로 《데일리 텔레그래프》지 독자들이었다. 그러나 이 신문은 곧 그 기세가 꺾이기 시작했다.

이를 입증하듯 10월 7일 《왕립지리학회》 회보에 긴 기사가 하나 실렸다. 이 기사는 이 문제를 모든 측면에서 검토한 것으로 이 계획이 얼마나 무모한지를 보여 주고 있었다. 이 기사에 따르면 모든 게 — 인간적인 장애물과 자연적인 장애물들 — 포그 씨에게 불리한 것뿐이었다. 이 계획을 성공적으로 완수하려면 출발과 도착 시간이 기적처럼 딱딱 들어맞아야 하는데 그것은 가능하지도 않고 또 그럴 수도 없었다. 엄밀히 말해, 비교적 주행거리가 길지 않은 유럽에서라면 기차들이 정해진 시간에 도착할 거라고 믿어도 좋을 것이다. 그러나 인도를 횡단하는 데는 3일, 미국을 횡단하는 데는 7일이 걸리는 상황에서, 어떻게 이런 문제를 그 정확성에 근거해서 판단할 수 있겠는가? 게다가 단 하나만 지체되어도 이같은 교통수단들의 연계는 순식간에 회복시킬 수 없을 정도로 망가져 버릴 가능성이 크다. 만약 필리어스 포그가 정기여객선의 출발을 놓친다면 단 몇 시간에 불과하더라도 그는 다음 여객선을 기다릴 수밖에 없을 것이고, 그로 인해 그의 여행은 결정적인 타격을 입게 될 것이다.

이 기사는 커다란 반향을 불러일으켰다. 거의 모든 일간지들이 이 기사를 다시 실었고 필리어스 포그의 행동은 몹시 평가 절하되었다.

이 신사가 출발한 직후 처음 며칠 동안 그의 계획의 '운명'을 놓고 큰 판돈이 걸린 내기들이 이루어졌다. 영국의 내기꾼들의 세계가 일반적인 노름꾼들의 세계보다는 더 지적이고 더 품위 있다는 것은 이미 잘 알려져 있다. 영국인들은 기질적으로 내기에 타고난 사람들이다. 리폼클럽의 다양한 회원들뿐 아니라 일반 대중들도 필리어스 포그의 세계일주가 성공할 것인지를 두고 찬반 양측으로 나뉘어 많은 돈을 걸었다. 필리어스 포그는 경주마처럼 일종의 혈통서에 기록된 셈이었다. 또한 그 혈통서는 주식으로 발행되었고, 발행 즉시 런던 증권시장에 상장되었다. 이 '필리어스 포그' 주는 당당히 매수, 매매가 이루어졌고 거래 액수도 거대해졌다. 그러나 그가 출발한 지 5일째 되던 날, 지리학회 회보에 그 기사가 실린 후 주식을 팔겠다는 주문이 쇄도하기 시작했다. 처음엔 5대 1, 그다음엔 10대 1에 거래되던 것이 나중에는 20대 1, 50대 1, 심지어 100대 1에서야 비로소 매매가 이루어졌다.

이제 필리어스 포그를 지지하는 사람은 단 한 명밖에 없었다. 바로 알베르말 경이라는 중풍 걸린 노인이었다. 안락의자에 꼼짝하지 않고 앉아 있는 이 노신사는 십년이 걸린다 해도 이 세계일주가 가능하다면 자신의 전 재산을 주었을 것이다. 그는 필리어스 포그에게 5천 파운드를 걸었다. 그에게 이 계획이 얼마나 부질없고 미련한 것인지 그 증거들을 제시했을 때 그는 단지 이렇게 대답할 뿐이었다. "만약 이 일이 실현 가능하다면 이것을 최초로 해낸 사람이 바로 영국인이라는 것도 나쁘지 않을 거야."

그런데 상황이 이렇게 되자 필리어스 포그 편을 들었던 지지자들이 점차 줄어들었다. 처음에 찬성했던 모든 이들이 저마다 이유를 대며 반대편으로 기울었다. 그의 주식은 이제는 150대 1, 200대 1로도 매매하기가 어려워졌다. 그가 출발한 지 일주일째 되던 날 전혀 예상치 못했던 사건으로 인해 이 주식의 거래는 완전히 끊겨 버렸다.

사실 바로 이날 저녁 9시, 수도 경찰국장은 다음과 같은 전보를 받았다.

"수에즈에서 런던으로.
스코틀랜드 광장, 중앙청사, 경찰국장 로언 귀하.
은행 절도범 필리어스 포그를 미행 중임.
봄베이로(영국령 인도) 즉시 체포 영장을 우송해 주기 바람.
픽스 형사."

이 전보는 즉각 효력을 발휘했다. 존경받던 그 신사가 순식간에 은행털이로 돌변했다. 경찰은 리폼클럽에 동료들의 사진과 함께 보관되던 그의 사진을 조사했다. 이 사진은 그동안 수사를 통해 밝혀졌던 인상착의와 완전히 일치했다. 사람들은 필리어스 포그라는 인물이 평소 베일에 가려진 듯 불가사의했다는 점과 고립된 생활을 했으며, 어느 날 갑자기 여행을 떠났다는 사실에 주목했다. 세계일주와 비상식적인 내기는 단지 구실에 불과하고, 사실 그의 목적은 영국 경찰의 추적을 따돌리는 데 있었던 것처럼 보였다.

6
픽스 형사, 초조함을 보이다

어떤 상황에서 픽스 형사가 필리어스 포그에 관한 전보를 보내게 되었는지, 그 경위는 다음과 같다.

10월 9일 수요일, 사람들은 아침 11시에 수에즈에 도착할 예정인 '극동 — 인도 해운회사'의 정기여객선 몽골리아호를 기다리고 있었다. 이 여객선은 수에즈 운하를 통해 브린디시에서 봄베이(뭄바이의 옛 이름)까지 운항하는 정기여객선으로, 경갑판과 스크루를 갖춘 철제 증기선에 적재량이 2천8백 톤에 명목(공칭)출력이 5백 마력이었다. 이 배는 동방반도회사에서 가장 빠른 배들 중 하나로 정규 속도는 브린디시와 수에즈 사이에서는 시속 10노트, 수에즈와 봄베이 사이에서는 9.5노트였지만, 거의 대부분 더 빠른 속도로 운항했다.

몽골리아호의 도착을 기다리며, 두 남자가 현지인들과 이 도시로 모여든 이방인들 사이에 끼여 부둣가를 거닐고 있었다. 이곳은 한때 작은 마을이었으며 레셉스(수에즈 운하의 개척자) 씨의 이 위대한 작품에서 앞으로 괄목할 만한 성장을 할 거라고 확신했었다.

두 사람 중 한 명은 수에즈 주재 영국 영사관이었다. 수에즈 운하에 대한 영국 정부의 좋지 않은 예상과 엔지니어 스티븐슨의 불길한 예측에도 불구하고 매일 많은 영국 선박들이 이곳을 통해 드나들었고, 예전에 영국에서 희망봉을 거쳐 인도로 가던 길을 절반으로 줄일 수 있게 되었다.

나머지 한 사람은 키가 작고 깡마른 체형으로 꽤 지적이고 신경질적으로 보였는데 계속해서 눈썹을 심하게 찡그리곤 했다. 긴 속눈썹 아래엔 매우 날카로운 눈빛이 번득이고 있었지만, 그는 의지에 따라 이 열정을 감출 줄 아는 사람이었다. 그는 제자리에 가만있질 못하고 왔다갔다 안절부절못하며 상당히 초조한 기색을 보였다.

이 남자의 이름은 픽스였다. 그는 영국은행에서 발생한 도난 사건 이후 여러 항구로 파견되었던 수사관들, 즉 영국 형사들 중 한 명이었다. 픽스는 수에즈를 통해 오고가는 모든 여행객들을 아주 철저하게 감시해야 할 임무를 띠고 있었다. 이 여행객들 중 누구라도 의심스러워 보인다면 체포 영장이 올 때까지 그를 미행하게 될 것이다.

정확히 이틀 전 픽스는 수도 경찰국장으로부터 범인으로 추정되는 자의 인상착의를 받았다. 그런데 사람들이 범행 현장에서 목격했다는 범인의 인상착의는 바로 기품 있고 잘 차려입은 이 인물과 일치했던 것이다.

따라서 범인 체포에 성공했을 경우 받게 될 거액의 포상금에 온통 마음을 빼앗긴 이 형사가 몽골리아호의 도착을 그토록 초조하게 기다리고 있는 건 당연했다.

"영사님, 배가 늦지는 않겠죠?" 벌써 열 번째 질문이었다.

"늦지 않을 거요." 그가 대답했다. "배가 어제 저녁 포트사이드 바다를 지난다는 통신이 왔고 그 배의 속도라면 이 운하까지의 거리 160킬로미터 정도는 문제없을 거요. 거듭 말하지만 몽골리아호는 정부가 규정 시간보다 24시간 앞서 도착하는 배에게 주는 25파운드의 상금을 늘 탔었다구요."

"이 여객선은 브린디시에서 바로 오는 건가요?" 픽스가 물었다.

"그렇소. 브린디시에서 인도인들의 짐을 실은 후 토요일 오후 5시에 떠났던 바로 그 배요. 늦지 않게 도착할 테니 조금만 더 기다리시오. 하지만, 설령 그 범인이 몽골리아호에 타고 있다고 해도 당신이 보고 받은 그 인상착의를 가지고 어떻게 그를 알아볼 수 있을지 정말 모르겠소."

"영사님, 직감이란 게 있잖습니까? 이런 사람들은 알아본다기보다는 느낌으로 아는 거죠." 픽스가 대답했다. "필요한 건 바로 통찰력입니다. 청각과 시각 그리고 후각을 합친 특별한 감각 말입니다. 지금까지 형사 생활을 하면서 이런 부류의 인간들을 수도 없이 겪어 봤습니다. 그러니 놈이 배에 타고 있기만 하다면 절대 내 손아귀를 빠져나가진 못할 겁니다."

"중대한 범행인 만큼, 제발 그러길 바라오."

"정말 대단한 범행이었죠." 픽스가 흥분해서 대답했다. "5만 5천 파운드라니! 이런 거물을 잡을 수 있는 기회는 우리 형사들에게도 그리 흔치 않아요. 요즘엔 도둑들이 점점 잔챙이가 되어 가고 있어 셰퍼드(영국의 유명한 강도) 같은 족속은 찾아보기도 힘들다니까요! 단 몇 실링(1/20 파운드) 때문에 잡혀 오는 놈들이 태반이지 뭡니까!"

"픽스 씨," 영사가 대답했다. "그토록 열을 내서 말씀하시니 당신이 정말 성공했으면 싶군요. 하지만, 거듭 말하건대 이 상황에선 그 일이 그리 쉽지만은 않을 겁니다. 잘 알다시피 범인의 인상착의를 보면 완벽하게 선량한 신사처럼 보이니까요."

"영사님, 대도(大盜)들은 항상 선량한 얼굴을 하고 있는 법이죠. 악당들이 자기를 방어하는 최선의 방법은 바로 정직한 체 가장하는 거니까요. 그렇지 않으면 당장 쇠고랑을 차야 할 겁니다. 그러니까 겉보기에 선량해 보이는 신사일수록 더 유심히 살펴봐야 하는 거죠. 물론 어려운 일이라는 건 인정합니다. 하지만 이건 직업의 문제가 아니라 기술의 문제라구요!"

이처럼 픽스 형사는 자존심이 대단한 사람이었다.

그러는 동안 부둣가는 점차 활기를 띠기 시작했다. 다양한 국적의 선원들, 상인들, 중개인들, 짐꾼들, 일꾼들이 모여들었다. 여객선의 도착이 얼마 남지 않은 게 분명했다.

날씨는 아주 맑았지만 동풍이 불어 공기는 차가웠다. 회교 사원의 몇몇 첨탑들이 희미한 태양 빛 속에서 도시 위로 우뚝 솟아 있었다. 남쪽으로는 2천 미터 길이의 긴 방파제가 수에즈의 정박지 쪽으로 팔처럼 뻗어 있었다. 홍해 해상에는 몇 척의 어선들, 즉 연안 어선들이 떠 있었는데, 그중엔 고대 갤리선의 우아한 모형을 간직한 배들도 있었다.

북적거리는 인파 한가운데를 헤집고 다니면서, 픽스는 직업상의 습관으로 지나가는 사람들을 재빠르게 살피곤 했다.

이때가 10시 30분이었다.

"배가 도착하지 않은 게 아닐까요?" 항구의 벽시계가 치는 소리를 들으며 그가 소리쳤다.

"곧 도착할 겁니다." 영사가 대답했다.

"이 여객선이 얼마 동안 수에즈에 머무르죠?" 픽스가 물었다.

"네 시간이오. 연료를 싣기 위해서죠. 수에즈에서 홍해 끝에 있는 아덴까지는 1,310해리 정도 되니까 충분한 양의 연료를 비축할 필요가 있거든요."

"그럼, 이 배는 수에즈에서 곧장 봄베이로 가나요?" 픽스가 물었다.

"예, 중간에 짐을 부리지 않고 바로 갑니다."

"만약 범인이 이 노선과 이 배를 택했다면 분명 수에즈에서 내려 또 다른 노선을 통해 아시아의 네덜란드령이나 프랑스령으로 가려고 할 겁니다. 영국령 인도는 안전하지 않다는 걸 잘 알고 있을 테니까요."

"그자의 머리가 매우 나쁘다면야 그럴 테죠. 영국에서 범죄를 저지른 자라면 외국으로 도주하기보다는 바로 런던에 숨어 있는 게 나을 게 뻔하잖아요."

영사의 말은 픽스로 하여금 깊이 생각할 기회를 주었다. 영사는 약간 멀리 떨어져 있는 자신의 사무실로 돌아갔다. 혼자 남게 된 픽스는 범인이 분명 몽골리아호에 있을 거라는 묘한 예감을 가지면서도 초조한 기색이 역력했다. 만약 이 악당이 처음부터 신세계로 갈 작정을 하고 영국을 떠난 거라면 분명 대서양 노선보다는 감시가 보다 덜한, 말하자면 감시하기가 더 어려운 인도 노선을 택했을 것이다.

하지만 픽스는 이런 생각들로 오랫동안 고심하지 않았다. 날카로운 뱃고동 소리가 배의 도착을 알렸던 것이다. 모든 짐꾼들과 일

꾼들이 일제히 부둣가로 몰려들어 소동이 벌어졌다. 서로 밀고 당기는 가운데 여행객들의 팔다리와 옷이 찢겨지지나 않을까 걱정스러울 지경이었다. 십여 척의 거룻배가 해안 가장자리에서 풀려나 몽골리아호를 향해 나아갔다.

드디어 몽골리아호가 운하의 양쪽 제방 사이를 미끄러지듯 통과하며 거대한 몸체를 드러냈다. 배가 배기관을 통해 큰 소리를 내뿜으며 정박지에 닻을 내렸을 때, 11시가 울렸다.

배에 탔던 승객의 수는 꽤 많았다. 이들 중 몇몇은 그림같이 펼쳐진 이 도시의 경치를 감상하느라 갑판 위에 머물러 있었다. 그러나 대부분의 승객들은 몽골리아호 옆으로 와서 대기하고 있던 거룻배로 옮겨 탔다.

픽스는 육지에 발을 내딛는 모든 사람들을 꼼꼼히 살피는 중이었다.

바로 그때, 하선한 승객들 중 한 명이 그에게로 다가왔다. 그는 서로 일거리를 받으려고 주위로 몰려든 일꾼들을 거세게 밀어제치며 픽스에게 다가와 아주 정중하게 영국 대사관이 어디 있는지 가르쳐 줄 수 있겠느냐고 물었다. 그리고는 여권을 내보였는데, 틀림없이 영국의 사증을 받으려 하는 것 같았다.

픽스는 그 여권을 받아 들고는 본능적으로 그 안에 적힌 신상명세를 재빨리 훑어보았다.

그리고는 깜짝 놀라 하마터면 자신의 속마음을 내보일 뻔했다. 손에 쥔 종이가 떨렸다. 여권에 기록된 신상명세는 수도 경찰국장으로부터 받았던 것과 똑같았던 것이다.

"이 여권은 당신 게 아니죠?" 그가 그 승객에게 물었다.

"예, 제 것이 아니라 제 주인 겁니다."

"당신의 주인이라구요?"

"예, 지금 배에 계시죠."

"하지만, 신원을 확인하려면 본인이 직접 영사관에 가야 합니다."

"뭐라구요? 꼭 그래야 합니까?"

"반드시요."

"그런데, 영사관은 어딥니까?"

"저기 저쪽, 광장 모퉁이에 있습니다." 2백 보 정도 떨어져 있는 한 건물을 가리키며 형사가 대답했다.

"그럼, 난 주인님께 가 봐야겠습니다. 워낙 자리를 뜨는 걸 좋아하지 않으니 어떨지 모르겠군요!"

그러고 나서 그 승객은 픽스에게 인사를 한 다음 배로 다시 돌아갔다.

7
경찰이 여권의 무용성을 한 번 더 입증하다

픽스는 부둣가에서 다시 내려와 재빨리 영사관으로 향했다. 그리고는 곧장 다급한 모습으로 영사 옆으로 다가갔다.

"영사님," 인사말도 없이 다급하게 영사에게 말했다. "제가 찾던 범인이 확실히 몽골리아호를 탔었다는 강력한 증거를 잡았습니다."

픽스는 그 하인과의 사이에 있었던 여권에 관한 일을 말했다.

"잘 됐군요. 픽스 씨, 범인의 얼굴을 한 번 보는 것도 나쁘진 않죠. 하지만 그가 당신이 찾고 있는 바로 그자라면 이곳엔 나타나지 않을 겁니다. 도둑들은 뒤에 흔적을 남기는 걸 좋아하지 않는 법이니까요. 게다가 여권에 사증을 받는 건 더 이상 의무 사항도 아니구요."

"아니요, 우리의 예상대로 정말 대단한 놈이라면 반드시 나타날 겁니다!"

"여권에 사증을 받으려구요?"

"그렇습니다. 여권이란 건 원래 선량한 사람들한테는 귀찮은 거지만, 악당들의 도주를 돕는 데는 유용하게 쓰이니까요. 여권엔 하자가 없을 게 분명하지만 영사님께서 그 여권에 서명해 주시지 않길 바랍니다."

"왜 안 된다는 거죠? 그것이 합법적이라면 내겐 사증을 거부할 권리가 없어요."

"하지만 영사님, 런던에서 체포 영장이 도착할 때까진 놈을 이곳에 붙들어 두어야 합니다."

"아! 그러시군요. 하지만 그건 당신 일이죠. 나로서는 어쩔 도리가……."

영사가 말을 채 끝내지 못했을 때 누군가 사무실 문을 두드렸다. 사무실 직원이 두 명의 외국인을 데리고 들어왔고, 그 중 한 명은 픽스와 이야기를 나눴던 바로 그 하인이었다.

이들은 바로 그 주인과 하인이었다. 주인은 여권을 보여 주며 영사에게 사증을 해 달라고 간단히 부탁했다.

여권을 받아 든 영사는 주의 깊게 살폈다. 한편 픽스는 사무실 한쪽 구석에서 이 방문객을 주시하고 있었다. 아니, 군침을 흘리며 지켜보고 있었다고 해야 옳을 것이다.

여권을 쭉 훑어본 후 영사가 물었다.

"필리어스 포그 경인가요?"

"그렇습니다." 신사가 대답했다.

"이 사람은 당신의 하인이구요?"

"예, 파스파르투라고 프랑스인이죠."

"런던에서 오시는 건가요?"

"그렇습니다."

"그럼, 가시는 곳은?"

"봄베이입니다."

"좋습니다. 선생님. 더 이상 이런 절차가 필요치 않다는 건 아시죠? 그러니 앞으로는 여권을 제시하지 않으셔도 됩니다."

"알고 있습니다. 하지만 사증을 받아 내가 수에즈를 통과했다는 걸 확인해 두려는 겁니다."

"그러시다면 좋습니다."

영사는 여권에 서명을 하고 날짜를 적은 다음 인장을 찍었다. 포그 씨는 사증 발급에 따른 인지세를 지불했다. 그리고는 냉담하게 인사를 한 후 하인을 데리고 떠났다.

"어떻습니까?" 형사가 물었다.

"어떻긴, 완전히 선량한 신사처럼 보였을 뿐이오!" 영사가 대답했다.

"그럴 수도 있죠. 하지만 지금 겉으로 어떻게 보이느냐가 중요한 게 아니잖습니까? 한번 생각해 보십시오. 방금 전 침착해 보이던 그 신사의 인상착의가 바로 제가 확보한 범인의 것과 완전히 똑같단 말입니다."

"아, 물론 인정합니다만 아시다시피 모든 인상착의라는 건……."

"놈의 정체를 반드시 밝히고야 말겠습니다. 하인은 주인보다 덜 까다로워 보이더군요. 게다가 프랑스인이라니까, 하고 싶은 말을 참진 못할 겁니다. 또 뵙겠습니다. 그럼, 이만."

형사는 이렇게 말하고는 밖으로 나가 파스파르투를 찾기 시작했다.

한편, 포그 씨는 영사관을 나와 부둣가로 향했다. 거기서 그는 파스파르투에게 몇 가지 살 것들을 지시했다. 그리고는 거룻배를 타고 몽골리아호로 돌아와 선실로 내려갔다. 그런 후 수첩을 꺼내 다음 사항들을 적기 시작했다 :

10월 2일 수요일 저녁 8시 45분 런던 출발.
10월 3일 목요일 오전 7시 20분 파리 도착.
목요일 오전 8시 40분 파리 출발.
10월 4일 금요일 오전 6시 35분 몽스니를 거쳐 토리노 도착.
금요일 오전 7시 20분 토리노 출발.
10월 5일 토요일 오후 4시 몽골리아호에 승선.
10월 9일 수요일 오전 11시 수에즈에 도착.
전체 소요시간 : 158시간 30분 / 6.5일

포그 씨는 이 날짜들을 세로로 나누어진 여행 일지에 기록했다. 이 일지는 10월 2일부터 12월 21일까지 파리, 브린디시, 수에즈, 봄베이, 캘커타, 싱가포르, 홍콩, 요코하마, 샌프란시스코, 뉴욕, 리버풀, 런던 등 각각의 주요 거점 도시별로 예정 도착 일시와 실제 도착 일시를 기입하도록 되어 있어, 여행 도중 통과한 도시에서 얻은 시간과 잃은 시간을 쉽게 알아볼 수 있었다.

이러한 체계적인 여정 관리는 모든 것을 고려한 것이어서 포그 씨는 항상 자신이 예정보다 앞서 있는지 뒤처져 있는지를 파악할 수 있었다.

10월 9일 수요일, 바로 이날도 그는 수에즈에 도착한 것을 기록했다. 이곳엔 정시에 도착했고 이득도 손실도 없었다.

잠시 후 그는 자신의 객실에서 점심을 제공받았다. 시내 구경은 할 생각도 하지 않았다. 지나치는 도시마다 하인을 시켜 둘러보게 하는 이런 부류의 영국인에겐 도시 관광이란 꿈에도 생각할 수 없는 일이었다.

8

파스파르투, 필요 이상으로 많은 것들을 말하다

픽스는 부둣가에서 금세 파스파르투와 합류했다. 파스파르투는 구경해서는 안 될 이유가 전혀 없었기 때문에 주변을 한가로이 거닐며 돌아보고 있던 참이었다.

"이보게," 픽스가 그에게 다가가며 말했다. "여권에 사증은 받았는가?"

"아! 당신이군요. 물론이죠. 우린 완전히 적법한 사람들이니까요."

"이곳을 구경하고 있나 보지?"

"그렇습니다. 하지만 가는 곳마다 너무 빨리 지나쳐서 마치 꿈속을 여행하는 것 같아요. 그런데, 여기가 수에즈 맞나요?"

"맞네."

"이집트란 말이죠?"

"그렇다네."

"아프리카 땅이구요?"

"그래, 아프리카일세."

"아! 아프리카, 여기까지 오게 될 줄이야. 난 파리보다 더 멀리까지 갈 거라곤 생각지도 못했습니다. 난 그 유명한 파리를 아침 7시 20분에서 8시 45분까지 북부 역과 리옹 역 사이에서 떨어지는 빗줄기 속에 그것도 마차 창문을 통해 보았습니다. 정말 아쉽습니다. 페르라셰즈와 샹젤리제 광장을 다시 보고 싶었는데!"

"그러니까 자넨 지금 몹시 서두르고 있단 얘긴가?" 그 형사가 물었다.

"아니요, 급한 건 제가 아니라 제 주인이죠. 그건 그렇고, 양말과 셔츠를 사야 하는데 이러고 있다니! 사실 우린 여행가방도 없이 달랑 색 하나만 들고 떠났거든요."

"필요한 물품들을 살 수 있도록 재래시장으로 안내해 주지."

"이렇게 고마울 수가…… 정말 친절한 분이로군요!"

두 사람은 함께 시장으로 향했고, 파스파르투는 계속해서 수다를 떨었다.

"사실, 절대로 배를 놓쳐선 안 되거든요." 그가 말했다.

"시간은 충분하네. 겨우 정오밖에 안 됐네."

파스파르투는 굵직한 회중시계를 꺼냈다.

"정오라구요? 설마! 내 시계로는 9시 52분인데요."

"자네 시계가 늦는 거지." 픽스가 대답했다.

"그럴 리가! 이 시계는 우리 증조할아버지께서 남기신 집안의 가보라구요. 일년에 5분도 안 틀린다구요. 진짜 정밀시계처럼!"

"지금 뭐가 문제냐 하면, 자네 시계가 런던 시간에 맞춰져 있다는 걸세. 따라서 수에즈에선 두 시간이 늦을 수밖에 없는 거지. 이제부턴 가는 곳마다 시간대에 따라 시계를 다시 맞추도록 신경을 쓰게."

"뭐라구요? 이 시계에 손을 대라니! 그럴 순 없어요!" 파스파르투가 소리쳤다.

"그럼, 그 시계는 태양의 움직임과는 안 맞게 돼."

"태양이 참 안됐군요. 틀린 건 바로 그쪽이니까."

그 정직한 하인은 거드름을 피우며 자신의 시계를 작은 호주머니에 다시 넣었다.

잠시 후 픽스가 그에게 말했다.

"그러니까 자넨 런던을 서둘러 떠났었단 말이지?"

"그런 셈이죠! 지난 수요일 저녁 8시였어요. 평소와는 딴판으로 주인님이 클럽에서 일찍 돌아왔고 그로부터 45분 후 출발을 했으니까요."

"그런데, 자네 주인은 대체 어디로 가는 건가?"

"또 주인님 얘긴가요? 세계일주를 하고 있다구요!"

"세계일주?"

"그렇다니까요. 그것도 80일 만에요! 내기였죠. 우리끼리니까 말인데, 난 성공할 거라 믿지 않아요. 상식적으로 말이 안 되잖아요. 다른 뭔가가 있을 겁니다."

"아! 그러니까 포그 씨는 한마디로 괴짜로군."

"제 생각도 그렇습니다."

"그래, 자네 주인은 돈은 많은가?"

"물론이죠. 완전히 빳빳한 은행권으로 한 뭉치를 가져왔다구요! 그러니 가는 곳마다 돈을 물 쓰듯 하죠! 들어 보세요, 이 배에서도 몽골리아호 기관사에게 봄베이까지 예정보다 앞당겨 도착하면 엄청난 포상금을 주겠다고 약속했다니까요!"

"이 주인을 섬긴 지는 오래됐는가?"

"천만에! 출발하던 바로 그날 하인으로 막 채용됐죠."

파스파르투의 대답들이 벌써부터 지나치게 들떠 있는 이 형사의 머릿속에 어떤 확신을 주었을지 쉽게 짐작할 수 있을 것이다.

범행 후 곧 서둘러 런던을 떠났다는 점, 엄청난 액수의 돈을 지참했다는 점, 서둘러 먼 나라로 가려고 한다는 점, 이상한 내기를 핑계로 내세운다는 점, 이 모든 게 픽스에게 한층 더 강한 확신을 심어 주었다. 계속해서 그는 이 프랑스인에게 유도심문을 했다. 그 결과 엄청난 돈의 출처를 알지 못한 채 주인을 부자라고 생각하며, 또 그를 이해할 수 없는 사람이라고 말하는 점 등으로 미루어 보아, 이 하인은 주인의 정체에 관해 그가 런던에서 고립된 생활을 했다는 것 이외에는 전혀 모르고 있다는 결론을 내렸다. 또한 필리어스 포그가 배에서 내리지 않았으며 봄베이로 갈 거라는 사실도 알아냈다.

"봄베이는 여기서 먼가요?" 파스파르투가 물었다.

"상당히 멀지." 형사가 대답했다. "뱃길로 한 십여 일은 더 가야 할 걸세."

"봄베이가 어디에 있죠?"

"인도에 있네."

"아시아 말인가요?"

"그렇네."

"맙소사! 실은, 저…… 줄곧 걱정하던 일이 하나 있는데…… 바로 등 때문에요!"

"무슨 등?"

"가스등이요. 깜빡 잊고 끄지 않고 나왔는데, 그걸 제가 물어야 하거든요. 계산해 보니 24시간에 2실링이 들어갈 것 같은데, 사실 제가 버는 건 6펜스 정도밖에 안 되거든요. 그러니 이 여행이 길어지기라도 하는 날엔……."

픽스는 이 가스등 문제를 이해했을까? 거의 이해하지 못했을 것이다. 그는 이미 파스파르투의 말을 듣지 않고 있었다. 벌써 마음을 굳혔던 것이다. 드디어 두 사람은 시장에 도착했다. 픽스는 여기서 자신의 동행이 볼일을 볼 수 있도록 헤어지면서 몽골리아호의 출발 시간에 늦지 않도록 충고했다. 그리고는 서둘러 영사관으로 돌아왔다.

자신의 확신이 굳어진 만큼 픽스는 냉정함을 완전히 되찾았다.

"영사님, 이제 전 어떤 의심도 하지 않습니다. 범인의 정체를 완전히 파악했으니까요. 놈은 80일 안에 세계일주를 한다며 괴짜 행사를 하고 있어요."

"아주 영리한 자로군요. 그러니까 두 대륙에 나가 있는 모든 경찰들을 따돌린 후 런던으로 돌아갈 속셈이로군!"

"좀 더 지켜봐야죠."

"그런데 당신 생각이 틀리진 않은 거죠?" 영사가 다시 한 번 물었다.

"틀림없다니까 자꾸 그러시네."

"그렇담, 왜 그자는 수에즈를 통과했다는 확인을 받으려고 했을까요?"

"글쎄요……. 그건 잘 모르겠습니다만, 제 말 좀 들어 보십시오."

픽스는 앞서 하인과의 대화에서 포그 씨에 관해 알아낸 몇

가지 주목할 만한 사항들을 몇 마디로 요약해서 전달했다.

"실제로 모든 추측이 이자에게 불리해 보이는군요. 이제 어떻게 할 작정이오?"

"우선 런던에 급전을 띄워 즉각 봄베이로 체포 영장을 우송해 줄 것과 인도까지 놈을 미행할 수 있도록 몽골리아호에 승선할 수 있게 해 달라고 요청할 겁니다. 그리고는 영국령에 도착해서 정중하게 놈의 곁으로 다가가 영장을 보여 주며 그 손에 쇠고랑을 채우는 일만 남은 거죠."

침착하게 할 일들을 열거한 후, 픽스는 영사에게 작별 인사를 하고 전신국으로 향했다. 거기서 수도 경찰국장에게 앞서 말한 전보를 띄웠던 것이다.

15분 후 픽스는 손에 가벼운 가방을 하나 들고 돈을 챙겨 넣은 후 몽골리아호에 올랐다. 그러자 곧 증기선이 홍해의 물살을 헤치며 전속력으로 미끄러져 나갔다.

9
홍해와 인도양이 필리어스 포그의 계획에 유리한 입지를 만들다

수에즈에서 아덴까지의 거리는 정확히 1,310해리였다. 회사의 계약 조건에 따르면 정기여객선들은 138시간 내에 이 거리를 항해하도록 되어 있었다. 몽골리아호의 기관은 맹렬히 움직였고, 규정된 시간보다 앞서 가기 위해 부지런히 앞으로 나아갔다.

브린디시에서 올라탄 승객들 대부분이 인도로 가는 사람들이었다. 어떤 사람들은 봄베이로, 또 어떤 사람들은 봄베이를 거쳐 캘커타로 갔다. 철도가 인도 반도를 완전히 가로질러 통과하게 된 이후로 실론 섬 끝을 빙 돌아 항해할 필요가 없어졌기 때문이다.

몽골리아호에는 다양한 부류의 관료들과 각종 계급의 장교들이 타고 있었다. 이 장교들 중에는 엄밀한 의미에서 영국군에 소속되어 있는 사람도 있었고, 세포이의 용병부대를 지휘하고 있는 사람도 있었다. 이 용병들은 영국 정부가 옛 동인도회사의 권리와 의무를 떠맡은 지금도 여전히 비싼 값으로 고용되고 있었다. 즉 소위가 일년에 280파운드, 여단장이 2천 4백 파운드 프랑, 장군이 4천 파운드(문관들은 훨씬 더 많은 봉급을 받았다. 직급이 가장 낮은 말단 공무원도 일년에 480파운드를 받았고, 판사는 2천 4백 파운드, 법원장은 1만 파운드, 지사는 1만 2천 파운드, 총독은 2만 4천 파운드 이상을 받았다.)이었다.

이런 관료들에다가 수중에 백만 파운드를 지참하고 멀리 무역 거래를 트러 가는 몇몇 영국 젊은이들까지 끼어 있어 몽골리아호에서의 생활은 사치스럽기 그지없었다. 이 회사의 심복인 '사무장'은 선장과 동등한 자격을 갖고 있었으며, 이들에게 지나칠 정도로 후한 서비스를 제공했다. 아침 식사에 이어 2시에 점심 식사, 5시에 저녁 식사, 8시에 밤참이 나왔고 그때마다 배 안의 정육점과 주방에서 제공된 신선한 고기 요리들과 앙트르메(고기 요리와 디저트 사이의 가벼운 음식)로 상다리가 부러질 지경이었다. 몇몇 여자 승객들은 하루에 두 번씩이나 옷을 갈아입기도 했다. 바다 사정이 허락되는 한 음악은 연주되었고 춤도 끊이질 않았다.

그러나 홍해는 몹시 변덕스러웠고, 좁고 긴 협만들 때문에 사나운 파도가 자주 일곤 했다. 바람이 아시아나 아프리카 쪽에서 불 때마다 스크루가 달린 긴 방추 모양의 몽골리아호는 측면으로 바람을 맞으며 앞뒤로 지독하게 흔들리곤 했다. 이럴 때면 여자들은 급히 대피하곤 했다. 피아노 소리가 그쳤고, 노래와 춤이 동시에 중단되었다. 그러나 광풍과 거센 파도에도 불구하고 강력한 기관의 힘을 받은 배는 지체 없이 바브엘만데브 해협을 향해 질주해 나아갔다.

필리어스 포그는 이 시간 동안 무엇을 하고 있었을까? 초조와 불안 속에서 배의 질주에 해를 끼칠 수도 있는 바람의 방향이나 기관 고장을 일으킬 수도 있는 거센 파도의 움직임에 신경을 곤두세우고 있진 않았을까? 아니면 몽골리아호가 어떤 항구에 기항할 수밖에 없게 되는, 그래서 이번 여행을 망칠 수도 있는 우발적인 사고들을 걱정하고 있진 않았을까?

전혀 그렇지 않았다. 아니, 이런 우발적 가능성들을 염두에 두었다면 그는 적어도 이런 일들이 일어나지 않도록 대책을 세웠을 것이기 때문이다. 그는 언제나 침착하고 태연한, 리폼 클럽에서도 냉정하기로 유명한 회원의 모습 그대로였다. 어떤 사고나 사건도 그를 놀라게 할 순 없었다.

그는 인류 최초의 역사적 장면이 펼쳐진 무대이자 그 시대의 추억들로 가득 찬 이 홍해를 거의 살펴보지 않았다. 또한 이따금 수평선에 윤곽을 드러내곤 하는, 해안가에 군데군데 자리 잡은 신기한 도시들을 구경하러 나오는 일도 없었다. 그는 이 아라비아 만의 장애물들에 대해선 생각조차 하지 않는 듯 보였다. 스트라본(그리스의 역사가이자 지리학자), 아리아누스(로마의 정치가이자 역사가), 아르테미도로스(그리스의 학자), 이드리시(이슬람의 지리학자)와 같은 옛 역사가들은 늘 이 지역의 장애물들을 공포스럽게 말했었다. 뱃사람들 또한 이 바다 위에 희생 제물을 바치지 않고는 결코 항해에 나설 엄두도 내지 못했다고 한다.

그렇다면 이 괴짜 같은 양반은 몽골리아호 안에 틀어박혀 대체 무얼 하고 있었을까? 우선 그는 매일 네 번의 식사를 빠짐없이 했다. 배의 어떠한 흔들림도 경이로울 만큼 치밀하게 조립된 이 기계 인간을 망가뜨릴 수는 없었다. 식사 후에는 휘스트 게임을 즐겼다.

그렇다! 그는 자신과 똑같이 열광적인 게임 파트너들을 만났던 것이다. 고아(인도 반도의 서해안에 있는 항구도시)의 직장으로 돌아가는 중인 세무원, 봄베이로 돌아가는 데시무스 스미스 장관, 베나레스에 주둔해 있는 부대로 돌아가는 영국군 여단장이 바로 그들이었다. 이 세 사람은 휘스트에 관해서라면 필리어스 포그만큼이나 열정적이었고, 일단 게임이 시작되면 모두들 침묵을 지키며 꼬박 몇 시간 동안 게임에 빠져 있곤 했다.

그럼, 파스파르투는 어땠을까? 그는 뱃멀미 같은 건 전혀 하지 않았다. 앞쪽 선실에 자리 잡은 그는 주인과 마찬가지로 네 끼 식사를 꼬박꼬박 챙겨 먹었다. 사실 이런 조건에서 이루어지는 여행이라면 그로서도 나쁠 건 없었다. 그는 이것을 피할 수 없는 것으로 받아들이기로 했고, 잘 먹고 잘 자면서 여행을 즐겼다. 게다가 이 꿈같은 시간도 결국 봄베이에서 끝날 거라고 확신하고 있었다.

수에즈를 떠난 그다음날인 10월 10일, 그는 갑판 위에서 뜻하지 않게, 이집트에서 내렸을 때 그에게 말을 걸어왔던 친절한 남자와 마주쳤다.

그는 더할 수 없는 상냥한 미소를 지으며 말했다. "내 눈이 틀리지 않았다면, 수에즈에서 그토록 친절하게 길을 안내해 주셨던 그분이 맞죠?"

"그런데…… 아! 바로 자네로군! 그 괴짜 영국인의 하인이었지?"

"예, 맞아요. 성함이?"

"픽스라고 하네."

"아! 픽스 씨, 여기서 이렇게 또 뵙게 되어 반갑습니다. 그런데 어딜 가시는 거죠?"

"자네처럼, 봄베이로 간다네."

"그렇다면 더 잘 됐군요! 예전에도 이런 여행을 하신 적이 있나요?"

"몇 번 있었지. 난 이 선박회사의 직원일세."

"그럼, 인도에 대해 잘 아시겠군요?"

"그건…… 그렇다고 봐야지……." 그는 이 대화가 너무 길어지는 걸 원치 않았다.

"인도라는 나라가 그렇게 흥미진진한 곳인가요?"

"물론이지. 회교사원, 첨탑, 절, 탁발승, 탑, 호랑이, 뱀, 무희들 등 볼거리가 무궁무진하다네. 자네가 이 나라를 한가롭게 돌아볼 시간이 있었으면 좋겠군."

"저도 그러길 바랍니다. 잘 아시다시피, 80일 만에 세계일주를 한다는 구실로 배에서 기차로 또 기차에서 배로 숨 가쁘게 뛰어다닌다는 건 제정신이라면 꿈도 꾸지 못할 일이죠. 하지만 이 곡예 같은 짓도 분명 봄베이에서 끝장이 날 겁니다. 두고 보십시오."

"그런데, 포그 씨는 잘 계신가?" 태연스런 말투로 픽스가 물었다.

"아주 좋습니다. 저 역시 그렇구요. 누가 보면 꼭 석 달 열흘은 굶은 사람처럼 먹어 대곤 하니까요. 바다 공기가 식욕을 돋우나 봅니다."

"그런데 자네 주인은 어떻게 갑판에서 한 번도 볼 수가 없지?"

"그러실 테죠. 그다지 놀랄 일도 아닙니다."

"이보게, 자네가 말한 그 80일간의 세계일주엔 어떤 비밀이 숨겨져 있을 수 있네. 이를테면 외교적인 밀명 같은 것 말이지."

"맹세코, 그런 건 모릅니다. 또 눈곱만큼의 관심도 없구요."

이 만남 이후로 파스파르투와 픽스는 자주 만나 대화를 나누곤 했다. 픽스는 포그 씨의 하인과 친분을 쌓으려고 노력했고, 이건 치밀한 작전의 일부였다. 때때로 그는 이 하인에게 몽골리아호 내에 있는 바에서 위스키나 맥주를 대접하곤 했다. 그때마다 이 선량한 젊은이는 그의 호의를 사양하지 않고 격의 없이 받아들였다. 게다가 픽스를 참으로 친절한 신사라고 생각하며 답례의 술을 사기도 했다.

그러는 사이 배는 빠른 속도로 나아가고 있었다. 13일엔 모카가 보였다. 긴 띠 모양의 무너진 성벽 사이로 나타난 이 도시에는 푸른 대추야자 몇 그루가 우뚝 솟아 있었다. 멀리 산봉우리들 사이에는 거대한 커피나무 농장들이 펼쳐져 있었다. 파스파르투는 이 유명한 도시를 볼 수 있어서 무척 기뻤다. 둥글게 둘러쳐진 성벽과 손잡이 모양으로 붕괴된 성채가 마치 거대한 커피 잔을 닮았다고 그는 생각했다.

다음날 밤새 몽골리아호는 바브엘만데브 해협을 건넜다. 이 이름은 아랍어로 '눈물의 항구'라는 뜻이다. 이튿날인 14일, 몽골리아호는 아덴 항 북서쪽에 위치한 정박지에 닻을 내렸다. 연료를 다시 보급받아야 했기 때문이다.

석탄 생산지로부터 아주 먼 거리를 운항해야 하는 배들은 기관에 연료를 공급하는 일이 매우 중요하고도 필수적인 일이었다. 이 회사의 경우만 해도 연간 연료비 지출액이 80만 파운드에 달했다. 몇몇 항구에 연료보급 창고를 세워야만 했고 더구나 이렇게 먼 바다에서는 석탄 값이 톤당 80파운드나 들었기 때문이다.

봄베이까지는 아직도 1,650해리를 더 남겨 두고 있었다. 연료를 완전히 채우기 위해서는 이 정박지에서 네 시간을 더 머물러야 했다.

그러나 이러한 지체가 어떤 식으로든 필리어스 포그의 계획에 나쁜 영향을 줄 수는 없었다. 이미 예상한 일이었기 때문이다. 게다가 몽골리아호는 10월 15일 아침이나 되어야 아덴 항에 도착할 예정이었지만, 예정보다 빨리 14일 저녁에 도착했다. 이렇게 해서 여행은 예정된 시간보다 15시간을 앞서 가고 있었다.

포그 씨와 파스파르투는 육지에 발을 내딛었다. 이 신사는 여권에 또다시 사증을 받길 원했다. 픽스는 눈에 띄지 않게 그의 뒤를 따랐다. 여권 수속이 끝나자 필리어스 포그는 배로 다시 돌아와 중단되었던 휘스트 게임을 시작했다.

파스파르투는 늘 그랬듯, 이곳 주민들 틈에 끼어 어슬렁거리며 거리를 배회했다. 아덴의 인구는 2만 5천 명으로 소말리아인, 마니아 족, 파르시 교도들, 유태인, 아랍인, 유럽인 등으로 구성되어 있었다. 이 도시를 인도양의 지브롤터(스페인의 이

베리아 반도 서남쪽에 있는 영국 식민지)로 만든 성채와 웅장한 저수조는 보는 이의 감탄을 자아내기에 충분했다. 이 저수조에선 솔로몬 왕 이후 2천 년이 지난 지금까지도 여전히 영국 기술자들의 보수 작업이 이어지고 있었다.

"굉장하군! 정말 대단해! '새로운 걸 원하면 여행을 하라.'는 말이 무슨 뜻인지 이제야 알 것 같군." 다시 배로 돌아오면서 파스파르투가 중얼거렸다.

저녁 6시, 몽골리아호는 스크루 날개로 물살을 가르며 아덴 항을 떠나 바로 인도양을 향해 달렸다. 아덴과 봄베이 사이를 주파하는 데 주어진 시간은 168시간이었다. 바다는 몽골리아호에게 매우 우호적이었고, 바람은 북서풍을 유지하고 있었다. 돛들도 증기 기관을 도왔다.

배는 평형을 잘 잡았고 흔들림도 이전보다 덜해졌다. 새롭게 단장한 여자 승객들이 갑판 위에 다시 등장했고 노래와 춤도 다시 시작되었다.

항해는 더욱 유리한 조건에서 이루어지고 있었다. 파스파르투는 우연히 알게 된 픽스라는 사람 때문에 몹시 즐거운 시간을 보내고 있었다.

10월 20일 일요일 정오 무렵, 인도 해안이 시야에 들어왔다. 두 시간 후, 키잡이가 뱃전으로 올라왔다. 수평선에 작은 언덕들이 하늘을 배경 삼아 옹기종기 그 윤곽을 드러냈다. 곧

이어 도시를 덮고 있는 야자나무 행렬이 뚜렷이 나타났다. 배는 살세트, 콜라바, 엘레판타, 바처 등의 섬들로 이루어진 정박지로 들어갔고 4시 30분 봄베이에 닻을 내렸다.

하루 종일 휘스트 게임을 했던 필리어스 포그는 이때 33번째 게임을 막 끝낸 상태였다. 게임 파트너와 함께 과감한 작전을 편 덕택에 그는 13점을 따면서 완승을 거두었고 이로써 이 멋진 횡단을 마감했다.

몽골리아호는 10월 22일에야 봄베이에 도착할 예정이었지만 실제로 20일에 도착할 수 있었다. 따라서 필리어스 포그는 런던을 출발한 이후 예상보다 이틀을 앞서 가고 있었다. 그는 이 사항을 여행 일지의 소득란에 질서정연하게 기록해 두었다.

10
파스파르투,
신발만 잃은 것을 매우 다행스러워하다

밑변은 북쪽을, 꼭짓점은 남쪽을 향한 거대한 역삼각형 모양의 인도 반도는 면적 360제곱킬로미터에 1억 8천 명의 인구가 살고 있는 그 누구도 무시하지 못할 큰 나라이다. 영국은 이 거대한 땅덩어리의 상당 부분에 걸쳐 실질적인 지배권을 행사하고 있었다. 캘커타에는 총독을, 마드라스와 봄베이와 벵골에는 주지사를, 아그라에는 부총독을 두어 관리하고 있었던 것이다.

그러나 엄밀히 말해 영국의 지배하에 있는 인도는 단 180제곱킬로미터에 1억 내지 1억 1천 명 정도의 인구밖엔 되지 않았다. 따라서 이 거대한 땅덩어리의 상당 부분은 여전히 여왕의 통치권을 벗어나 있다고 할 수 있을 것이다. 실제로 완고하고 무시무시한 토후들이 다스리는 몇몇 지역은 아직도 절대적인 독립을 누리고 있는 인도 땅이었다.

오늘날 마드라스가 위치한 곳에 최초의 영국 상관이 세워졌던 1756년 이후 세포이 반란(동인도회사에 고용된 인도 원주민 병사들이 영국의 지배에 반대하여 일으킨 무장봉기로, 이후 동인도회사는 폐지되고 여왕이 직접 통치하게 되었다.)이 발생한 1857년까지 그 유명한 인도의 동인도회사가 무소불위의 권한을 행사했었다. 동인도회사는 지대를 미끼로 — 그러나 이 지대는 거의 지불되지 않았거나 전혀 지불되지 않았다 — 토후들로부터 사들였던 여러 지역들을 조금씩 점령해 나가기 시작했고 그곳에다 문무 관료들을 임명했다. 그러나 이제 이 회사는 더 이상 존재하지 않는다. 다만 인도 내 영국의 소유지들은 직접 영국 여왕에게 소속되어 있을 뿐이다.

이처럼 이 반도의 외관과 풍습과 인종적 대립은 날마다 새롭게 변해 가고 있었다. 예전에 이곳에서는 말, 짐수레, 손수레, 가마, 마차와 같은 온갖 종류의 옛 교통수단들을 쉽게 볼 수 있었고, 직접 걷거나 등짐을 지고 가는 모습도 아주 흔한 일이었다. 그러나 이젠 증기선들이 빠른 속도로 인더스 강, 갠지스 강을 가르고 있고, 철도가 각 노선별로 여러 지선으로 나뉘며 인도 반도를 횡단하고 있기 때문에 봄베이에서 캘커타까지 불과 3일이면 도달할 수 있었다.

이 철도 노선은 인도를 직선으로 가로지르는 건 아니었다. 실제 직선거리로는 1천6백 내지 1천8백 킬로미터에 불과했기 때문에 기차가 평균 속도만 유지해도 이 거리를 주파하는 데 3일씩이나 걸리진 않을 것이다. 그러나 이 철도는 인도 북쪽에 위치한 알라하바드까지 올라갔다 내려오는 곡선 코스 때문에 직선거리보다 최소한 1/3 정도는 더 길었다.

이 철도 노선을 주요 지점별로 요약하면 다음과 같다.

먼저, 봄베이 섬을 출발해서 살세트를 가로질러 타나 맞은편에 위치한 본토로 건너뛴 다음, 서고츠 산맥을 돌파한다. 그리고 계속해서 부르한푸르까지 북동쪽을 향해 달리며 분델칸드에서 약간 떨어진 지역을 거쳐 알라하바드까지 올라간다. 그런 다음 동쪽으로 휘어져 베나레스에서 갠지스 강과 만난 후, 이 강과 멀어지며 남동쪽으로 방향을 틀어 부르드완과 프랑스령 찬데르나고르를 지나 종착역인 캘커타에 도착하는 것이다.

몽골리아호의 승객들이 봄베이에 도착한 건 오후 4시 30분이었다. 캘커타행 기차는 8시 정각에 출발할 예정이었다.

포그 씨는 게임 파트너들과 작별 인사를 나눈 후 배에서 내렸다. 그는 파스파르투에게 사야 할 물건들을 자세히 지시한 다음, 8시 전까지는 무슨 일이 있어도 역에 돌아와 있으라고 당부했다. 그리고는 시계추처럼 정확하고 규칙적으로 박자에 맞춰 발걸음을 떼어 놓으며 여권 심사국으로 향했다.

그는 봄베이의 놀라운 볼거리들에는 전혀 관심이 없었다. 시청도 웅장한 도서관도 성채도 부두도 면화시장과 재래시장도 또 회교사원, 유태교 회당, 아르메니아 교회 그리고 쌍둥

이 다면탑으로 장식된 말레바르 언덕의 멋진 사원도 아예 볼 생각조차 하지 않았다. 심지어는 엘레판타 섬의 걸작인 신비로운 지하분묘들과 감탄할 만한 불교 건축물인 살세트 섬의 칸헤리 석굴들도 그의 관심 밖에 있었다.

그렇다! 그는 구경과는 거리가 먼 사람이었다. 여권 심사국을 나와 필리어스 포그는 조용히 역으로 발길을 돌려 거기서 저녁 식사를 했다. 호텔 주인은 많은 요리 중에서도 특히 이 지방의 토끼로 요리한 프리카세를 추천하며 이 요리에 대한 극찬을 아끼지 않았다.

필리어스 포그는 이것을 주문했고, 요리가 나오자 조심스레 맛을 보았다. 향신료를 가미한 소스가 곁들여졌음에도 불구하고 역겹게 느껴졌다.

그가 주인을 불렀다.

"이보시오, 주인장. 이게 바로 그 토끼 요리란 말이오?" 주인을 뚫어지게 쳐다보며 그가 말했다.

"그렇습니다 선생님. 이곳 정글에서 잡은 토끼로 만든 거죠." 주인이 당당하게 대답했다.

"혹시 이 토끼가 죽으면서 '야옹' 하고 울지 않았소?"

"야옹이라뇨? 천만에요! 맹세코, 이건 토끼 고기라고요!"

"주인장, 맹세는 아무 데서나 하지 말고, 내 말을 들으시오." 포그 씨가 냉정하게 말을 받았다. "한때 인도에선 고양이를 신성한 동물로 여겼던 적이 있었지. 그때가 좋은 시절이었던 것 같소."

"고양이들한테요?"

"아니, 여행객들한테 좋았겠지!"

따끔하게 한마디를 던진 후, 포그 씨는 조용히 식사를 계속했다.

한편 픽스 형사는 포그 씨가 배에서 내리자마자 바로 몽골리아호에서 내려 곧장 봄베이 경찰서로 향했다. 그는 자신의 신분을 밝힌 후 자신이 맡은 임무와 현재 범인으로 추정되는 자와 대치 중인 상황을 설명했다. 런던에서 체포 영장이 도착했을까? 그러나 경찰에선 아직 이 영장을 받지 못한 상태였다. 사실 그 영장은 포그 씨가 런던을 떠난 이후 곧 발부되었다. 하지만 아직 봄베이까진 도착하지 않고 있었다.

픽스는 몹시 당황스러워하는 표정이었다. 그는 이곳 경찰국장이 포그 씨를 체포하라는 지시를 내려 주길 원했지만 경찰국장은 이를 거절했다. 이 사건은 수도 경찰국 관할이므로, 법적으로 수도 경찰국장만이 영장을 발부할 권한이 있다는 거였다. 이같은 철저한 원칙주의와 개인의 자유에 관해서라면 어떠한 방종도 용납하지 않는 엄격한 준법정신이야말로 영국인의 기질을 가장 잘 설명해 주는 것이리라.

픽스는 더 이상 체포 영장을 발부해 달라고 고집하지 않았다. 그는 체념하고 본국으로부터 오는 영장을 기다려야 한다는 걸 깨달았다. 어쨌든 이 불가사의한 악당이 봄베이에 머무르는 동안은 더 이상 관심을 갖지 않기로 마음을 굳혔다. 그는 필리어스 포그가 이곳에 머무를 것을 조금도 의심치 않았고 이건 파스파르투의 생각이기도 했다. 어쨌든 이 체류 기간이 영장이 도착할 시간을 벌어 줄 것은 분명했다.

파스파르투는 몽골리아호에서 내려 주인이 지시한 사항들을 생각하며 수에즈나 파리에서와 같은 일이 이 봄베이에서도 일어날 것이며 또한 이 여행이 여기서 끝나지 않고 최소한 캘커타까지, 어쩌면 그보다 더 멀리 갈지도 모른다는 걸 깨달았다. 그는 포그 씨의 이번 내기가 실제 진담은 아니었는지, 또 자신은 조용히 휴식하며 살기를 원하지만 운명에 이끌려 80일간의 세계일주를 하게 되는 건 아닌지 의심스러워지기 시작했다.

기다리는 동안 몇 벌의 셔츠와 양말을 구입한 후, 그는 봄베이 시내를 산책했다. 시내엔 대규모 대중 집회가 열리고 있었다. 다양한 국적의 유럽인들 가운데 뾰족한 모자를 쓴 페르시아인, 둥근 터번을 두른 인도 상인, 사각모자를 쓴 파키스탄인, 긴 옷을 입은 아르메니아인, 검은 모자를 쓴 파르시 교인들이 눈에 띄었다. 이 집회는 정확히 말해 조로아스터교의 직계 후손인 파르시, 즉 게브르의 축제일이었다. 이 파르시들은 인도에서 가장 근면하고 똑똑하고 근엄하며 개화된 종족으로 대부분 봄베이의 부유한 상인들이었다. 바로 이날, 이들은 일종의 종교의식을 행하고 있는 중이었다. 긴 행렬과 더불어 여흥이 뒤따랐는데, 금은으로 장식된 장밋빛 얇은 천으로 만든 옷을 입은 무희들이 비올라와 북소리에 맞춰 현란하면서도 절도 있는 동작으로 춤을 추었다.

두 눈을 휘둥그레 뜨고 귀를 쫑긋 세운 채 이 흥미진진한 광경을 보고 있는 파스파르투의 어리벙벙한 모습이 말 그대로 진짜 촌놈 같아 보였음은 두말할 나위도 없을 것이다.

그와 그의 주인에게는 불행한 일이지만 파스파르투의 호기심은 이번 여행을 망치게 할 위험이 있었다. 하지만 호기심이 발동한 그는 어쩔 수 없이 넘지 말아야 할 곳까지 이끌리고 말았다.

사실 파스파르투는 이 축제를 살짝 엿본 후 역으로 발길을 돌렸었다. 그런데 말라바르 언덕의 멋진 회교사원 앞을 지나가다가 불현듯 사원 안을 한번 들여다보고 싶은 마음이 들었던 것이다.

여기서 그가 모르고 있는 두 가지 사실이 있었다. 우선 어떤 회교사원에서는 기독교도의 출입을 금하고 있다는 점과 다음으로 회교신자라 해도 사원 문 앞에서는 반드시 신발을 벗고 안으로 들어가야 한다는 점이었다. 게다가 영국 정부는

현지인들에 대한 유화정책으로 이 나라의 종교에 관해 매우 세부적인 사항들까지도 관습을 존중했고 이를 위반할 땐 어떠한 경우라도 엄중히 처벌하고 있었다.

파스파르투는 별다른 생각 없이 사원 안으로 들어갔다. 단순한 여행객처럼 휘황찬란한 브라만의 장식들을 넋을 빼고 보고 있다가 그는 갑자기 신성한 포석 위로 내동댕이쳐졌다. 세 명의 승려가 분노에 찬 시선으로 그에게 달려들어 신발과 양말을 벗기더니 마구 구타하기 시작했다.

힘세고 날렵한 이 프랑스인은 다시 벌떡 일어났다. 그리고는 주먹을 날리고 발길로 걷어차 두 명의 승려를 쓰러뜨렸지만 이들의 긴 옷자락에 걸려 다시 넘어지고 말았다. 그는 일어나 온 힘을 다해 사원 밖으로 달음질쳤고, 그사이 세 번째 승려는 군중을 불러 모아 그의 뒤를 쫓았다.

8시 5분 전, 기차가 출발하기까지는 몇 분밖에 남지 않았다. 모자도 없고, 맨발인데다가 장에서 산 물건들을 담은 꾸러미까지 싸움판에서 잃어버린 꼴로 그는 기차가 떠나기 불과 몇 분 전에야 비로소 역에 도착했다.

픽스는 이미 도착해서 승강장에 서 있었다. 기차역까지 포그 씨를 뒤쫓아 온 그는 이 악당이 봄베이를 떠날 것이라는 걸 확인했고, 그 즉시 캘커타까지, 아니, 필요하다면 더 멀리까지라도 동행하기로 마음먹었다. 파스파르투는 픽스를 알아보지 못했다. 어둠 속에 있었기 때문이었다. 그러나 픽스는 파스파르투가 주인에게 자신의 무용담을 간단히 설명하는 걸 모두 듣고 있었다.

객차에 자리를 잡으며 필리어스 포그가 짤막하게 한 마디 했다. "이런 일이 다신 없도록 하게."

이 가련한 하인은 신발도 없이 완전한 패배자처럼 말없이 주인의 뒤를 따랐다.

이들과는 다른 객차에 오르려는 순간, 픽스의 머릿속에 어떤 생각이 떠올랐다. 그는 이들과 함께 떠나려던 결심을 별안간 바꾸었다.

"아니지, 여기 남아 있자. 이 인도 땅에서 범행을 저질렀으니…… 놈은 이제 내 손안에 있는 거야."

기관차가 힘찬 기적 소리를 내뿜더니 이내 어둠 속으로 사라졌다.

11
필리어스 포그, 엄청난 값을 주고 탈 짐승을 사다

기차는 정시에 출발했다. 이 기차에는 상당수의 여행객들과 몇몇 장교들, 문관들 그리고 인도 동부에서 거래될 아편이나 인디고 물감을 파는 상인들이 타고 있었다.

파스파르투는 주인과 같은 칸에 탔고, 맞은편에는 또 다른 여행객이 앉아 있었다.

그는 수에즈에서 봄베이까지 동행하며 휘스트 게임을 즐겼던 프란시스 크로마티 경이었다. 이 여단장은 베나레스 옆에 주둔 중인 자신의 부대로 돌아가는 중이었다.

프란시스 크로마티 경은 키가 크고, 금발에다가 나이는 50살가량 되어 보였다. 그는 지난 세포이 반란 때 두각을 나타냈던 인물로 진짜 현지인이라는 소리를 들을 만했다. 젊은 시절부터 인도에서 지냈던 그는 정작 본국에는 거의 발을 들여놓지 않았다. 또한 다방면에 걸쳐 박식한 터라 만약 필리어스 포그가 쉽게 질문을 던지는 사람이었다면 그는 기꺼이 인도의 풍습과 역사와 조직 체계에 이르기까지 모든 정보를 말해 주었을 것이다. 그러나 이 신사는 아무런 질문도 하지 않았다. 그는 여행을 하는 게 아니라 그저 세계를 돌고 있을 따름이었다. 이를테면 이론 역학의 법칙에 따라 지구 주위의 궤도를 돌고 있는 무거운 물체나 다름없었다. 이 순간, 그는 머릿속으로 런던을 떠난 이후 소비한 시간을 계산하고 있었다. 계산이 끝난 후, 만약 그가 쓸데없는 동작을 하는 사람이었다면 만족스럽다는 듯 양손을 비벼 댔을 것이다.

프란시스 크로마티 경 또한 이 길동무의 유별난 성격을 눈치 채고 있었다. 손에 카드를 쥐고 있을 때나 게임과 게임 사이 잠깐 쉬는 동안에만 포그 씨를 살펴보긴 했어도 그가 범상치 않은 인물임은 쉽게 알 수 있었다. 여단장은 필리어스 포그라는 냉정한 사람한테도 인간의 심장이 뛰고 있는지, 또 자연의 아름다움에 감탄하고 열정을 품을 수 있는 영혼이 있는지 궁금하게 여기지 않을 수 없었다. 지금까지 만났던 모든 괴짜들 중에 포그 씨처럼 정밀과학 제품 같은 인물은 없었기 때문이다.

필리어스 포그는 프란시스 크로마티 경에게 이번 세계일주 여행을 어떤 조건에서 나서게 되었는지 조금도 숨김 없이 말해 주었다. 얘기를 다 들은 여단장은 이 내기가 아무짝에도 쓸모없는 별난 놀음일 뿐이며, 분별 있는 사람이라면 반드시 고려했어야 할 '유익함'이 결여되어 있다고 보았다. 그동안

이 괴팍스런 신사를 쭉 살펴보면서 여단장은 앞으로도 이 인물은 자신을 위해서건 다른 누구를 위해서건 아무런 유익한 일도 하지 않을 사람이라고 생각했다.

봄베이를 떠난 지 한 시간이 지났을 때, 기차는 육교를 건너 살세트 섬을 가로지른 후 본토를 달리고 있었다. 칼리안 역에서 오른쪽으로 칸달라와 푸나를 거쳐 인도 남동쪽으로 향하는 지선을 뒤로한 채 파울레 역에 도착했다. 이 지점에서 화성암과 현무암으로 이루어진 서고츠 산맥의 무수한 봉우리들 속으로 진입했다. 이곳의 높은 봉우리들은 짙은 숲으로 덮여 있었다.

가끔씩 프란시스 크로마티 경과 필리어스 포그는 몇 마디씩 주고받곤 했다. 여단장이 자주 끊어지곤 하는 대화를 이어가며 말했다.

"몇 해 전만 해도 이곳에선 당신의 여행을 망쳐 놓았을지도 모를 지체들이 있었죠."

"무슨 이유로요?"

"철로가 산 아래서 멈추었기 때문이죠. 그래서 모두들 가마나 조랑말을 타고 반대편 비탈에 있는 칸달라 역까지 가야만 했답니다."

"그렇다 해도 내 여행에는 전혀 차질이 없었을 겁니다. 어떤 우발적인 사고라도 이미 염두에 두었던 거니까요."

"하지만, 당신은 이미 하인의 실수로 크게 곤경에 처할 뻔하질 않았소?"

파스파르투는 발에다 여행용 모포를 둘둘 감은 채 깊은 잠에 빠져 있었다. 두 사람이 자신의 이야기를 하는 줄은 꿈에도 생각지 못했을 것이다.

"영국 정부는 이런 종류의 범죄 행위를 엄중히 다루고 있어요." 프란시스 크로마티 경이 계속해서 말했다. "특히 인도인들의 종교적 풍습을 존중하는 데 각별한 주의를 기울이고 있는 터라 만약 당신의 하인이 붙잡히기라도 했다면……."

"글쎄요, 그랬더라면 재판을 받고 형을 치른 후 조용히 유럽으로 되돌아갔을 테죠. 그런데 대체 이 일이 왜 주인의 발목을 잡는다는 건지 이해할 수 없군요."

대화는 또다시 중단되었다. 밤 동안 기차는 서고츠 산맥을 넘고 나시크를 지나, 다음날인 10월 21일 비교적 평탄한 칸데시 지방을 통과하고 있었다. 보기 좋게 경작된 들판엔 군데군데 작은 마을들이 눈에 띄었고, 그 위로 유럽식 교회의 종탑 대신 회교사원의 첨탑이 솟아 있었다. 대부분 고다바리 강의 지류에 속하는 수많은 작은 하천들이 이 비옥한 고장에 물줄을 대고 있었다.

파스파르투는 잠에서 막 깨어 주변을 둘러보았다. 자신이 '인도반도 철도'의 기차를 타고 인도 땅을 여행하고 있다는 사실이 믿기지가 않았다. 마치 꿈을 꾸고 있는 것처럼 느껴졌다. 하지만 모든 게 분명한 사실이었다. 영국 기관사가 조종하고 영국 석탄으로 움직이고 있는 기관차가 목화농장, 커피농장, 육두구나무, 정향나무, 후추나무 농장 위로 증기를 내뿜었다. 증기는 야자나무 군락지 주변에서 나선을 그리며 올라갔고, 이 야자나무들 사이로 그림 같은 방갈로들과 일종의 버려진 수도원 같은 몇몇 암자들, 무궁무진하고 화려한 인도 건축의 장식을 보여 주는 멋진 절들이 보였다. 그리고는 까마득히 펼쳐진 광대한 땅들과 정글들이 나타났다. 이 정글에는 뱀들이 우글거렸고, 날카로운 기적 소리에 깜짝 놀란 호랑이들도 적지 않았다. 마지막으로 숲들이 나타났다. 이 숲들은 철로가 놓이는 바람에 트이게 되었는데 지금도 가끔 코끼리들이 출몰해서, 머리를 풀어헤친 기차 행렬의 모습을 생각에 잠긴 듯한 시선으로 지켜보곤 했다.

이날 아침 여행객들은 말레가온 역을 지나, 칼리 여신의 신봉자들에 의해 빈번히 피로 물들곤 했던 음산한 지역을 통과하고 있었다. 이곳에서 그리 멀지 않은 곳에 엘로라 마을과 아름다운 사원들이 있었고, 한때 잔혹한 아우랑제브의 수도였던 아우랑가바드도 있었다. 아우랑가바드는 지금은 니잠 왕국으로부터 독립된 한 지방의 소재지일 뿐이다. 투그(칼리 여신을 섬기며 여행자들을 목 졸라 죽이는 광신적인 암살단)의 수장이자

'암살자들의 왕' 이라 불렸던 페링게아가 위세를 떨쳤던 곳도 바로 이 고장이었다. 이 암살자들은 웬만해서는 잡히지 않는 조직을 만들고 죽음의 여신을 위해 모든 희생자들을 목 졸라 죽였다. 피를 보지 않기 위해서였다. 이 시절엔 이 고장 어딜 가더라도 시체가 널려 있지 않은 곳을 찾아보기 어려울 정도였다. 영국 정부는 이같은 대량 살인을 현저하게 줄이는 데는 성공했지만 그 잔인한 단체는 여전히 존재했고 아직도 살인을 행하고 있었다.

낮 12시 30분, 기차는 부르한푸르 역에 도착했다. 파스파르투는 여기서 아주 비싼 값을 주고 가짜 진주가 달린 가죽 신발 한 켤레를 살 수 있었다. 이 신발을 신고 그는 마치 고귀한 신분으로 상승하기라도 한 듯 우쭐해했다.

여행객들은 재빨리 식사를 마쳤고, 기차는 잠시 동안 수라트 근처에서 캄베이 만으로 흘러드는 작은 하천인 탑티 강을 따라 달린 후 아세르구르 역으로 향했다.

이 시점에서 파스파르투가 어떤 생각에 몰두해 있었는지 알아보는 것이 좋을 듯하다. 봄베이에 도착할 때까지 그는 이 여행이 거기서 끝날 거라고 믿었고 또 믿을 만도 했다. 그러나 이제 기차가 전속력으로 인도 반도를 가르며 달리고 있는 이상, 그의 생각에도 변화가 일기 시작했다. 그는 기질적으로 아니다 싶으면 미련 없이 돌아서는 성미였다. 한때 젊은 시절

가졌던 공상적인 생각들을 돌이켜 보며 그는 주인의 계획을 진지하게 받아들이고 있었다. 그의 생각은 이번 내기에 승산이 있다는 쪽으로 기울었고, 결국 단 일초도 초과해서는 안 되는 80일 내에 세계일주를 완수할 수 있다고 믿게 되었다. 벌써부터 그는 이번 여행을 지체시킬 수 있는 모든 가능성들, 즉 도중에 돌발적으로 발생할 모든 사건들을 염려하고 있었다. 마치 자신이 이번 내기의 당사자라도 된 듯, 전날 자신의 용서받을 수 없는 무모한 행동 때문에 여행에 차질이 빚어졌을 수도 있다는 생각을 하며 온몸이 오싹해지기도 했다. 게다가 주인과는 딴판으로 다혈질적인 그는 주인보다 훨씬 더 안절부절못하며 초조한 기색이었다. 이미 써 버린 날들을 세고 또 세면서 기차가 정차할 때마다 욕을 퍼부었고 속력이 처질 땐 화를 내곤 했다. 마치 포그 씨가 기관사에게 포상금을 약속하지 않았기 때문에 이런 일이 벌어지기라도 한 것처럼. 그러나 이 정직한 젊은이는 정기여객선에서는 가능했던 일이 이미 규정 속도가 정해져 있는 철도에서는 불가능하다는 사실을 알지 못했던 것이다.

저녁 무렵 기차는 칸데시와 분델칸드를 가르고 있는 수트푸르 산맥의 협로로 접어들었다.

이튿날 10월 22일, 프란시스 크로마티 경이 시간을 묻자 파스파르투는 자신의 시계를 들여다본 후 새벽 3시라고 대답했다. 앞서도 말했던 이 시계는 여전히 서쪽으로 77도나 떨어진 그리니치 시간대에 맞춰져 있어서 네 시간 정도 늦게 가고 있음이 분명했다.

프란시스 크로마티 경은 파스파르투가 말한 시간을 고쳐 주며, 이미 픽스가 했던 충고를 되풀이했다. 그는 이 젊은이에게 매 시간대마다 새롭게 시간을 조정해야 한다는 것과 사람이 계속해서 동쪽으로, 즉 태양의 앞쪽으로 가고 있기 때문에 경도 1도를 지날 때마다 해가 4분씩 짧아진다는 사실을 이해시키려고 애썼다. 그러나 전혀 소용이 없었다. 이 고집불통은 여단장의 말을 이해했는지 못 했는지는 몰라도 어쨌든 결코 자신의 시계를 앞으로 돌리려 하지 않았고, 변함없이 런던 시간을 고집했다. 하지만 어느 누구에게도 해가 되지 않는 순수한 집착이었다.

아침 8시, 로탈 역을 25킬로미터 앞두고 기차는 숲 속 빈터에서 멈춰 섰다. 몇몇 방갈로들과 일꾼들의 막사가 숲 가장자리를 둘러싸고 있었다. 차장이 객차 사이를 돌며 말했다.

"모두들 여기서 하차하십시오."

필리어스 포그는 프란시스 크로마티 경을 쳐다보았다. 그 역시 타마린드와 카주르로 덮인 숲 한복판에서 기차가 갑자기 정지한 이유를 전혀 모르는 눈치였다.

두 사람 못지않게 깜짝 놀란 파스파르투가 철로로 뛰어 내려가더니 금방 돌아와 이렇게 외쳤다.

"주인님, 철로가 끊겼어요!"

"대체 무슨 말인가?" 프란시스 크로마티 경이 물었다.

"기차가 더 이상 갈 수 없다구요!"

여단장은 곧 객차에서 내렸고, 필리어스 포그는 느긋하게 그 뒤를 따랐다. 두 사람은 차장에게 다가가 물었다.

"여기가 어딥니까?" 여단장이 물었다.

"콜비 마을입니다." 차장이 대답했다.

"여기서 멈춘 건가요?"

"그렇습니다. 철로가 아직 완성되지 않은 터라……."

"뭐요? 철로가 아직 완성되지 않았다구요?"

"그렇다니까요! 이 지점에서 철로가 다시 이어지는 알라하바드까지 80킬로미터 정도가 아직 미완성 상태입니다."

"하지만 신문에선 이 철로가 완전 개통되었다고 떠들어 댔는데!"

"그래서 어쩌라구요? 신문이란 게 원래 믿을 게 못 된다는 건 잘 아시잖아요?"

"그렇다면 봄베이에서 캘커타까지 요금을 모두 받은 이유는 뭐요?" 여단장은 화가 치밀기 시작했다.

"그렇긴 합니다만, 이곳 여행객들은 콜비에서 알라하바드까지 본인들이 직접 이동해야 된다는 사실을 잘 알고 있다구요.”

프란시스 크로마티 경은 화가 머리끝까지 치밀었다. 파스파르투 역시 당장이라도 차장을 때려죽이고 싶은 심정이었지만 차마 그럴 수가 없었다. 그는 감히 주인의 얼굴을 쳐다볼 수도 없었다.

“프란시스 경!” 포그 씨가 거두절미하고 말했다. “그만 갑시다. 원하신다면 알라하바드까지 함께 타고 갈 만한 다른 수단을 찾아보기로 하죠.”

“아니, 포그 씨! 이 지체는 당신에겐 아주 중대한 문제요. 그런데도 그렇게 태연하게 말할 수 있소?”

“이미 예상했던 겁니다.”

“뭐라구요? 그럼 철로가 이렇게 된 걸 벌써 알고 있었단 말이오?”

“아니, 그건 전혀 몰랐습니다. 하지만 여행 도중 크고 작은 난관이 조만간 있을 거라는 생각은 했었죠. 그러니 전혀 문제될 게 없습니다. 게다가 현재로썬 예정보다 이틀이나 앞서 가고 있으니까요. 25일 정오에 캘커타에서 홍콩으로 떠나는 기선이 있습니다. 오늘이 겨우 22일이니까 캘커타엔 늦지 않게 도착할 수 있을 겁니다.”

빈틈없고 확신에 찬 대답을 듣고 나니 여단장은 더 이상 덧붙일 말이 없었다.

철로 공사가 이 지점에서 중단된 건 부인할 수 없는 사실이었다. 신문들은 앞으로만 가려고 애쓰는 시계처럼, 성급하게 이 철도의 완공을 발표했었다. 대부분의 여행객들은 이 철도가 중단된 사실을 이미 알고 있었다. 여행객들은 기차에서 내리자마자 마을에서 찾을 수 있는 모든 종류의 탈것들을 닥치는 대로 잡아탔다. 네 바퀴가 달린 팔키가리, 등에 혹이 달린 소가 끄는 짐수레, 이동식 탑처럼 생긴 여행용 달구지, 가마, 조랑말 등. 포그 씨와 프란시스 크로마티 경 또한 마을을 이 잡듯 뒤지고 다녔지만 아무런 소득도 없었다.

"난 걸어가겠네." 포그 씨가 말했다.

방금 전 주인과 합류한 파스파르투는 자신의 근사한 신발이 망가질 거라는 생각에 노골적으로 싫은 표정을 지었다. 하지만 다행히도 주인과는 별도로 탈것을 찾으러 다녔던 그가 다소 머뭇거리며 말했다.

"주인님, 제가 탈것을 하나 보긴 했습니다만……."

"어떤 것 말인가?"

"코끼리요! 여기서 백 보 정도 떨어진 곳에 한 인도인이 코끼리를 키우고 있더라구요."

"그럼, 한번 가 보세."

5분 후 필리어스 포그, 프란시스 크로마티 경, 파스파르투 세 사람은 높은 판자 울타리가 둘러쳐진 우리 옆에 있는 오두막 근처에서 기다렸다. 이들이 코끼리에 대해 묻자 그 인도인은 일행을 우리 안으로 안내했다.

그곳엔 반쯤 길들여진 코끼리 한 마리가 있었다. 코끼리 주인은 이 동물을 짐바리가 아닌 전투용으로 키우고 있었다. 이런 목적으로 주인은 이 동물의 타고난 유순함을 점차 바꾸어 힌두어로 '무트쉬' 라고 하는 극도의 격분 상태까지 치달을 수 있도록 길들이기 시작했다. 이를 위해 이 코끼리에게 석 달 동안 설탕과 버터만을 먹였다. 과연 이런 사육 방법으로 원하는 결과를 얻을 수 있을지는 의심스러웠지만, 어쨌든 사육사들은 이 방법으로 종종 성공을 거둔다고 했다. 포그 씨에게는 아주 다행스럽게, 이 코끼리는 식이요법을 이제 막 시작한 터라 아직 무트쉬 상태는 보이지 않았다. 키우니라는 이름의 이 코끼리는 자신의 다른 종족들처럼 오랫동안 빠른 속도로 걸을 수 있었다. 게다가 달리 다른 탈것이 없었기 때문에 필리어스 포그는 이 짐승을 이용하기로 했다.

그러나 인도에서는 코끼리가 점차 귀해져 가고 있어서 꽤 비싼 편이었다. 특히 서커스에서 싸움용으로 쓰는 수컷 코끼리들은 매우 희귀했다. 또 이 동물들은 길들인 상태에서는 아주 드물게 새끼를 낳았기 때문에 수가 줄어들면 사냥을 통해 포획할 수밖에 없었다. 그래서 이 동물들은 극도의 보호 대상이었다. 포그 씨는 주인에게 이 코끼리를 빌려 줄 수 없느냐고 물었다. 그러자 그는 단호히 거절했다.

포그 씨는 계속해서 엄청난 값을 제시했다. 시간당 10파운드를 주겠다고 했지만 거절이었다. 20파운드? 또 거절, 40파운드? 여전히 거절이었다. 파스파르투는 매번 가격이 올라갈 때마다 가슴이 덜컹 내려앉는 것 같았다. 그러나 코끼리 주인은 도무지 고집을 꺾을 기미를 보이질 않았다.

그사이에 금액은 상당히 올라 있었다. 이 코끼리로 알라하바드까지 가는 데 15시간이 걸린다면 지불해야 할 비용은 6백 파운드라는 계산이 나왔다.

필리어스 포그는 전혀 흔들림이 없었다. 이 코끼리를 자신에게 판다면 천 파운드를 주겠다고 제안했다.

그러나 여전히 이 인도인은 팔려고 하지 않았다. 이 고집불통은 직감적으로 상대가 얼마나 절박한 처지인지를 눈치 챈 듯싶었다. 프란시스 크로마티 경은 포그 씨를 따로 한쪽으로 불러내어 값을 계속 올려 부르기 전에 신중히 생각해 보라고 충고했다. 그러자 포그 씨는 자신은 깊이 생각해 보지도 않고 행동하는 그런 사람이 아니며, 이건 결과적으로 2만 파운드의 내기와 직결되는 일이라고 말했다. 또한 지금 자신에겐 이 코끼리가 몹시 필요하며, 이 동물은 몸값의 20배에 해당하는 효용가치가 있을 것이므로 이걸 사겠다는 거였다.

포그 씨는 다시 코끼리 주인에게 돌아왔다. 욕심으로 가득 찬, 가늘게 찢어진 그의 눈은 결국 가격만 마음에 든다면 언제든지 이 짐승을 팔 준비가 되어 있다는 걸 말해 주고 있었다. 계속해서 필리어스 포그는 1천2백 파운드를 제시했고, 이어서 1천5백 파운드, 또다시 1천8백 파운드, 마지막으로 2천 파운드를 제시했다. 파스파르투는 너무 흥분한 나머지 새파랗게 질릴 지경이었다.

2천 파운드에 마침내 코끼리 주인은 고집을 꺾었다.

"내 신발을 걸고 맹세컨대, 코끼리 고기를 이렇게 엄청난 값에 사는 사람은 세상에 다신 없을 거예요." 파스파르투가 소리쳤다.

협상은 끝났고, 이제 안내인을 구하는 일만 남아 있었다. 하지만 그건 훨씬 수월했다. 지적인 용모의 한 파르시 청년이 안내를 맡겠다고 나섰기 때문이다. 포그 씨는 그를 채용했고 역시 높은 포상금을 약속했다. 이 때문에 청년의 머릿속은 더욱 비상하게 돌아가고 있었다.

일단 코끼리를 데려오자 즉시 필요한 장비가 갖추어졌다. 파르시 청년은 코끼리 사육사인 '마후트' 라는 직업에 정통해 있었다. 그는 코끼리 등에 일종의 마의 같은 것을 덮은 다음 양 옆구리에 그리 편안해 보이지 않는 수송용 길마를 놓았다.

필리어스 포그는 앞서 말한 그 가방에서 지폐를 꺼내 코끼리 주인에게 건넸다. 파스파르투는 정말로 자기 뱃속에서 이 돈들이 꺼내지는 것처럼 느껴졌다. 포그 씨는 프란시스 크로마티 경에게 알라하바드 역까지 함께 타고 가겠느냐고 물었다. 여단장은 대환영이었다. 승객이 한 명 더 늘었다고 해서 이 거대한 동물이 지체하는 일은 없을 테니까.

식량은 콜비 마을에서 구입했다. 프란시스 크로마티 경은 두 길마 중 한쪽에 자리를 잡았고 다른 쪽에는 필리어스 포그가 앉았다. 파스파르투는 포그 씨와 여단장 사이의 코끼리 혹 위에 걸터앉았고, 파르시 청년은 코끼리 목 위에 올라앉았다. 9시에 코끼리는 마을을 떠나 지름길을 통해 야자나무가 울창한 숲 속으로 들어갔다.

12
필리어스 포그와 그 일행, 인도의 밀림 속에서 모험을 하다

거리를 단축하기 위해, 파르시 청년은 공사가 진행 중인 오른쪽 길을 피해 왼쪽으로 길을 잡았다. 빈디아 산맥의 변덕스런 지류 때문에 막혀 있던 이 길은 필리어스 포그가 관심을 보였던 그 지름길이 아니었다. 그러나 이 지방의 도로와 길들을 훤히 꿰고 있는 청년은 이 숲을 통과함으로써 30여 킬로미터를 절약할 수 있다고 주장했고, 모두들 그를 믿고 따르기로 했다.

길마 속에 완전히 파묻혀 있는 필리어스 포그와 프란시스 크로마티 경은 코끼리의 빠른 걸음 때문에 심하게 흔들렸다. 그러나 이들은 영국인답게 이 상황을 묵묵히 견디고 있었고, 거의 말없이 서로를 바라볼 뿐이었다.

한편, 등 위에 올라타고 있어 코끼리가 걸음을 뗄 때마다 그 충격을 직접 받고 있는 파스파르투는 주인의 충고에 따라 이 사이에 혀가 끼지 않도록 신경 쓰고 있었다. 자칫 잘못했다간 혀가 잘려 나갈 수도 있기 때문이었다. 이 정직한 하인은 한번은 코끼리 목 위로, 그다음엔 엉덩이 쪽으로 이리저리 내던져지며 마치 점프대 위에 선 광대처럼 곡예비행을 했다. 그러나 이런 가운데서도 그는 엎드린 채 농담을 하며 웃곤 했다. 이따금 그가 가방에서 설탕 조각을 꺼내면 영리한 키우니는 잠시도 걸음을 멈추는 일 없이 긴 코끝으로 받아먹곤 했다.

두 시간의 행군 끝에 파르시 청년은 코끼리를 멈춰 세운 후 한 시간 동안 쉬게 해 주었다. 이 코끼리는 먼저 근처 늪에서 갈증을 푼 다음 나뭇가지들과 관목들을 게걸스럽게 먹어 치웠다. 프란시스 크로마티 경은 몹시 기진맥진한 터라 이 휴식이 싫지 않은 눈치였다. 하지만 포그 씨는 방금 침대에서 자고 일어난 사람처럼 가뿐해 보였다.

"정말 무쇠로 된 인간이라니까!" 여단장이 경탄의 눈빛으로 그를 바라보았다.

"그것도 그냥 쇠가 아니라 단련된 쇠죠." 간단한 식사 준비를 하고 있던 파스파르투가 덧붙였다.

정오가 되자 파르시 청년은 출발 신호를 보냈다. 곧이어 매우 황량한 땅이 나타났다. 키 큰 나무숲에 이어 타마린드와 키 작은 야자나무로 된 잡목림이 나타났고, 그다음엔 연약한 관목들과 군데군데 섬장암 덩어리들이 박혀 있는 광대하고 메마른 평원이 나왔다. 이 분델칸드 고지대는 여행객들의 발길이 거의 닿지 않은 곳이며, 인도에서 가장 끔찍한 종교의식을 행하는 광신 집단들이 거주하고 있는 곳이기도 했다. 토후의 영향력하에 놓여 있는 지역에서는 영국의 지배력이 미치지 못했다. 왜냐하면 빈디아 산맥 깊숙한 곳에 위치한 이들의 은둔처까지 접근하기가 불가능했기 때문이었다.

잔인한 힌두교도 무리들이 몇 번씩이나 눈에 띄었다. 이들은 네 발 짐승이 빨리 지나가는 걸 보며 성난 몸짓을 해 보이곤 했다. 안내인인 파르시 청년은 이들을 악당으로 보아 가능하면 피하려고 했다. 이날 내내, 원숭이 몇 마리를 제외하곤 다른 동물들은 거의 보이지 않았다. 수없이 몸을 비틀고 얼굴을 찡그리며 달아나는 이 원숭이들을 보며 파스파르투는 무척 즐거워했다.

그런데, 유독 파스파르투의 머릿속을 맴도는 한 가지 의문점이 있었다.

'알라하바드 역에 도착하고 나면 주인님은 이 코끼리를 어떻게 할까? 함께 데리고 갈까? 아냐! 그건 불가능해! 구입비용에다 운송비용까지 합하면 이 동물 때문에 파산하고 말걸. 그럼 팔아치워 버릴까? 아니면, 그냥 자유롭게 풀어줄까? 하지만 이렇게 유용한 동물은 존경받을 만한 가치가 있어. 혹시라도 주인님이 정말로 이 코끼리를 내게 선물로 주면 어쩌지?' 이런 생각들이 파스파르투의 머릿속을 떠나지 않고 있었다.

저녁 8시, 빈디아 산맥의 주요 봉우리를 넘었고, 일행은 북쪽 사면 기슭의 무너진 방갈로 안에서 잠시 휴식을 취했다.

하루 종일 이들이 달려온 거리는 약 40킬로미터였고, 알라하바드 역까지 도달하려면 지금까지 왔던 만큼을 더 가야 했다.

밤공기는 차가웠다. 파르시 청년은 방갈로 안에다 마른 가지들로 불을 지폈다. 곧 그 열기가 퍼져 훈훈해졌다. 저녁은 콜비 마을에서 구입한 식량으로 때웠다. 모두들 피로에 지쳐 녹초가 된 채로 식사를 마쳤다. 띄엄띄엄 몇 마디로 시작된 대화마저 귀가 멍멍해질 정도의 코 고는 소리에 곧 중단되고 말았다. 파르시 청년은 키우니 옆에서 불침번을 섰고 키우니는 큰 나무 줄기에 기대선 채 잠들어 있었다.

이날 밤은 아무런 사고 없이 무사히 지나갔다. 이따금 치타와 표범들의 울부짖음이 원숭이들의 날카로운 외침들과 섞여 정적을 깨뜨리곤 했다. 맹수들은 몇 차례 포효하는 것으로 그쳤고, 방갈로 안의 숙박객들에게 어떠한 적의도 표시하지 않았다. 프란시스 크로마티 경은 마치 피로에 곯아떨어진 용감한 병사처럼 깊은 잠에 빠져 있었다. 파스파르투는 이리저리 뒤척였다. 전날 코끼리 등 위에서 사방으로 곤두박질치던 일을 꿈속에서도 되풀이하고 있는 모양이었다. 포그 씨는 예상했던 대로 새빌로의 집에서처럼 평화롭게 휴식을 취하고 있었다.

아침 6시부터 또다시 행군이 시작되었다. 파르시 청년은 바로 그날 저녁 알라하바드 역에 도착할 계산이었다. 만약 그렇게 된다면 포그 씨는 이 여행이 시작된 이후로 벌어 둔 48시간 중 일부만을 잃게 되는 셈이었다.

일행은 빈디아 산맥의 마지막 비탈길을 내려왔다. 키우니는 다시 빠른 속도를 회복했다. 정오 무렵, 파르시 청년은 갠지스 강의 지류인 카니아 강변에 위치한 칼링거 마을로 향했다. 청년은 갠지스 강 유역의 첫 번째 저지대인 이 들판들이 인적이 드물어 더 안전하다고 판단했고, 되도록이면 사람들이 거주하고 있는 장소는 피하려고 했다. 알라하바드 역은 북동쪽으로 20킬로미터도 채 떨어져 있지 않았다. 일행은 바나나 나무 숲 아래서 잠시 멈추었다. 바나나 열매는 빵만큼이나 몸에도 좋고 '크림처럼 달콤한 즙이 풍부하다.' 고 표현될 만큼 그 맛이 일품이었다.

2시에 파르시 청년은 짙은 밀림으로 들어갔다. 이제 수킬로미터에 이르는 이 숲을 통과해야만 했다. 무엇보다 그는 숲을 방패 삼아 사람들의 눈에 띄지 않게 지날 수 있는 방법을 선호했다. 어쨌든 일행은 지금까지 어떠한 잔인한 악당들과도 마주치지 않았고, 이대로만 간다면 여행은 별 사고 없이 마칠 수 있을 것 같았다. 그런데 이때 코끼리가 약간 불안한 조짐을 보이더니 갑자기 멈춰 서 버렸다.

시간은 4시를 가리키고 있었다.

"무슨 일이지?" 프란시스 크로마티 경이 길마 위로 고개를 들며 물었다.

"글쎄요, 잘 모르겠습니다." 파르시 청년이 대답했다. 그는 짙은 나뭇가지 아래로 지나가는 웅성거림에 귀를 기울였다.

잠시 후 이 웅성거림은 더욱 또렷해졌다. 아주 멀리서 연주되는 듯한 금관악기들의 소리와 사람들의 목소리가 어우러진 연주회라고나 할까?

파스파르투는 귀를 바짝 기울이고 온 정신을 집중시켜 지켜보았고, 포그 씨는 말 한마디도 없이 참을성 있게 기다리고 있었다.

파르시 청년은 코끼리 목에서 뛰어내려 코끼리를 나무에 매어 놓은 다음 더 깊숙한 잡목림 속으로 들어갔다. 그리고 몇 분 후 다시 나오며 말했다.

"브라만 행렬인데, 이쪽으로 오고 있어요. 가능한 한 눈에 띄지 않도록 해야 해요!"

청년은 나머지 일행에게 땅으로 내려오지 말라고 주의를 준 뒤 코끼리를 나무에서 다시 풀어 덤불숲 쪽으로 끌고 갔다. 그런 다음 혹시라도 도망가야 할 상황이 닥치면 금방이라도 코끼리 위에 올라탈 자세를 갖춘 채 기다렸다. 그러나 길은 나뭇잎들로 완전히 가려져 있었기 때문에 이 광신자 무리가 일행을 알아보지 못하고 그냥 지나칠 거라고 생각했다.

사람의 목소리와 악기들의 불협화음이 점차 다가오고 있었다. 읊조리는 듯한 단조로운 노래들이 북소리와 징소리에 섞여 들려왔다. 곧이어 일행이 숨어 있는 곳으로부터 약 50보 정도 떨어진 곳에 행렬의 선두가 모습을 드러냈다. 이들은 나뭇가지 사이로 이 신기한 종교 행렬을 지켜보고 있었다.

맨 앞줄에는 승모를 쓰고 번쩍이는 장식이 달린 긴 옷을 입은 승려들이 서 있었다. 이들은 남자, 여자, 아이들에 둘러싸여 있었다. 장례식 때 부르는 일종의 만가가 들렸는데, 일정한 간격을 두고 울리는 북소리와 징소리에 묻히곤 했다. 그뒤에는 화려하게 치장한, 등에 혹이 달린 소 두 마리가 이끄는 큰 바퀴가 달린 수레 위에 흉측한 신상이 모습을 드러냈다. 수레바퀴의 살과 테는 뱀들이 서로 얽혀 있는 모양을 하고 있었고, 신상은 팔이 네 개에다 몸은 짙은 붉은색으로 칠해져 있었다. 또한 험상궂은 눈과 산발한 머리에 혀는 축 늘어져 있고, 입술은 구장(후춧과의 풀)으로 물들였으며 목에는 죽은 해골들로 만든 목걸이가, 허리에는 잘린 손들로 만든 허리띠로 둘러져 있었다. 이 신상은 머리가 잘려 나간 채 쓰러져 있는 한 거인을 딛고 서 있었다.

프란시스 크로마티 경은 이 신상을 알고 있었다.

"칼리 여신이로군! 사랑과 죽음의 여신이야." 그가 중얼거렸다.

"죽음의 여신이라는 건 이해하겠지만 사랑의 여신이라니, 말도 안 돼요!" 파스파르투가 말했다. "저렇게 흉측한 사랑의 여신도 있단 말입니까?"

파르시 청년은 그에게 조용히 하라는 표시를 했다.

신상 주변에서는 황갈색 줄무늬가 들어간 띠를 두르고, 피를 방울방울 떨어지게 하기 위해 온몸에 십자 절개를 한 늙은 행자 무리가 술렁거리더니 경련을 일으키듯 온몸을 뒤틀며 날뛰었다. 이같은 큰 힌두교 의식에서는 아직도 크리슈나 신상이 실린 수레바퀴 아래서 흥분해서 날뛰는 어리석은 광신자들이 있다고 했다.

이 무리들 뒤로 동양풍 의상으로 호화롭게 치장한 몇 명의 브라만들이 간신히 몸을 지탱하고 있는 한 여자를 끌고 가고 있었다.

이 부인은 젊었고 유럽인처럼 하얀 피부를 가졌으며, 머리, 목, 어깨, 귀, 팔, 손, 발가락 등에 모두 보석, 목걸이, 팔찌, 고리, 반지 등으로 주렁주렁 치장하고 있었다. 금실로 짠 짧은 튜닉을 입은 그녀의 허리는 하늘거리는 모슬린 천에 덮여 더욱 돋보였다.

이 젊은 부인에 이어 허리의 칼집에서 뺀 검과 금붙이가 박힌 긴 총으로 무장한 채, 이 부인과는 너무도 대조적인 눈빛을 한 호위병들이 어떤 시체를 실은 가마를 운반하고 있었다.

그것은 사치스런 토후의 의상을 입은 한 노인의 시체였다. 그는 살아 있을 때와 마찬가지로 진주로 수놓은 터번, 비단과 금으로 짠 긴 옷, 다이아몬드가 박힌 캐시미어로 만든 허리띠에다 인도의 토후들이 지니는 멋진 무기들도 지니고 있었다.

그다음엔 악사들과 광신자들이 행렬의 후미를 장식했다. 이따금 이들이 내지르는 괴성이 귀가 멍멍해질 정도로 요란한 악기들의 소음을 잠재우곤 했다. 이렇게 해서 행렬은 모두 끝이 났다.

프란시스 크로마티 경은 이 화려한 행렬을 매우 동정 어린 표정으로 지켜보았다. 그리고는 파르시 청년 쪽을 돌아보며 말했다.

"사티로군."

파르시 청년은 그의 말이 맞다는 표시를 하고는 조용하라는 뜻으로 입술에 손가락을 가져다 댔다. 긴 행렬이 나무 아래로 천천히 빠져나가고 있었다. 곧이어 마지막 열이 숲 속 깊숙한 곳으로 사라졌다.

노랫소리는 점차 잦아들었지만 아직도 아득한 곳에서 괴성들이 터져 나오곤 했다. 마침내 이 모든 소란이 사라지고 깊은 침묵만 남았다.

필리어스 포그는 프란시스 크로마티 경이 방금 전 말한 것을 들었다. 그래서 행렬이 사라지자마자 물었다.

"사티가 뭐죠?"

"이를테면 인간 제물인데, 하지만 자발적인 희생양이라고 봐야죠. 방금 전 보았던 그 여자는 내일 아침 일찍 불태워질 겁니다."

"천하에 악당들 같으니!" 파스파르투가 분노를 참지 못하고 소리쳤다.

"그럼, 그 시체는?" 포그 씨가 물었다.

"그녀의 남편인 토후의 시체입니다." 파르시 청년이 말했다. "분델칸드를 다스리던 토후 중 한 사람이었죠."

"어떻게! 이런 야만적인 풍습이 아직도 인도 땅에 남아 있다니! 영국 정부는 이런 걸 없앨 수 없었나요?" 필리어스 포그가 아무런 감정도 드러내지 않은 채 말했다.

"인도 대부분 지역에서는 인간 제물을 바치는 풍습이 사라졌지만 영국 정부도 이곳처럼 외지고 야만적인 고장에까진 힘을 쓰지 못하고 있어요. 특히 분델칸드 지역은 더 그렇구요. 사실 빈디아 산맥의 북쪽 사면은 끊임없는 살인과 약탈이 자행되는 본거지나 다름없거든요."

"산 채로 태워지다니, 정말 불행한 여인이군요!" 파스파르투가 중얼거렸다.

"정말 불행한 여인이지…… 화형된다니." 여단장이 말을 받았다. "하지만 그녀가 화형당하지 않으면 친족들에게 얼마나 시달림을 당하게 될지 아마 자넨 짐작도 못 할 걸세. 그들은 그녀의 머리를 빡빡 깎고 먹을 것도 겨우 목숨을 연명할 정도로만 주면서 온갖 홀대를 다 한다네. 그녀는 불경한 인간으로 낙인찍혀 더러운 개 취급을 당하며 아무도 모르게 죽어갈 테지. 하지만 이 불행한 여인들은 이를 거부할 경우 어떤 일이 벌어질지를 잘 알기 때문에 어쩔 수 없이 화형을 택하는 거라네. 종교적 신앙이나 남편에 대한 사랑보다는 앞으로 겪을 끔찍한 일들에 대한 두려움이 큰 거겠지. 그렇지만 정말로 자발적인 경우도 있기 때문에 이를 막으려면 정부가 적극적으로 개입해야 한다고 생각하네. 한 예로, 몇 해 전 내가 봄베이에 머물 때 어떤 젊은 미망인이 총독에게 남편의 시체와 함께 화형당하는 걸 허락해 달라고 왔던 일이 있었지. 짐작하겠지만 총독은 당연히 거절을 했어. 그러자 그녀는 그 마을을 떠나 다른 독립 토후에게로 도망가 버렸고, 결국 거기서 희생제물이 되고 말았거든."

여단장이 이야기를 하는 동안 파르시 청년은 머리를 끄덕였다. 그리고는 이야기가 끝나자 이렇게 말했다.

"내일 동틀 무렵 있을 화형은 자발적인 게 아니에요."

"자네가 그걸 어떻게 알지?"

"분델칸드의 모든 사람들이 다 알고 있는 이야기입니다."

"하지만 그 부인은 아무런 저항도 하지 않는 것처럼 보였네." 여단장이 지적했다.

"그건 대마와 아편 연기로 마취시켰기 때문이죠."

"그럼, 그녀를 어디로 데려가는 거지?"

"필라지 사원이요. 여기서 3킬로미터 정도 떨어진 곳이죠. 거기서 화형 시간을 기다리며 밤을 보낼 겁니다."

"화형식은 언제쯤?"

"내일 동이 트자마자 할 겁니다."

이렇게 대답한 후 파르시 청년은 코끼리를 숲에서 끌어내 목 위에 올라탔다. 그리고는 독특한 신호음으로 코끼리를 몰려는 순간 포그 씨가 그를 막더니 여단장에게 이렇게 말했다.

"우리가 그 부인을 구해 줄까요?"

"포그 씨! 부인을 구하다니요?"

"아직도 예정보다 12시간이나 앞서 있어요. 이 시간이면 그녀를 구출할 수 있을 겁니다."

"아, 당신도 인정이 있는 분이었군요!" 프란시스 크로마티 경이 말했다.

"가끔, 그럴 시간이 있을 땐요." 필리어스 포그가 솔직하게 대답했다.

13
파스파르투, 행운은 용감한 자의 편이라는 걸 다시 한 번 입증하다

사실 이 계획은 무모하기 그지없는 난관투성이라서 과연 이것을 실행할 수 있을지조차 의심스러웠다. 포그 씨에게는 이 모험이 자신의 목숨을 거는 거나 다름없었다. 아니, 목숨까진 아니더라도 최소한 자유를 잃을 위험이 컸고, 그렇게 되면 이번 여행의 성공도 장담할 수 없는 일이었다. 그러나 그는 주저하지 않았고, 프란시스 크로마티 경도 명백한 동의를 표시했다.

파스파르투로 말하자면, 그는 언제든지 곧바로 주인을 따를 태세로 대기 중이었다. 포그 씨의 계획은 그를 들뜨게 하기에 충분했다. 얼음 상자같이 냉랭한 이분에게도 따뜻한 인정이 남아 있었다니, 그는 감동했고 필리어스 포그가 좋아지기 시작했다.

이제 남은 건 안내인 파르시 청년뿐이었다. 그는 과연 어느 편일까? 혹시 그 힌두교도들을 지지하는 쪽은 아닐까? 이번 계획을 성사시키려면 전폭적인 찬성은 아닐지라도 최소한 그가 중립을 지켜 줄 필요는 있었다.

프란시스 크로마티 경이 단도직입적으로 그에게 의사를 물었다. 안내인이 대답했다.

"장교님, 전 파르시 족입니다. 그 여자도 마찬가지구요. 분부만 내리십시오."

"좋네." 포그 씨가 대답했다.

"하지만, 만약 잡히기라도 하는 날엔 우리 모두 목숨이 위태로울 뿐 아니라 무시무시한 처벌이 따른다는 걸 분명히 아셔야 합니다. 그러니, 더 신중히 생각해 보시죠." 파르시 청년이 말했다.

"이미 결정됐네." 포그 씨가 대답했다. "내 생각엔 좀 더 기다리다 밤이 되면 행동을 개시하는 게 좋을 듯싶은데, 어떤가?"

"제 생각도 그렇습니다." 청년이 대답했다.

이 선량한 청년은 희생 제물인 그 여자에 대해 몇 가지 자세한 이야기를 더 들려주었다. 그녀는 뛰어난 미모의 소유자로 파르시 족 출신이며 봄베이의 한 부유한 거상의 딸이었다. 또한 이 도시에서 철저히 영국식으로 교육을 받았고, 예절이나 학식으로 보나 모르는 사람이 본다면 그녀를 유럽인으로 생각할 정도였다. 그녀의 이름은 아우다였다.

부모를 여의고 고아가 된 그녀는 자신의 뜻과는 달리 분델칸드의 늙은 토후와 결혼하게 되었고, 석 달 후 미망인이 된 것이다. 어떤 운명이 자신을 기다리고 있는지를 잘 아는 그녀는 도망을 쳤지만 곧 붙들려 왔다. 토후의 죽음에 이해관계가 걸려 있는 친척들은 그녀를 희생 제물로 바치기로 했고, 그녀는 결코 이 형벌을 피할 수 없을 것 같았다.

이 이야기를 들은 후 포그 씨와 일행은 더욱 마음을 굳히게 되었다. 이들의 작전은 일단 안내인 청년이 코끼리를 필라지 사원 쪽으로 몰고 간 다음, 거기서부터 가능한 한 가까이 접근하는 것이었다.

30분 후, 이들은 아무도 눈치 채지 못하게 사원으로부터 약 5백 보 정도 떨어진 잡목림 아래서 일단 멈췄다. 광신도들의 울부짖음이 또렷하게 들려왔다.

그리고는 여자에게 접근할 수 있는 방법을 논의했다. 파르시 청년은 이 필라지 탑을 잘 알고 있었고, 분명 여자가 이 탑 안에 감금되어 있을 거라고 확신했다. 이 무리들이 완전히 마약에 취해 있을 때 문을 통해 거기로 들어가야 할지, 아니면 벽에 구멍을 뚫어야 할지는 그때 상황을 봐야만 알 수 있을 것이다. 그러나 분명한 건 바로 오늘 밤 여자를 구해내야 한다는 사실이다. 해가 뜨면 그녀는 바로 화형에 처해질 것이고, 그렇게 되면 어떤 방법으로도 그녀를 구출할 수 없을 테니까.

포그 씨와 일행은 밤이 되길 기다렸다. 저녁 6시경 어둠이 깔리면 우선 탑 주변부터 정찰하기로 했다. 그러는 동안 행자들의 괴성이 점차 수그러들었다. 관습대로라면 이 힌두교도들은 '항' — 대마를 우려낸 물을 섞은 아편액 — 을 마시고 깊은 도취 상태에 빠져 있을 게 분명했다. 아마도 이 도취된 자들 사이로 탑까지 슬그머니 들어갈 수 있을 것이다.

파르시 청년은 일행을 안내하며 소리 없이 숲을 가로질러 앞으로 나아갔다. 10분 정도 나뭇가지 아래로 기어가자 작은 강가가 나타났다. 쇠막대로 만든 횃불 끝에서 송진이 타오르고 있었고, 쌓아 놓은 나무들이 눈에 띄었는데, 바로 화형대로 쓰일 장작더미였다. 이 나무들은 모두 값비싼 백단으로 이미 향유가 듬뿍 뿌려진 상태였다. 장작더미 윗부분에는 방부처리가 된 토후의 시체가 놓여 있었다. 이 시체는 미망인과 동시에 불에 태워질 게 분명했다. 이 장작더미로부터 백 보 정도 떨어진 곳에 그 사원이 보였고, 첨탑들이 어둠 속에서 쭉 뻗은 나무들을 뚫고 솟아 있었다.

"오세요!" 안내인이 작은 소리로 말했다.

그는 더욱 신중을 기하면서 일행을 이끌고 조용히 키 큰 풀들을 헤치며 앞으로 나아갔다.

어둠 속에 정적을 깨뜨리는 건 바람에 스치는 나뭇가지들뿐이었다.

얼마 가지 않아 곧 파르시 청년은 숲 속 빈터의 가장자리에서 걸음을 멈췄다. 몇 개의 횃불이 이 빈터를 밝게 비추고 있었다. 땅바닥에는 마약에 취해 쓰러진 자들이 널브러져 있었는데, 마치 죽은 시체들로 뒤덮인 전쟁터를 방불케 했다. 남자건 여자건 아이건 할 것 없이 모두 뒤범벅으로 섞여 있었고 여기저기서 마취 상태의 몇몇 사람들이 아직도 숨을 헐떡이고 있었다.

그뒤에 우거진 나무들 사이로 필라지 사원이 희미하게 보였다. 그러나 실망스럽게도 토후의 호위병들이 시커먼 연기를 내뿜는 밝은 횃불 아래 칼집 없는 검을 차고 문 앞을 지키며 돌아다니고 있었다. 그 안에선 승려들이 불침번을 서고 있을 게 뻔했다. 청년은 몹시 낙담했다.

그는 더 이상 앞으로 나가지 않았다. 이 사원의 입구를 뚫고 들어간다는 것이 불가능하다는 걸 깨달았기 때문이다. 그래서 일행을 데리고 다시 뒤쪽으로 왔다.

필리어스 포그와 프란시스 크로마티 경 역시 그와 마찬가지로 이쪽으로는 시도해 볼 여지가 전혀 없음을 알았다.

이들은 멈춰 서서 작은 소리로 대책을 논의했다.

"기다립시다." 여단장이 말했다. "아직 8시밖에 안 됐어요. 호위병들이 잠에 곯아떨어질 수도 있잖아요."

"물론, 그럴 가능성도 있습니다." 청년이 대답했다.

결국 필리어스 포그와 그 일행은 큰 나무 밑에 자리를 잡고 앉아 기다리기로 했다.

시간은 왜 이렇게 길게만 느껴지는지! 안내인은 이따금씩 이들 곁을 떠나 숲 주변을 살피곤 했다. 토후의 호위병들은 여전히 횃불 속에서 경계를 늦추지 않고 있었고, 사원에선 창문들 사이로 희미한 빛이 새어 나오고 있었다.

일행은 자정까지 기다렸지만 상황은 전혀 변하지 않았다. 사원 밖의 경계조차 풀릴 기미가 안 보였다. 더 이상 호위병들이 잠들기를 기대할 순 없었다. 아마도 이 호위병들은 '항'을 마시지 않은 것처럼 보였다. 따라서 작전을 달리할 필요가 있었다. 사원 벽에 통로를 뚫고 들어가는 것도 한 방법일 수 있었다. 그러나 사원 안에 있는 승려들이 문 앞의 병사들만큼 철저하게 희생 제물을 감시하고 있는지는 알 수 없었다.

마지막으로 의논을 끝낸 후 안내인은 떠날 때가 됐다고 말했다. 청년이 앞장서고 포그 씨와 프란시스 크로마티 경 그리고 파스파르투가 뒤를 따랐다. 이들은 사원의 뒤쪽 벽을 통해 들어가려고 일부러 꽤 먼 거리를 우회했다.

밤 12시 30분경, 아무도 마주치지 않은 채 뒤쪽 벽 아래까지 도달했다. 이쪽엔 어떤 감시병도 배치되어 있지 않았다. 그건 창문이나 문이 전혀 나 있지 않았기 때문이었을 것이다.

어두운 밤이었다. 하현달이 커다란 구름에 가려진 채 지평선 위로 막 떠올랐고, 나무들은 어둠 속에서 키가 더욱 커 보였다.

그러나 벽 아래까지 온 것으로 다 끝난 게 아니었다. 아직 이곳에 통로를 설치하는 일이 남아 있었다. 그러나 필리어스 포그와 일행이 가지고 있는 도구라고는 주머니칼밖에 없었다. 하지만 아주 다행스럽게도 사원 벽은 뚫기가 그리 어렵지 않은 벽돌과 나무로 되어 있었다. 일단 첫 번째 벽돌만 제거하고 나면 나머지는 수월하게 허물어질 것 같았다.

일행은 가능한 소음을 최대한으로 줄이며 작업을 해 나갔다. 한편에서는 파르시 청년이, 다른 편에서는 파스파르투가 60센티미터 너비의 통로를 만들기 위해 벽돌들을 떼 내었다.

작업은 계속되고 있었다. 이때, 한 마디 외침이 사원 안에서 들려왔고, 거의 동시에 밖에서 또 다른 고함소리들이 이 소리에 호응했다.

파스파르투와 안내인은 하던 작업을 즉각 중단했다. 그들을 놀라게 한 걸까? 아니면 마취 상태에서 깨어난 걸까? 두 사람은 본능적으로 멀찌감치 달아났고, 필리어스 포그와 프란시스 크로마티 경 또한 동시에 같은 행동을 취했다. 일행은 나무 그늘 아래 숨어 몸을 웅크리고 앉아 둘 중 어떤 경우였든 간에 경계가 사라지면 또다시 작업할 태세를 갖춘 채 때를 기다리고 있었다.

그러나 불길하게도 호위병들이 사원 뒤쪽에 모습을 드러냈고 어떤 접근도 용납하지 않겠다는 듯 거기에 자리를 잡아 버렸다.

작업을 중단한 채 숨어 있는 네 남자의 실망감은 말로는 다 표현할 수 없었다. 이제 더 이상 그 희생 제물에 접근할 수 없게 되어 버렸으니 어떻게 그녀를 구출한단 말인가? 프란시스 크로마티 경은 안절부절못하며 손톱을 물어뜯었다. 파스파르투는 극도로 화가 나 있었고 파르시 청년은 그런 그를 진정시키느라 애를 먹었다. 언제나 침착한 포그 씨만이 감정을 드러내지 않은 채 기다리고 있었다.

"이제 떠날 수밖에 없는 건가?" 여단장이 낮은 소리로 물었다.

"그 수밖엔 없을 것 같습니다." 안내인이 대답했다.

"기다리시오." 포그가 말했다. "알라하바드엔 내일 정오 전까지만 도착하면 되오."

"하지만 뭘 기대한단 말이오? 몇 시간 후면 곧 날이 밝을 테고 또……." 프란시스 크로마티 경이 대답했다.

"사라진 기회는 마지막 순간에 올 수도 있는 법이오."

여단장은 필리어스 포그의 눈빛에서 그의 속셈을 읽으려고 했다.

'도대체 이 냉정한 영국인은 뭘 믿고 큰소리지? 그 젊은 여

자가 화형당하는 순간 달려들어 형리들을 밀치고 그녀를 뺏어 오기라도 하겠단 말인가?'

이건 한마디로 미친 짓이었다. 하지만 이 사람이 이렇게까지 미친 사람이라고 믿어야 할까? 어쨌든 프란시스 크로마티 경은 이 끔찍한 사건이 끝날 때까지 기다려 보기로 했다. 파르시 청년은 그들을 데리고 다른 곳으로 옮겨갔다. 거기서는 우거진 나무들 뒤에 안전하게 숨어서 잠자는 무리들을 지켜볼 수 있었다.

한편 파스파르투는 큰 나무의 맨 아래 가지에 걸터앉아 번개처럼 떠올라 뇌리를 떠나지 않고 있는 어떤 생각을 곰곰이 되씹어 보고 있었다.

처음에는 말도 안 되는 미친 짓이라고 생각했다. 하지만 생각이 바뀌어 이젠 "안 될 건 또 뭐야? 어쨌든 해 보는 거지. 이건 기회야. 어쩜 마지막 기회일지도 모르고. 게다가 이런 얼빠진 놈들은 그냥!" 이렇게 중얼거렸다.

어쨌든 파스파르투는 자신의 생각을 혼자서만 간직한 채 즉시 뱀처럼 유연하게 아래쪽 나뭇가지로 미끄러지듯 내려갔다. 그러자 나뭇가지 끝이 휘청하며 땅으로 굽어졌다.

시간은 계속 흘렀고, 어둠이 점차 옅어지며 곧 날이 밝을 것임을 예고하고 있었다. 하지만 주위는 여전히 캄캄했다.

바로 이 순간, 마약에 취해 있던 군중들이 소생한 것처럼 보였다. 무리가 깨어나 활기를 되찾았던 것이다. 북소리가 울려 퍼졌고, 노랫소리와 날카로운 괴성이 다시 터져 나왔다. 불운한 여인이 죽어야 할 시간이 다가왔던 것이다.

마침내 사원의 문들이 열리자 안에서 더욱 선명한 빛이 새어 나왔다. 포그 씨와 프란시스 크로마티 경은 환히 비추어진 여자를 단번에 알아볼 수 있었다. 두 명의 승려가 그녀를 밖으로 끌고 나왔다. 이 불행한 여인은 최후의 생존 본능으로 마약의 취기에서 벗어나 이 형리들로부터 도망치려고 애쓰는 것처럼 보였다. 프란시스 크로마티 경은 가슴이 두근거렸고, 온몸이 덜덜 떨려 필리어스 포그의 손을 덥석 잡았다. 그제야 포그가 손에 단도를 쥐고 있었다는 걸 알았다.

이때 군중들이 술렁거렸다. 여자는 대마 연기를 쐬고는 또다시 혼수상태에 빠졌다. 그녀는 종교적 성가들을 부르며 자신을 둘러싸고 있는 행자들 사이를 지나갔다.

필리어스 포그와 그 일행은 행렬의 마지막 줄에 섞여 그녀를 뒤따라갔다.

2분 후 이들은 강가에 도착했고, 장작더미에서 채 50보도 떨어져 있지 않은 지점에서 멈췄다. 이 장작더미 위엔 죽은 토후의 시체가 놓여 있었다. 어슴푸레한 새벽빛 속에서 이들은 이 여자가 완전히 무감각 상태로 남편의 시체 곁에 누워 있는 모습을 보았다.

그리고는 횃불 하나가 다가왔고, 곧 기름에 젖은 장작더미가 활활 타올랐다.

바로 이때, 프란시스 크로마티 경과 파르시 청년은 필리어스 포그를 붙잡았다. 눈 깜짝할 사이에 숭고한 광기가 발동하여 그가 장작더미로 뛰어들 수도 있었기 때문이다.

그러나 필리어스 포그가 이들을 뿌리치고 나가려는 순간 상황이 갑자기 돌변했다. 공포스런 외마디 비명이 들렸던 것이다. 모든 무리가 두려움에 떨며 땅바닥에 납작 엎드렸다.

그러니까 그 늙은 토후는 죽은 게 아니었다. 모두들 그가 마치 유령처럼 갑자기 벌떡 일어나더니 젊은 아내를 들어올려 안고는 솟구치는 연기를 뚫고 장작더미에서 내려오는 걸 지켜보았다. 소용돌이치는 연기 때문에 그는 정말 귀신 같아 보였다.

행자들, 호위병들, 승려들 모두 돌발 상황에 너무 놀라 땅바닥에 얼굴을 파묻은 채 감히 고개를 쳐들고 이 기적을 바라보질 못하고 있었다.

희생 제물은 건장한 두 팔에 안겨 — 두 팔은 그녀의 무게를 거의 느끼지 못하는 듯했다 — 사람들 사이를 유유히 빠져나갔다. 포그 씨와 프란시스 크로마티 경은 선 채로 이 광경을 지켜보고 있었고 파르시 청년은 고개를 숙였다. 아마 파스파르투도 이보다 더 놀랄 수는 없었을 텐데!

부활한 자는 포그 씨와 프란시스 크로마티 경이 서 있는 곳 가까이 왔을 때 짤막하게 말했다. "어서 뜁시다!"

짙은 연기를 뚫고 장작더미로 슬며시 들어갔던 건 바로 파스파르투였다! 그는 어둠을 틈타 젊은 여자를 죽음에서 빼낸 다음, 너무도 대담한 연기로 그녀를 안고는 공포에 떨고 있는 군중 속을 유유히 빠져나왔던 것이다!

네 사람은 곧바로 숲 속으로 사라졌고 코끼리가 이들을 빠른 걸음으로 실어 날랐다. 곧이어 날카로운 외침과 군중들의 고함 소리가 뒤따르는 것으로 보아 이들의 계략이 발각된 게 분명했다. 심지어 총알이 날아와 필리어스 포그의 모자를 꿰뚫고 지나가기도 했다.

이때 늙은 토후의 시체는 불붙은 장작더미 위에서 재가 되어 가고 있었다. 공포에서 막 벗어나 정신을 차린 승려들은 비로소 자신들의 제물이 납치당했음을 깨달았다.

이들은 즉시 숲을 향해 돌진했고, 호위병들도 추격에 나섰다. 일제히 사격을 퍼부었음에도 불구하고 납치범들은 재빨리 도망쳐 버렸고, 잠시 후 이미 총알과 화살의 사정거리를 벗어나 있었다.

14
필리어스 포그, 갠지스 강의 멋진 계곡을 구경할 생각도 하지 않고 내려오다

이렇게 해서 무모한 납치극은 성공을 거두었다. 한 시간이 지났건만 파스파르투는 자신의 성공적인 연기를 생각하면 아직도 웃음이 나왔다. 프란시스 크로마티 경은 이 용감무쌍한 하인의 손을 꽉 잡아 주었다. 그의 주인은 "잘 했어."라고 말했다. 그러나 이 냉담한 신사의 입에서 나온 짤막한 한마디는 대단한 칭찬이나 다름없었다. 파스파르투는 이 모든 게 다 주인님의 덕택이며, 자신은 단지 '엉뚱한' 생각을 했을 뿐이라고 대답했다. 그는 한때 체조강사와 소방관이었던 자신이 잠시 동안이나마 매혹적인 한 여인의 남편, 그러니까 향유로 방부 처리가 된 그 늙은 토후였었다고 생각하면 웃음이 절로 나왔다.

그 젊은 인도 여자는 그동안 무슨 일이 있었는지 전혀 기억하질 못했다. 그녀는 여행용 모포를 둘둘 만 채 코끼리의 한쪽 길마 위에 앉아 있었다.

파르시 청년이 매우 안전하게 끌고 있는 코끼리는 여전히 어두컴컴한 숲 속을 빠른 속도로 달리고 있었다. 필라지 사원을 떠나 한 시간쯤 달린 후 일행은 거대한 평원을 가로질렀고 7시에 잠시 휴식을 취했다. 젊은 여자는 여전히 극도의 탈진 상태를 벗어나지 못하고 있었다. 청년은 그녀에게 물을 탄 브랜디 몇 모금을 마시게 했지만 그녀를 마비시키고 있는 이 약 기운은 한동안 더 지속될 것 같았다.

대마 증기를 흡입했을 때 어떤 도취 상태가 되는지를 잘 알고 있는 프란시스 크로마티 경은 그녀의 상태를 전혀 걱정하지 않았다.

여단장은 이 여자가 회복되는 건 문제가 없지만 그녀의 앞일은 장담할 수 없을 것이라고 생각했다. 그래서 망설임 없이 필리어스 포그에게 말했다. "만약 아우다 부인을 인도에 그대로 둔다면 또다시 그 형리들의 손아귀에 놓이게 될 겁니다." 또한 이 광신자들은 인도 전역에 걸쳐 있기 때문에 마드라스건, 봄베이건, 캘커타건 어디든 간에 반드시 자신들의 제물을 되찾을 것이며, 이건 영국 경찰도 어쩔 수 없는 일이라고 말했다. 그리고는 자신의 말을 입증하기 위해 최근 발생했던 같은 종류의 사건을 예로 들며 이 여자가 인도 땅을 벗어나야만 비로소 안전할 것이라고 덧붙였다.

필리어스 포그는 그의 충고를 충분히 고려하겠노라고 대답했다.

10시경, 파르시 청년이 드디어 알라하바드 역에 도착했다고 말했다. 거기서부터는 중단되었던 철로가 다시 이어져 있어 알라하바드에서 캘커타까지는 기차로 하루가 채 걸리지 않았다.

따라서 필리어스 포그는 그다음날 10월 25일 정오에 떠나는 홍콩행 정기여객선을 제시간에 탈 수 있을 것이 확실했다.

젊은 여자는 역 구내에 있는 한 방으로 안내되었다. 파스파르투는 그녀에게 필요한 다양한 물품들, 즉 화장품, 드레스, 숄, 모피 등 구할 수 있는 모든 것을 사 오라는 지시를 받았다. 돈은 필요하면 얼마든지 써도 좋다고 했다.

파스파르투는 즉시 역을 떠나 시내 거리들을 헤매고 다녔다. 알라하바드는 '신의 도시'로 인도인들에게 가장 신성시되는 도시들 중 하나였다. 그것은 이 도시가 갠지스와 자무나라는 신성한 두 강이 합류하는 지점에 위치해 있기 때문인데, 인도 전역의 모든 순례자들은 이곳으로 모여들었다. 라마야나의 전설에 따라 사람들은 갠지스 강의 수원(水源)이 하늘에 있으며, 브라만의 은총으로 이 강이 하늘에서부터 땅으로 흐를 수 있게 되었다고 믿고 있었다.

파스파르투는 장을 보면서 잽싸게 도시를 한번 훑어보았다. 지금은 장기수들을 수감하는 감옥으로 변해 버린 멋진 요새가 이 도시를 지키고 있었다. 이 도시는 예전에는 상공업

활동이 활발했지만 이젠 무역업도 공장들도 더 이상 존재하지 않는다. 파스파르투는 최신 제품을 파는 상점들을 찾아보았지만 허사였다. 마치 인도 산골에서 영국 리젠트 가(런던의 고급 쇼핑가)의 고급 물건을 찾는 격이었다. 그나마 까다로운 유대 노인이 운영하는 상점에서 필요한 물건들을 겨우 살 수 있었다. 스코틀랜드산 직물로 짠 드레스와 커다란 망토와 수달 모피로 만든 멋진 외투를 구입한 후 그는 주저 없이 75파운드를 지불했다. 그리고는 의기양양하게 역으로 발길을 돌렸다.

아우다 부인은 점차 정신을 차리기 시작했다. 필라지 사원의 승려들이 강제로 먹였던 마약의 효력이 점차 사라지자 그녀의 눈은 전형적인 인도 여인의 부드러움을 회복하기 시작했다.

한때 시인이자 왕이었던 유수프 아딜은 아마드나가르 왕비의 매력을 칭송하며 다음과 같이 표현했다 :

'단정하게 둘로 나눈 빛나는 머리칼은 생기 넘치는 하얀 뺨을 우아하고 조화롭게 감싸고, 흑단처럼 검은 눈썹은 사랑의 신, 카마(인도의 사랑의 신으로 손에 활을 들고 앵무새를 타고 있다.)의 활처럼 아름다운 형태와 강한 힘을 느끼게 하는구나. 비단처럼 부드러운 긴 속눈썹 아래, 맑고 커다란 검은 눈동자에는 히말라야의 성스런 호수처럼 순수한 천상의 빛이 드리워져 있고, 섬세하고 고른 하얀 이는 미소 짓는 두 입술 사이에서 반쯤 열린 석류꽃 안에 맺힌 이슬방울처럼 빛나고 있구나. 대칭을 이룬 귀여운 두 귀, 진홍빛 손, 마치 연꽃 봉오리처럼 봉긋 솟아오른 사랑스런 작은 발은 실론 섬의 아름다운 진주들이나 골콘다(인도의 다이아몬드 산지)의 화려한 다이아몬드들처럼 빛나고, 한 손으로도 껴안을 만큼 가늘고 유연한 허리는 동그스름한 엉덩이의 우아한 곡선과 꽃다운 청춘이 가장 소중한 보물을 자랑하듯 내보이는 풍만한 젖가슴을 돋보이게 하는구나. 튜닉의 부드러운 주름으로 감싸인 그녀의 몸은 불멸의 조각가 빅바카르마(인도의 공예의 신)의 신성한 손이 순은으로 빚어낸 듯하도다.'

이같은 과장이 없이도 분델칸드 토후의 미망인인 아우다 부인은 유럽식 의미에서 말 그대로 매혹적인 여자라고 평하기에 충분했다. 그녀는 아주 정확하게 영어를 구사했다. 그녀가 완벽한 영국식 교육을 받았다는 파르시 청년의 말은 조금도 과장이 아니었다.

그러는 사이에 기차는 알라하바드 역을 떠나려 하고 있었다. 포그 씨는 기다리고 있던 파르시 청년에게 단 한 푼도 더함 없이 약속한 보수를 지급했다. 파스파르투는 다소 의외라는 표정을 지었다. 왜냐하면 그의 주인이 이 청년에게 얼마나 많은 덕을 보았는지 잘 알고 있었기 때문이다. 실제로 이 청년은 필라지 사건 때 자신의 목숨을 거는 위험도 마다하지 않왔고, 혹시라도 그 무리에게 이 사실이 알려진다면 청년은 복수를 당할지도 모를 일이었다.

또한 키우니 문제도 해결해야 했다. 그토록 비싼 값을 주고 산 이 코끼리를 대체 어떻게 할 것인가?

필리어스 포그는 이 문제에 관해 이미 마음을 굳힌 상태였다.

"이보게, 자넨 무척 친절하고 헌신적이었네." 그가 파르시 청년에게 말했다. "약속대로 보수는 지급했네. 하지만 자네의 헌신에 대한 대가는 아닐세. 이 코끼리를 받아 주겠나? 자네 몫일세."

청년의 두 눈이 빛났다.

"아니, 제게 이렇게 큰 재산을 주시다니!" 그가 외쳤다.

"받아 두게." 포그 씨가 말했다. "자네한테 빚진 걸 다 갚으려면 그것으로도 모자랄 걸세."

"정말 잘 됐어!" 파스파르투가 소리쳤다. "어서 받아! 키우니는 착하고 용감하잖아!"

그리고는 그 코끼리에게 가더니 설탕 몇 조각을 주면서 말했다.

"자, 받아라, 키우니. 그래, 그래!"

코끼리는 만족스럽다는 듯 그르렁거리는 소리를 몇 번 냈다. 그리고는 파스파르투의 허리를 긴 코로 감은 후 머리 위까지 들어 올렸다. 파스파르투는 조금도 놀란 기색 없이 이 동물을 부드럽게 쓰다듬었다. 그러자 코끼리는 그를 다시 땅에다 부드럽게 내려놓았다. 그리고는 착한 키우니가 코로 악수를 청하자 파스파르투는 손에 힘을 주어 응답했다.

잠시 후, 필리어스 포그와 프란시스 크로마티 경과 파스파르투는 편안한 객차 안에 몸을 실었고 아우다 부인은 가장 좋은 자리를 차지하고 있었다. 기차는 베나레스를 향해 전속력

으로 달리고 있었다.

알라하바드에서 베나레스까지는 130킬로미터 이상이었지만, 두 시간 내에 달릴 수 있는 거리였다.

기차가 달리는 동안 젊은 아우다 부인은 완전히 의식을 회복했다. 이제 항의 효력은 깨끗이 사라진 듯 보였다.

그녀는 객차에 앉아 철로 위를 달리고 있는 자신의 모습에 깜짝 놀랐다. 난데없는 유럽식 복장에다 전혀 생면부지인 낯선 여행객들과 함께라니!

무엇보다도 우선 일행은 그녀를 정성껏 보살피며 몇 모금의 술로 생기를 되찾게 해 주었다. 그런 다음 여단장은 그동안 일어났었던 일들을 이야기해 주었다. 그는 그녀를 구하기 위해 서슴없이 목숨을 내걸었던 필리어스 포그의 공을 강조했고, 결국 그 모험의 대단원은 파스파르투의 기발하고도 대담한 연기 덕택에 잘 마무리되었다는 점도 말해 주었다.

포그 씨는 그저 묵묵히 앉아 있었고, 파스파르투는 몹시 부끄러워하며 거듭 말했다. "그렇게까지 치켜세울 건 아니에요!"

아우다 부인은 말보다는 눈물로써 진심으로 감사한 마음을 전했다. 그녀의 아름다운 눈은 입술보다 더 훌륭한 감사의 통역자였다. 얼마 후 그녀는 사티 사건을 기억해 냈고, 아직도 수많은 위험이 도사리고 있는 이 인도 땅을 바라보며 공포에

치를 떨었다.

필리어스 포그는 그녀가 무슨 생각을 하고 있는지 알 수 있었다. 그는 그녀를 안심시키기 위해, 하지만 매우 냉정한 태도로, 홍콩으로 데려다 줄 테니 거기서 이번 사건이 잠잠해질 때까지 머무르면 될 것이라고 말했다.

아우다 부인은 그의 제안을 감사히 받아들였다. 사실 홍콩에는 그녀의 친척들 중 한 명이 살고 있었다. 그는 같은 파르시 족으로 홍콩에서도 손꼽히는 중개상이었다. 홍콩은 중국 해안의 끝에 있긴 해도 완전히 영국 영토였다.

낮 12시 30분, 기차가 베나레스 역에 도착했다. 브라만의 전설에 따르면 이 도시는 고대 카시 왕국이 있던 자리로, 카시는 한때 마호메트의 무덤처럼 하늘과 땅 사이의 공중에 매달려 있었다고 한다. 그러나 동양학자들의 말에 따르면 인도의 아테네라 불리는 베나레스는 지극히 현실적인 오늘날엔 너무도 평범하게 땅 위에 세워져 있다. 파스파르투는 잠깐 동안 이 도시의 벽돌집들과, 토사로 지어진 오두막들을 흘깃 보았다. 이 집들은 아무런 지역적 특성도 없이 매우 황량한 모습으로 남아 있었다.

프란시스 크로마티 경은 바로 여기서 내려야 했다. 그가 지휘하는 부대가 이 도시의 북쪽으로 몇 킬로미터 떨어진 곳에서 숙영을 하고 있었기 때문이다. 여단장은 필리어스 포그에게 여행의 성공을 기원한다는 말과 더불어 작별을 했다. 또한 이번 여행이 좀 더 순탄하고 실속 있는 여행이 되길 바란다는 충고도 잊지 않았다. 포그 씨는 가볍게 그와 악수를 나누었다. 아우다 부인은 자신에게 베풀어 준 은혜는 결코 잊을 수 없을 거라며 보다 다정하게 인사말을 전했다. 한편 파스파르투는 여단장이 먼저 진심 어린 악수를 청하자 몹시 영광스러워했다. 너무 감동한 나머지 그는 언제 여단장을 위해 봉사할 기회가 있을까 생각하기도 했다. 그리고는 서로 헤어졌다.

베나레스에서부터 철도는 갠지스 강 계곡을 따라 놓여 있었다. 아주 맑은 날씨 덕택에 차창 너머로 비하르의 변화무쌍한 풍경이 선명하게 보였고, 그뒤로 초록으로 덮인 산들, 보리밭, 옥수수밭, 밀밭, 초록빛 악어들이 살고 있는 연못과 시내, 잘 정돈된 마을, 여전히 푸르른 숲들이 이어졌다. 코끼리 몇 마리와 등에 큰 혹이 달린 소들이 이 신성한 강물에 목욕을 하러 내려왔고, 계절이 바뀌어 이미 차가워진 날씨에도 불구하고 남녀별로 구분된 힌두교도들이 목욕재계 의식을 경건하게 치르고 있었다. 불교도들을 철천지원수 보듯 하는 이 신자들은 바라문교의 열렬한 신봉자들로, 태양신인 비슈누, 자연력의 화신인 시바, 승려들과 입법자들의 최고 지배자인 브라마, 이 세 신의 일체를 믿었다. 그러나 증기선들이 기적을 울린 채 지나다니면서 수면 위로 날아다니는 갈매기들과 강가에 서식하는 거북이들, 또 강변을 따라 늘어선 신자들을 놀라게 하며 신성한 갠지스 강물을 더럽히고 있는 지금, 브라마, 시바 그리고 비슈누는 영국화되어 버린 이 인도 땅을 과연 어떤 눈으로 주시하고 있을까?

이 모든 풍경들은 번개처럼 스쳐 지나갔고, 종종 기차가 뿜어내는 흰 증기가 세세한 풍경들을 가리곤 했다. 일행은 베나레스에서 남동쪽으로 30킬로미터 정도 떨어진 추나르 요새도, 비하르 토후들의 옛 성채도, 가지푸르와 주요 장미수 공장들도, 갠지스 강 왼쪽 강변에 세워진 콘월 경(영국의 군인이자 정치가로 인도 총독 겸 벵골군 사령관을 지냈다.)의 무덤도, 요새화된 도시 북사르도, 거대한 상공업도시로 인도의 주요 아편시장이 자리 잡고 있는 파트나도, 제철소와 날붙이와 도검류를 생산하는 공장들로 유명하며 맨체스터나 버밍햄보다 더 영국적인 유럽풍 도시 몽기르도 겨우 볼 수 있었을 뿐이었다. 몽기르의 높이 솟은 굴뚝들은 브라마의 하늘에 검은 매연을 내뿜고 있었다. 마치 이 꿈의 나라를 향해 진짜 주먹질을 하는 듯!

이윽고 밤이 되었다. 기관차 앞에서 놀라 달아나는 호랑이, 곰, 늑대들의 울부짖음을 뒤로한 채 기차는 전속력으로 달려 나갔다. 이제 벵골의 수많은 명소들은 더 이상 보이지 않았다. 골콘다, 구르 유적지, 한때 수도였던 무르시다바드, 부르드완, 후글리, 찬데르나고르 등 그 어떤 것도 볼 수가 없었다.

파스파르투가 프랑스령인 이 찬데르나고르에 자기 조국의 깃발이 휘날리는 모습을 보았더라면 무척이나 우쭐했을 텐데!

아침 7시, 기차가 마침내 캘커타에 도착했다. 홍콩행 여객선은 정오에 닻을 올릴 것이고, 필리어스 포그에겐 배의 출발에 앞서 다섯 시간의 여유가 있었다.

자신의 여행 일정에 따르면 그는 런던을 출발한 지 23일째 되는 10월 25일, 인도의 수도에 도착할 예정이었고, 결국 제날짜에 맞춰 도착한 셈이다. 따라서 이젠 더 앞서지도 더 뒤처지지도 않게 되었다. 불행히도 그가 런던과 봄베이 사이에서 벌었던 이틀을 인도 반도를 횡단하는 도중에 써 버렸다. 하지만 필리어스 포그는 이걸 두고 아쉬워할 사람이 아니었다.

15
돈 가방에서 수천 파운드가 또다시 빠져나가다

기차가 역에 도착했다. 파스파르투가 객차에서 가장 먼저 내렸고, 포그 씨가 그뒤를 따랐다. 그는 동행하는 젊은 여자가 플랫폼에 잘 내릴 수 있도록 도와주었다. 필리어스 포그는 곧장 홍콩행 여객선으로 가서 아우다 부인을 거기서 편히 쉬게 할 생각이었다. 이 부인에겐 너무도 위험한 이 땅에 그녀를 혼자 내버려 두고 싶지가 않았던 것이다.

포그 씨가 역을 막 나왔을 때 한 경관이 그에게 다가와 말했다.

"필리어스 포그 씨입니까?"

"그렇소, 바로 나요."

"이 사람은 당신의 하인이구요?" 그 경관이 파스파르투를 가리키며 덧붙였다.

"그렇소만."

"두 분 모두 저와 함께 가셔야겠습니다."

포그 씨는 전혀 놀라는 기색을 보이지 않았다. 경찰은 법의 대리인이며 모든 영국인은 법을 신성한 것이라고 여겼다. 파스파르투는 프랑스인다운 기질을 발휘하여 따져 묻고 싶었다. 하지만 경관이 경찰봉으로 그를 쳤고, 필리어스 포그 또한 순순히 따르라는 표시를 했다.

"이 부인을 함께 데려가도 되겠습니까?" 포그 씨가 물었다.

"좋으실 대로." 경관이 대답했다.

경관은 포그 씨와 아우다 부인과 파스파르투를 두 마리 말이 끄는 일종의 4인승 사륜마차인 팔키가리 쪽으로 안내했다. 마차가 출발했다. 그러나 마차를 타고 가는 약 20여 분 동안 아무도 말을 하지 않았다.

마차는 먼저 이른바 '암흑가'라고 불리는 곳을 지나갔다. 좁은 거리마다 초라한 오두막들이 늘어서 있고, 그 안에선 지저분하고 누더기를 걸친 범세계적인 인종들이 우글거리고 있었다. 그다음엔 유럽풍 시가지가 나타났다. 벽돌집과 그늘을 드리운 야자나무들, 우뚝 솟아 있는 각종 돛들이 눈에 띄었고, 이른 아침이었음에도 불구하고 멋진 기수들과 화려하게 치장한 말들이 거리를 질주하고 있었다.

이윽고 팔키가리는 한 주거용 건물 앞에서 멈춰 섰다. 이 건물은 소박해 보였지만 분명 평범한 가정집으로는 쓰이지 않았을 것 같았다. 경관은 자신의 죄수들을 — 이들은 정말 죄수들 같아 보였다 — 마차에서 내리게 했다. 그리고 쇠창살이 달려 있는 방으로 데려가서는 이렇게 말했다.

"8시 반에 당신들은 오바디아 판사 앞에 출두하게 될 겁니다."

그런 다음 그는 문을 닫고 가 버렸다.

"그러니까, 우린 체포된 거였군요!" 파스파르투가 의자에 털썩 주저앉으며 소리쳤다.

아우다 부인은 곧 포그 씨에게 말을 건넸다. 그녀는 자신의 감정을 애써 감추려 했지만 목소리는 속일 수가 없었다.

"절 그냥 단념하십시오! 이렇게 된 건 바로 저 때문이에요. 저를 구해 주셨기 때문이라구요!"

필리어스 포그는 그럴 리가 없다는 대답만 했다. '사티 사건으로 기소되었다고? 말도 안 돼! 고소인들이 어떻게 감히 이곳에 출두할 수 있단 말인가? 뭔가 오해가 있었던 거야.' 포그 씨는 어떤 경우든 그녀를 버리지 않을 것이며 홍콩까지 데려다 줄 것이라는 말을 덧붙였다.

"하지만 배가 정오에 떠나잖아요!" 파스파르투가 충고했다.

"그전에 배를 탈 수 있을 걸세." 냉정한 신사의 짤막한 대답이었다.

너무도 단호한 주인의 말에 파스파르투는 자신도 모르게 혼잣말을 했다.

"물론! 확실해! 우린 정오 전에 배를 탈 거야." 하지만 전혀 안심할 수가 없었다.

8시 30분, 방문이 열렸다. 경관이 다시 나타났다. 그는 이 죄수들을 옆방으로 안내했다. 이곳은 법정이었고, 유럽인들과 토착민들로 구성된 꽤 많은 수의 방청객이 좌석을 차지하고 있었다.

포그 씨, 아우다 부인, 파스파르투는 재판관과 서기가 앉을 좌석과 마주 보고 있는 긴 의자에 앉았다.

곧바로 재판관인 오바디아 판사가 서기와 함께 들어왔다. 그는 땅딸막하고 비대한 체구였다. 못에 걸려 있는 가발을 벗긴 후 민첩한 동작으로 머리에 쓰고는 그가 말했다.

"첫 번째 사건."

그리고는 손을 머리에 대더니 이렇게 말했다.

"이런! 내 가발이 아니잖아!"

"저, 판사님, 실은 그건 제 겁니다." 서기가 대답했다.

"이보게, 오이스터푸프, 자넨 판사가 서기의 가발을 쓰고도 올바른 판결을 내릴 수 있다고 보나?"

가발 교환이 이루어졌다. 이렇게 사전 작업이 이루어지는 동안 파스파르투는 초조해서 미칠 지경이었다. 법정에 걸린 커다란 괘종시계의 바늘이 끔찍하게 빨리 도는 것처럼 느껴졌다.

"첫 번째 사건." 오바디아 판사가 다시 말했다.

"필리어스 포그?" 오이스터푸프 서기가 호명했다.

"접니다." 포그 씨가 대답했다.

"파스파르투?"

"예!" 파스파르투가 대답했다.

"좋아요. 이틀 전부터 경찰이 봄베이에서 오는 모든 기차를 감시하고 있었는데, 바로 그 피고인들이로군." 오바디아 판사가 말했다.

"헌데, 무슨 이유로 우리가 고소당한 겁니까?" 파스파르투가 성급하게 소리쳤다.

"이제부터 알게 될 거요." 판사가 대답했다.

그러자 포그 씨가 말했다. "판사님, 전 영국 시민입니다. 따라서 제게도 권리가……."

"당신을 존중하지 않았다는 뜻이오?" 판사가 물었다.

"전혀 그렇지 않습니다."

"좋소! 그럼, 고발인들을 들여보내시오!"

판사의 지시에 따라 문이 열렸고, 정리가 세 명의 힌두교 승려들을 안으로 안내했다.

"그래 맞아!" 파스파르투가 중얼거렸다. "젊은 여자를 불에 태우려고 했던 바로 그놈들이야!"

승려들은 판사 앞에 서 있었고, 서기가 신성모독을 이유로, 즉 바리문교의 성소에 침입했다는 이유로 필리어스 포그와 그 하인을 상대로 제출된 고소장을 큰 소리로 읽어 내려갔다.

“잘 들으셨겠죠?” 판사가 필리어스 포그에게 물었다.

“예, 판사님.” 자신의 회중시계를 쳐다보며 그가 대답했다. “인정합니다.”

“아니! 인정한다구요?”

“예, 그렇습니다. 또한 앞에 계신 세 분께서 필라지 사원에서 무얼 하려고 했는지도 고백하리라 전 믿습니다.”

승려들은 서로를 쳐다보았다. 이들은 이 피고인의 말이 무슨 뜻인지 전혀 이해하지 못하는 것 같았다.

“맞아요! 필라지 사원이에요. 바로 그 사원 앞에서 이자들이 희생 제물로 여자를 불태우려고 했다구요!” 파스파르투가 격렬히 외쳤다.

승려들은 더욱더 놀랐고 오바디아 판사 역시 몹시 놀랐다.

“어떤 희생 제물을? 누가 태운다구? 그것도 봄베이 시내 한복판에서?” 판사가 물었다.

“봄베이라구요?” 파스파르투가 소리쳤다.

“그렇소. 이 사건은 필라지 사원과 관련된 게 아니라 봄베이의 말레바르 언덕에 있는 사원과 관련된 거란 말이오.”

“증거품으로 여기에 그 신성모독자의 신발이 있습니다.” 책상 위에 신발 한 켤레를 올려놓으며 서기가 덧붙였다.

“아니, 내 신발!” 파스파르투가 외쳤다. 그는 판사의 마지막 말에 신경 쓰느라 자신도 모르게 이렇게 외쳐 버렸다.

그 주인과 하인의 머릿속이 얼마나 혼란스러웠을지는 능히 짐작할 수 있을 것이다. 이들은 한동안 이 신발과 관련된 사건을 까맣게 잊고 있었다. 그런데 이들을 캘커타 법정에 서게 만든 건 다름 아닌 바로 그 사건이었던 것이다.

사실, 픽스 형사는 이 사원 침입 사건을 최대한 자신에게 유리한 쪽으로 이용할 작정이었다. 그래서 그는 12시로 예정된 출발 시간을 미루면서까지 말레바르 사원 승려들의 상담자 역할을 자처하고 나섰다. 또한 영국 정부가 이런 종류의 범죄 행위를 매우 엄중히 다스린다는 걸 잘 알고 있었기 때문에 이들에게 상당한 손해배상이 돌아갈 것이라고 호언장담까지 했다. 그리고는 이들을 시켜 그다음 기차로 신성모독자의 뒤를 추적하도록 했다. 그러나 그 젊은 미망인을 구출하느라 시간이 지체되는 바람에 픽스와 힌두교도들은 필리어스 포그와 하인보다 먼저 캘커타에 도착했고, 이 사건을 공문으로 통지받은 재판관들은 이들이 기차에서 내리자마자 체포하도록 지시했던 것이다. 필리어스 포그가 아직 캘커타에 도착하지 않았다는 사실을 알았을 때 픽스의 실망이 얼마나 컸을까! 그는 이 범인이 중간에 어떤 역에서 내려 북부 지방으로 도망쳤을지도 모른다고 생각했을 것이다. 24시간 내내 극도의 불안감에 시달리며 픽스는 역에 나와 포그 씨의 길목을 지키고 있었다. 그런데 다행히도 바로 오늘 아침, 정체를 알 수 없는 한

젊은 여자를 동반한 채 그가 객차에서 내리는 게 아닌가! 픽스는 곧바로 그에게 경관을 보냈다. 그다음 이야기, 그러니까 포그 씨와 파스파르투와 분델칸드 토후의 미망인이 어떻게 오바디아 판사 앞에까지 오게 되었는지는 앞서 이야기한 대로이다.

만약 파스파르투가 이 사건에 그렇게 골몰해 있지 않았다면 법정 한구석에서 재판 과정을 주시하고 있는 이 형사를 발견했을 것이다. 봄베이나 수에즈에서처럼 캘커타에서도 여전히 체포 영장을 받지 못했기 때문에 당연히 그는 이들을 지켜볼 수밖에 없었다.

그사이에 오바디아 판사는 파스파르투가 무심코 내뱉은 말을 자백 행위로 인정해 버렸다. 파스파르투는 자신의 경솔한 말들을 다시 주워 담을 수만 있다면 가진 것 모두를 내준다 해도 조금도 아깝지 않을 것 같았다.

"사실을 인정합니까?" 판사가 물었다.

"네, 인정합니다." 포그 씨가 냉담하게 답했다.

"그럼, 판결을 내리겠소." 판사가 말했다. "영국의 법은 공평하고도 엄격하게 인도 내의 모든 종교를 보호하고자 한다. 따라서 파스파르투 씨가 지난 10월 20일 낮, 봄베이의 말레바르 사원에 불경한 발로 침입했다는 범법 행위를 자백한 이상, 당 피고 파스파르투를 구류 15일과 벌금 3백 파운드에 처한다."

"3백 파운드라고?" 파스파르투가 소리쳤다. 그의 관심은 오로지 벌금뿐이었다.

"조용하시오!" 정리가 날카롭게 소리쳤다.

"계속하겠소." 판사가 덧붙여 말했다. "이 하인과 주인이 공모하지 않았다는 물적 증거는 없고, 또한 주인은 자신이 고용하고 있는 하인의 모든 행동에 대해 책임을 져야만 하므로 당 피고 필리어스 포그를 구류 8일과 벌금 150파운드에 처한다. 서기, 다음 소송을 진행하시오!"

구석에 있던 픽스는 더할 수 없는 만족감을 느꼈다. 필리어스 포그를 8일 동안 캘커타에 잡아 둘 수 있게 되었으니, 이 정도면 영장이 도착하고도 남을 만한 시간이었다.

파스파르투는 얼이 빠진 듯했다. 이 판결로 인해 그의 주인은 파산하고 말 것이다. 물론 2만 파운드의 판돈도 잃게 될 것이다. 이 모든 게 쓸데없이 호기심만 많아 가지고 그 망할 놈의 사원에 들어갔기 때문이었다.

그의 주인인 필리어스 포그는 이 판결이 자기와는 관련이 없다는 듯 눈썹 하나 까딱하지 않았다. 그러나 서기가 또 다른 소송 관계자들을 호명하자 벌떡 일어나 말했다.

"보석금을 지불하겠습니다."

"그건 당신 자유요." 판사가 대답했다.

픽스는 순간 등골이 오싹해지는 걸 느꼈다. 하지만 "필리어스 포그와 그의 하인이 외국인 신분이라는 것을 감안해 두 사람은 각각 천 파운드의 보석금을 내야 한다."라는 판결문을 듣고는 다시금 안도의 한숨을 내쉬었다.

이 판결로 인해 포그 씨는 구류형을 살지 않으려면 2천 파운드를 지불해야 했다.

"지불하겠습니다." 포그 씨가 말했다.

그리고는 파스파르투가 갖고 있던 돈 가방에서 지폐 뭉치를 꺼내 서기의 책상 위에 놓았다.

"이 돈은 당신들이 형기를 마치고 나갈 때 돌려줄 것이오. 어쨌든 당신들은 보석으로 석방되었소." 판사가 말했다.

"가세." 필리어스 포그가 자신의 하인에게 말했다.

"하지만 최소한 신발은 돌려줘야 되잖아요!" 파스파르투가 몹시 화가 나서 소리쳤다.

그는 신발을 돌려받았다.

"엄청나게 비싼 신발이로군! 한 짝에 천 파운드가 넘다니! 황송해서 어떻게 신지?"

파스파르투는 몹시 비참한 모습으로 포그 씨를 뒤따랐고, 포그 씨는 한 팔을 젊은 여자에게 내주고 있었다. 픽스는 이 범인이 2천 파운드라는 거액을 포기하지 않아 결국 유치장에서 8일 동안 썩을 거라 예상했었다. 하지만 그의 예상은 빗나갔고, 당황한 나머지 허겁지겁 포그 씨의 뒤를 쫓아야 했다.

포그 씨는 마차를 불렀고, 세 사람 모두 즉시 올라탔다. 픽스 또한 이 마차를 따라 달렸다. 잠시 후 마차는 한 부두에 멈춰 섰다.

랑군호는 마스트에 출발을 알리는 깃발을 단 채 부두에서 일 킬로미터 정도 떨어진 곳에 닻을 내리고 있었다. 11시가 울렸다. 출발까지는 한 시간이나 여유가 있는 셈이었다. 픽스는 포그 씨가 마차에서 내려 아우다 부인과 하인을 데리고 작은 거룻배에 오르는 걸 보며 발을 동동 굴렀다.

"비열한 놈! 이렇게 떠나다니! 2천 파운드나 되는 거액을 물 쓰듯 내버리다니! 그래, 정말 도둑답군! 하지만 두고 봐, 필요하다면 지구 끝까지라도 쫓아갈 테니. 그런데 이런 식으로 가다간 훔친 돈마저 모두 거덜 나고 말 거야!"

이 형사가 이렇게 생각하는 것도 무리는 아니었다. 사실 포그 씨는 런던을 떠난 이후 상여금, 코끼리 구입비, 보석금과 벌금 등으로 엄청난 여행 경비를 지출했고, 이미 5천 파운드 이상을 길거리에다 뿌린 셈이었다. 그렇게 되면 회수된 돈에서 몇 퍼센트를 받기로 되어 있는 이 형사의 몫은 계속해서 줄 수밖에 없었다.

16
픽스, 자신이 들은 모든 것들을 모르는 체하다

랑군호는 중국과 일본해를 운항하는 '인도 — 극동 해운회사' 의 정기여객선들 중 하나로 적재량 1,770톤, 명목출력 4백 마력의 스크루가 달린 철제 기선이었다. 속도로 치자면 몽골리아호와 같았지만 편의시설은 그보다 못했다. 그래서 아우다 부인은 필리어스 포그의 바람처럼 그렇게 편안하게 지내진 못했다. 하지만 이번 항해는 11일 내지 12일 안에 3천5백 해리를 가는 비교적 단거리 여행인데다가 젊은 부인 또한 까다로운 승객은 아니었다.

처음 며칠 동안 아우다 부인은 필리어스 포그와 더 깊은 친분을 쌓게 되었다. 기회가 있을 때마다 그녀는 가슴에서 우러나오는 절절한 감사를 표했다. 하지만 이 냉정한 신사는 그녀의 말을 그저 듣고만 있었다. 극도로 냉랭한 표정, 감정이 섞이지 않은 말투, 최대한 절제된 몸짓으로 보아 적어도 겉으로는 무심해 보였다. 그는 이 젊은 부인에게 불편한 점이 없도록 각별한 주의를 기울였다. 매일 일정한 시간에 그녀에게 와서, 대화를 나누진 않았지만 적어도 그녀의 이야기를 들어 주곤 했다. 그는 그녀에게 '예의'를 차려야 할 의무라도 있는 듯 성실하고 정중하게 대했다. 그의 친절함과 기계적인 행동들은 마치 이런 용도로 만들어진 로봇처럼 여겨질 정도였다. 아우다 부인은 이런 호의를 어떻게 받아들여야 할지 알 수가 없었다. 하지만 파스파르투는 그녀에게 주인의 괴팍한 성격에 대해 조금 귀띔해 주었다. 또한 그가 어떻게 해서 이번 세계일주에 나서게 되었는지도 말해 주었다. 그러자 아우다 부인은 미소를 지었다. 어쨌든 포그 씨는 그녀의 생명의 은인이었으므로, 고마운 마음으로 이 구세주를 바라볼 수밖에 없었다.

아우다 부인은 앞서 파르시 청년이 들려주었던 서글픈 사연을 확인시키듯 자신에 관한 이야기를 했다. 그녀는 인도의 종족들 가운데서도 가장 높은 서열인 파르시 족 출신이었다. 몇몇 파르시 중개상들은 인도에서 면화사업으로 큰 부를 축적했고, 이들 중 한 명인 제임스 제제브호이 경은 영국 정부로부터 작위까지 받은 적이 있었다. 아우다 부인은 봄베이에 살고 있는 이 부호의 친척이었다. 지금 그녀가 홍콩으로 찾아가는 사람은 바로 제제브호이 경의 사촌 제제흐 씨였다. 과연 그녀는 이 친척으로부터 은신처와 도움을 받을 수 있을까? 그건 장담할 수 없었다. 그런데 무슨 근거로 포그 씨는 그녀에게 걱정할 필요가 없으며 모든 일이 '수학적으로' 잘 될 거라고 대답했단 말인가! '수학적으로'란 말은 그가 늘 쓰는 단어

이기도 했다.

젊은 부인은 이 '수학적으로' 란 말에 얼마나 지독한 뜻이 담겨 있는지 알았을까? 그건 알 수 없는 일이다. 하지만 그녀의 커다란 두 눈, 저 '히말라야의 성스런 호수처럼 맑고 투명한' 두 눈만은 포그 씨를 뚫어지게 바라보았다. 그러나 완고하며, 입을 잘 떼지 않는 포그라는 사람은 이 호수에 덤벙 뛰어들 그런 인물은 전혀 아닌 듯 보였다.

랑군호는 처음 며칠 동안 더없이 좋은 조건 속에서 항해를 했다. 무엇보다 날씨가 항해하기에 좋았고, 뱃사람들이 '벵골의 수심' 이라고 부르는 거대한 만 전체가 배의 순조로운 항해를 도왔기 때문이다. 랑군호는 곧 안다만 열도의 중심인 대안다만을 지날 예정이었다. 아주 멀리서 730미터의 새들피크 봉이 그림 같은 전경을 드러내고 있었다.

배는 해안선에 바싹 붙은 채로 나아갔다. 이 섬의 원주민인 파푸아 족의 모습은 전혀 보이지 않았다. 이들은 인류의 진화 사다리에서 보면 분명 가장 밑에 위치할 테지만 그렇다고 이들을 식인종으로 취급하는 건 부당한 처사다.

파노라마처럼 펼쳐지는 섬들의 풍경은 환상적이었다. 야자나무, 빈랑나무, 대나무, 육두구나무, 티크, 거대한 자귀나무, 나무처럼 자란 고사리류 등으로 덮인 거대한 밀림이 가장 먼저 보였고, 그뒤로 우아한 산봉우리들이 윤곽을 드러내 보였다. 해안에는 수없이 많은 희귀한 바다제비들이 어지럽게 날고 있었다. 이들의 둥지는 식용으로도 쓰이는데 중국에서 인기가 매우 높다고 한다. 그러나 안다만 열도의 변화무쌍한 풍경들은 재빨리 사라져 버렸고 랑군호는 남중국해의 관문인 말라카 해협을 향해 빠르게 질주하고 있었다.

공교롭게도 이 세계일주에 말려들게 된 픽스 형사는 이 항해 동안 무얼 하고 있었을까? 캘커타를 떠나면서 그는 체포영장이 도착한다면 즉시 홍콩으로 보내 달라는 지시를 한 후 파스파르투가 눈치 채지 못하게 랑군호에 올라탈 수 있었다. 그는 홍콩에 도착할 때까지 자신의 존재를 드러내고 싶지 않았을 것이다. 왜냐하면 자신이 봄베이에 있을 거라고 믿고 있을 파스파르투에게 왜 이 배를 탔는지 설명하기가 어려웠고, 그렇게 되면 파스파르투의 의심을 살 것이기 때문이었다. 그러나 상황은 이 정직한 하인과 다시 친분을 맺어야 하는 방향으로 흘러갔다. 어떻게? 두고 보면 알 것이다.

이제 이 형사의 모든 기대와 희망은 세계에서 단 한 곳, 홍콩에 집중되어 있었다. 왜냐하면 이 배가 싱가포르에 정박하는 시간이 너무 짧아서 자신의 계획을 펼칠 수가 없었기 때문이다. 따라서 바로 홍콩에서 이 범인이 체포되든가 아니면 도주하든가, 즉 영원히 이 형사로부터 달아나든가가 결판나게 되어 있었다.

홍콩은 분명 영국 땅이었지만 이 여행에서 마주칠 수 있는 마지막 영국 영토였다. 그다음 여행지는 중국, 일본, 아메리카로서 포그 씨에게 거의 확실하게 안전한 피신처를 제공해 줄 것이 분명했다. 포그 씨를 뒤따라왔을 체포 영장이 마침내 홍콩에 도착한다면 픽스는 그를 체포해 홍콩 경찰의 손에 넘겨줄 것이다. 이렇게 된다면 아무 문제가 없지만, 만약 홍콩을 벗어난다면 단순히 체포 영장만으론 해결이 쉽지 않을 것이다. 범인 인도협정서가 필요할 것이기 때문이다. 여기서 연착이나 지체나 온갖 종류의 장애물들이 놓여진다면 놈은 이걸 이용해 결정적으로 도주해 버릴 것이다. 만약 이 작전이 홍콩에서 실패한다면 그를 다시 체포할 가능성이 완전히 없는 건 아니라 해도, 최소한 매우 적어질 것이다.

"그러니까 영장이 이미 홍콩에 도착해 있으면 그걸로 놈을 체포하면 돼. 하지만 그렇지 않을 경우, 무슨 일이 있어도 놈의 출발을 지연시켜야 해! 하지만 봄베이에서도 캘커타에서도 실패했잖아! 만약 홍콩에서마저 실패한다면 내 명성은 땅에 떨어지고 얼굴을 들 수조차 없을 거야! 비용이 얼마가 들어도 좋아, 무조건 성공해야 해. 하지만 무슨 수로 이 빌어먹을 놈의 출발을 막지?" 선실에서 보낸 긴 시간 동안 픽스는 이렇게 혼잣말을 되풀이하고 있었다.

결국 픽스는 파스파르투에게 모든 것을 고백하기로 결심했다. 파스파르투에게 자신이 모시는 주인이 어떤 사람인가를 알리고 그가 주인과 공범이 아님을 확실히 해 두어야겠다고 작정했던 것이다. 그는 파스파르투가 이 모든 사실을 알게 되면 공범의 혐의를 쓰게 될까 두려워 자기편이 되어 줄 거라 믿었다. 그러나 이 방법은 위험부담이 너무 커서 다른 방도가 전혀 없을 때 최후의 수단으로 이용해야 할 것이다. 파스파르투가 주인에게 한마디라도 뻥끗하는 날엔 모든 계획은 물거품이 되고 말 테니까.

이렇게 픽스의 머릿속이 극도로 복잡한 상태였을 때, 랑군호 뱃전에 필리어스 포그와 함께 나타난 아우다 부인의 존재는 또 다른 고민거리를 던져 주었다.

'저 여잔 대체 누구지? 어떻게 포그 씨와 동행하게 되었을까? 두 사람이 만난 건 봄베이와 캘커타 사이였음이 분명해. 하지만 정확히 어디였지? 포그와 이 젊은 여자 여행객이 만난 건 그저 우연이었을까? 아니, 그 반대로 포그가 이 아름다운 여자를 만나기 위해 일부러 인도 횡단 여행을 계획했던 건 아닐까? 여자가 너무 매력적이니까 그럴 수도 있을 거야!' 픽스는 캘커타 법정에서 이미 그녀의 미모를 확인했었다.

지금 이 형사가 어느 지점에서 헤매고 있는지는 쉽게 이해할 수 있을 것이다. 그는 혹시 이번 사건이 어떤 유괴와 관련된 건 아닐지 의심해 보았다. '맞아! 그럴 수도 있어!' 이런 생각이 뇌리에 박히자 픽스는 이 상황에서 끌어낼 수 있는 해결책이 무언지를 깨달았다. '이 젊은 여자가 결혼을 했건 안 했건 간에 납치된 거야. 홍콩에 가서 놈을 유괴범으로 모는 거야. 그럼 곤경에 빠뜨릴 수 있겠지. 이번에도 또 돈을 써서 빠져나오진 못할 테니까.'

하지만 랑군호가 홍콩에 도착하기를 기다리고 있을 수만은 없었다. 왜냐하면 이 포그라는 자는 이 배에서 저 배로 뛰어넘는 고약한 습관이 있어서 까딱 잘못 하다간 일을 착수하기도 전에 멀리 달아나 버릴 위험이 있었기 때문이다.

따라서 중요한 건 이자가 배에서 내리기 전에 영국 경찰에 랑군호의 도착을 미리 알려 주는 거였다. 이건 전혀 어려운 일이 아니었다. 왜냐하면 배가 싱가포르에 기항할 예정인데다가 싱가포르는 전신으로 중국 해안과 연결되어 있었기 때문이다.

그렇지만 실행에 옮기기에 앞서 모든 걸 더욱 확실하게 하기 위해 픽스는 파스파르투를 심문하기로 결심했다. 그는 이 하인에게 말을 시키는 게 어렵지 않다는 걸 알고 있었다. 그래서 지금까지 숨겨 왔던 자신의 존재를 드러내기로 마음먹었다. 더 이상 지체할 시간이 없었다. 오늘은 10월 30일이고 바로 다음날, 랑군호는 싱가포르에 기항할 예정이었기 때문이다.

그래서 픽스는 바로 그날 파스파르투에게 접근할 목적으로 선실에서 나와 갑판 위로 올라갔던 것이다. 그는 몹시 놀란 표정으로 먼저 아는 척을 할 작정이었다. 파스파르투는 저 앞쪽에서 한가로이 거닐고 있었다. 이때 픽스가 깜짝 놀라며 그에게 다가갔다.

"아니, 이게 누군가? 자네가 이 배를!"

"픽스 씨, 당신도 이 배를 탔었나 보군요!" 몽골리아호에서 동행했던 동료를 알아보며 파스파르투가 말했다. "이럴 수가! 봄베이에서 헤어졌는데 홍콩으로 가는 길에 또 이렇게 만나다니! 당신도 세계일주를 하는 건가요?"

"아니, 아닐세. 난 홍콩에서 내릴 걸세. 최소한 며칠은 걸리겠지."

"아, 그러시군요!" 파스파르투는 잠시 어리둥절한 표정이었다. "그런데 어떻게 캘커타를 떠난 이후 한 번도 뱃전에서 당신을 보질 못했을까요?"

"물론, 그랬을 테지. 실은 몸이 좀 아파서…… 뱃멀미를 좀…… . 줄곧 선실에만 누워 있었다네. 벵골만은 인도양만큼 편하질 못했거든. 헌데, 자네 주인은 어떠신가?"

"그분이야 끄떡없죠. 늘 건강하고 또 여행 일정만큼이나 정확하구요. 단 하루의 오차도 없다니까요! 아! 참, 모르실 테지만 실은 우린 젊은 부인과 동행하게 되었답니다."

"젊은 부인이라고?" 그는 이해하지 못한 척 시치미를 뚝 뗐다.

그러자 파스파르투는 곧 그간에 있었던 이야기보따리를 풀어놓기 시작했다. 그는 봄베이의 말레바르 사원 사건, 코끼리를 2천 파운드를 주고 샀던 일, 사티 사건, 아우다 부인의 구출, 캘커타 법정에서 유죄 판결을 받고 보석으로 석방된 일 등을 쉴 새 없이 털어놓았다. 픽스는 마지막 사건을 빼고는 전혀 모르는 눈치였다. 파스파르투는 무척 흥미진진한 척 가장하고 있는 이 형사 앞에서 자신의 무용담들을 들려주느라 정신이 없었다.

"그럼, 결국 자네 주인은 이 젊은 부인을 유럽까지 데려갈 생각인가?"

"아니오, 그건 아닙니다. 우린 홍콩의 부유한 상인인 그녀의 친척에게 데려다 줄 생각입니다."

'별수 없군!' 실망감을 감추며 형사가 속으로 말했다. "이보게, 파스파르투, 한잔 할 텐가?"

"기꺼이! 우리가 랑군호에서 이렇게 또 만났으니 한잔 하는 건 당연하죠!"

17
싱가포르에서 홍콩까지 가는 도중 이런저런 일들이 벌어지다

이날부터 파스파르투와 픽스는 자주 만났다. 하지만 이 형사는 극도로 신중하게 파스파르투를 대했고 그에게 애써 말을 시키려고도 하지 않았다. 그는 겨우 한두 번 정도 포그 씨를 얼핏 보았을 뿐이다. 포그 씨는 랑군호의 큰 휴게실에서 아우다 부인과 함께 있거나 혹은 변함없는 취미인 휘스트 게임을 즐기고 있었다.

한편 파스파르투는 주인의 여행길에서 픽스를 또다시 만난 게 정말 기이한 우연일 뿐인지 되새겨 보고 있었다. 이 만남이 대수롭지 않다 해도 놀라운 건 사실이었다. '이 신사는 무척 친절하고 너그러운 사람임에 틀림없어. 수에즈에서 몽골리아호를 탔을 때 그를 처음 만났었지. 그는 봄베이에서 내렸고, 거기서 머무를 거라고 했어. 그런데 이 랑군호에서 또 만나 홍콩까지 동행하게 되었단 말이야. 한마디로 그가 주인님의 뒤를 밟고 있다고밖엔 생각할 수 없어. 우연치고는 너무 기묘하거든. 그의 목적은 무엇일까?' 파스파르투는 그토록 소중히 간직해 온 가죽 신발을 걸고 맹세했다. 픽스는 분명 자신들과 동시에 홍콩을 떠날 거라고, 그것도 같은 여객선을 타고.

파스파르투는 한참 동안이나 곰곰이 생각했다. 하지만 이 형사가 어떤 임무를 띠고 있는지는 결코 짐작할 수 없었을 것이다. 또한 필리어스 포그가 도둑이라는 혐의를 받고 지구 주변을 쫓겨 다니고 있다는 건 상상도 못 했을 것이다. 그러나 인간들은 원래 모든 일에 뭔가 설명을 붙이고자 하는 법이다. 갑자기 뭔가를 깨달은 파스파르투가 픽스라는 끈질긴 존재를 어떻게 해석했는지 보자. 정말 그의 해석은 아주 그럴듯했다. 그의 추리에 따르면 픽스라는 인물은 리폼클럽에서 포그 씨의 동료들이 이 여행이 합의된 여정에 따라 충실히 이행되고 있는지를 확인하기 위해 붙여 놓은 일종의 밀정일 뿐이라는 거였다. 게다가 밀정일 수밖에 없다고 단정 짓기까지 했다.

'그래, 분명해! 이자는 그 신사 양반들이 우리를 미행하려고 붙여 놓은 첩자가 분명해! 비열한 자들 같으니! 그토록 정직하고 존경스런 주인님께 미행을 붙이다니! 리폼클럽의 신사 양반들이여, 크게 후회하게 될 거요!'

파스파르투는 자신의 추리가 몹시 만족스러웠다. 그렇지만 포그 씨가 자신의 동료들로부터 배신당했다는 걸 알고는 심한 모욕감을 느끼고 괴로워할까봐 그에겐 아무 말도 않기로 마음먹었다. 그러나 기회가 생기면 위태롭지 않을 정도로 넌지시 픽스를 곯려 줄 작정이었다.

10월 30일 수요일 오후, 랑군호는 수마트라 섬과 작은 반도들을 나누고 있는 말라카 해협에 진입했다. 매우 가파른 바위투성이의 작은 섬들이 그림처럼 아름다웠고, 이 경치에 눈길을 빼앗긴 승객들은 큰 섬의 전경을 그냥 지나쳐 버렸다.

다음날 새벽 4시, 랑군호는 예정 시간보다 반나절 정도 일찍 싱가포르에 도착했다. 연료용 석탄을 보급받기 위해서였다.

필리어스 포그는 여행일지의 소득란에다 이 시간을 기록했다. 이번에는 그가 아우다 부인을 데리고 배에서 내렸다. 부인이 몇 시간 동안 산책하고 싶다고 했던 것이다.

포그 씨의 모든 행동을 의심의 눈초리로 지켜보고 있던 픽스는 눈치 채지 않도록 조심하며 뒤를 따랐다. 파스파르투는 이런 픽스의 행동을 속으로 비웃으며 보통 때처럼 필요한 용품들을 사러 나갔다.

싱가포르 섬은 크지도 웅장하지도 않았다. 섬의 윤곽을 좌우하는 굵직한 산봉우리들이 없었기 때문이다. 그럼에도 불구하고 이 섬은 빈약한 가운데서도 아주 매력적이었다. 섬 전체가 아름다운 길들이 나 있는 하나의 공원이었다. 오스트레일리아에서 수입한 우아한 말이 끄는 멋진 마차가 아우다 부인과 포그 씨를 태운 채 잎이 반짝거리는 야자나무와 반쯤 핀 꽃봉오리들이 맺힌 정향나무 사이를 뚫고 지나갔다. 여기선 후추나무 덤불이 유럽 들판의 가시 울타리를 대신하고 있었다. 또한 사고야자나무와 멋진 잔가지가 달린 키 큰 고사리들이 열대 지역의 경관에 멋을 더했고, 니스를 바른 듯 반짝거리는 잎을 가진 육두구나무들은 코를 찌를 듯한 향기로 주변 공기를 물들였다. 이 숲엔 원숭이 무리들이 사람이 지날 때마다 경계하며 인상을 찌푸렸다. 아마 밀림 속엔 호랑이들도 있을 것이다. 비교적 작은 섬에 어떻게 이런 무시무시한 육식동물들이 최근까지 멸종되지 않고 남아 있는지 궁금해하면, 사람들은 이 동물들이 말레이 반도에서부터 헤엄쳐서 말라카 해협을 건너왔다고 대답했다.

두 시간 동안 들판을 달린 후 아우다 부인과 포그 씨는 — 그는 주변을 자세히 살피지 않고 그저 건성으로 보고 있었다 — 시내로 돌아왔다. 시내는 육중하고 짓눌린 듯한 집들이 밀집된 거대한 덩어리였고, 이 주위를 망고스틴 열매, 파인애플 그리고 세상의 맛좋은 모든 과일들이 열려 있는 근사한 정원들이 에워싸고 있었다.

10시에 이들은 다시 배로 돌아왔고, 형사는 눈치 채지 않게 계속해서 이들의 뒤를 따라다녔다. 물론 그 경비는 자신의 부담이었을 것이다.

파스파르투는 갑판 위에서 이들을 기다리고 있었다. 그는 시내에서 수십 개의 망고스틴 열매를 사 왔다. 이 과일은 보통 사과만한 크기인데 겉은 짙은 갈색이지만 속은 새빨간 색이었고, 흰 과육을 입 안에 넣으면 진짜 미식가들에게 더할 수 없는 즐거움을 주었다. 파스파르투는 아우다 부인에게 이것들을 줄 수 있어 무척 기뻐했고, 부인은 대단히 우아하게 그에게 감사를 표했다.

11시에 랑군호는 연료를 가득 실은 후 닻줄을 풀었다. 그러고 나서 몇 시간 후 말레이 반도의 높은 산들과 세상에서 가장 멋진 호랑이들을 품고 있는 숲들도 더 이상 보이지 않게 되었다.

중국 근해에서 뚝 떨어진 조그마한 영국의 땅덩어리 홍콩은 싱가포르에서 약 2천1백 킬로미터 정도 떨어져 있었다. 필리어스 포그가 홍콩에서 11월 6일, 일본의 주요 항구 중 하나인 요코하마행 배를 타기 위해선 적어도 6일 안에 이 거리를 주파해야 했다.

랑군호는 몹시 많은 승객들을 싣고 있었다. 인도인, 실론인, 중국인, 말레이인, 포르투갈인 등 수많은 승객들이 싱가포르에서 배에 올랐는데, 이들은 대부분 이등칸에 타고 있었다.

지금까지 매우 좋던 날씨가 하현달이 되자 갑자기 돌변하기 시작했다. 파도가 거칠게 일었고 이따금 바람도 크게 몰아

쳤다. 하지만 무척 다행스럽게도 남동풍이어서 배의 운항을 도와주었다. 날씨가 항해하기에 적당할 때면 선장은 큰 돛을 펴도록 지시했다. 벽돌로 된 돛대를 갖춘 랑군호는 종종 두 개의 사각돛과 앞돛을 편 채 나아갔고, 속도는 물결과 바람의 합작으로 더욱 빨라졌다. 이렇게 배는 빠른 물살을 — 하지만 가끔씩 매우 힘겨운 — 타고 안남(베트남의 옛 이름)과 코친차이나(베트남 남부의 옛 이름) 해안을 따라 질주해 나아갔다.

그러나 문제는 바다라기보다는 오히려 랑군호에 있었다. 바로 이 배 때문에 대부분의 승객들은 뱃멀미를 했고 나머지 승객들마저 극심한 피로를 느꼈다.

사실 이 해운회사의 배들은 중국 근해를 운항하는 선박들로 구조상 심각한 결함을 안고 있었다. 선적 중 흘수선(배가 물에 잠기는 부분)과 용골(선박 바닥의 중앙을 받치는 길고 큰 재목)의 비례가 잘못 계산되어 조금만 파도가 거칠어도 이 배들은 견뎌내질 못했다. 물이 침투할 수 없는 밀폐된 수밀실(배의 외부가 파손되었을 때 방수를 차단하기 위해 구획된 방)의 용적도 불충분했다. 뱃사람들의 용어를 빌자면 이 배들은 '수몰' 상태였다. 이런 구조상의 문제 때문에 파도가 뱃전을 치고 갑판 위를 덮치는 일이 몇 번만 지속되어도 배의 방향을 바꾸어야 했다. 그러므로 이 선박들은 모터나 증발기관은 차치하고라도 적어도 그 구조 때문에 프랑스 해운회사의 '엥페라트리스' 나 '캉보주'

보다 뒤떨어진다고 볼 수 있었다. 기술자들의 계산에 따르면 프랑스 회사의 선박들은 자체 무게와 동량의 파도를 뒤집어써도 괜찮지만 '골곤다', '코레아' 그리고 '랑군' 호와 같은 이 회사의 선박들은 자체 무게의 1/6 이상의 파도를 뒤집어쓰면 침몰할 위험이 있다는 것이었다.

따라서 이처럼 날씨가 안 좋을 땐 극도로 조심하는 수밖에 없었다. 배는 종종 돛을 줄여 속도를 늦추고 표류하듯 나아갔다. 이것은 시간의 지체를 의미했지만 포그 씨는 전혀 동요하는 기색이 없었다. 그러나 파스파르투는 몹시 불안한 나머지 선장, 기관사, 해운회사를 비난했고, 화가 치밀어 이 여객 수송에 관련된 모든 이들에게 분통을 터뜨리기도 했다. 모르긴 해도 새빌로의 집에서 자신의 비용으로 타고 있을 가스등 때문에 더욱 화가 치밀었을 것이다.

"홍콩에 도착하려면 서둘러야 하지 않는가?" 어느 날 형사가 그에게 물었다.

"당연히 그래야죠!" 파스파르투가 대답했다.

"포그 씨도 요코하마행 배를 타려고 서두르고 있나?"

"그럼요, 몹시 서두르고 있죠."

"그럼, 자네도 지금 이 유별난 세계일주가 가능하다고 믿고 있나?"

"당연한 말씀! 그런데 당신은요?"

“나 말인가? 난 믿지 않네.”

“농담도 잘 하시네!” 파스파르투가 눈을 찡긋하며 말을 받았다.

이 말이 픽스를 생각에 잠기게 했다. 까닭은 알 수 없지만 ‘농담도 잘 한다.’는 말이 귀에 거슬렸던 것이다. ‘이 녀석이 내 정체를 간파한 걸까?’ 그는 어떻게 생각해야 할지 선뜻 판단이 서질 않았다. ‘지금까지 형사라는 신분만은 숨겨 왔는데, 어떻게 그걸 알아챘지? 어쨌든 녀석의 말 속엔 어떤 저의가 들어 있는 게 분명해.’

요 전날 파스파르투는 한발 앞서 대화를 몰고 가기도 했다. 그로서는 어쩔 수가 없었다. 하고 싶은 말은 참지 못하는 성미였으니까.

“픽스 씨.” 파스파르투가 심술궂은 어조로 말을 꺼냈다. “일단 홍콩에 도착하고 나면 유감스럽지만 당신과는 헤어져야겠죠?”

“하지만,” 픽스는 몹시 당황하며 대답했다. “글쎄! 아마도…….”

“당신이 우리와 동행한다면 무척 기쁠 텐데! 이런! 이 회사 직원이라니까 도중에 내릴 순 없겠군요! 당신은 봄베이까지만 가겠다고 했었는데 곧 있으면 중국에 도착할 겁니다. 미국도 그리 멀지 않고, 또 미국에서 유럽까진 한걸음에 달려갈 수 있는 거리죠!"

픽스는 주의 깊게 상대를 바라보았다. 상대는 세상에서 가장 우호적인 표정을 지어 보였다. 결국 픽스는 그와 함께 웃어 버렸다. 파스파르투는 더욱 집요하게 물었다.

"이런 일은 돈벌이가 괜찮은가 보죠?"

"그럴 때도 있고 아닐 때도 있지." 픽스는 눈썹 하나 까딱 않고 대답했다. "세상일이란 게 원래 좋을 때도 나쁠 때도 있는 법이니까. 알다시피 난 자비로 여행하는 게 아닐세!"

"당연히 그러실 테죠!" 더 크게 웃으며 파스파르투가 말했다.

대화가 끝나자 픽스는 선실로 내려와 곰곰이 생각을 더듬기 시작했다. 신분이 탄로 난 게 분명했다. 어쨌든 그 하인은 픽스가 형사임을 알아챘던 것이다. '하지만 주인에게도 말을 했을까? 이 사건에서 그는 어떤 역할을 하는 걸까? 과연 공범일까, 아닐까? 계획이 탄로 나 버렸으니 결과적으로 또 실패한 건가?' 이 지점에서 픽스는 한참을 고민했지만 — 모든 게 끝났다는 생각과, 포그 씨가 이 상황을 모를 거라는 희망이 교차하면서 — 결국 그 어느 쪽도 택할 수가 없었다.

잠시 후 그는 다시 냉정을 되찾았고, 파스파르투에게 솔직하게 털어놓기로 마음먹었다. '홍콩에 도착했을 때 놈을 체포할 만한 상황이 아니고, 또 놈이 이번에는 이 영국 땅을 영원히 떠나 내 손아귀에서 벗어날 작정이라면, 차라리 파스파르투에게 모든 걸 말해 버리는 게 나을 거야. 만약 하인이 주인과 공범이라면 주인이 모든 걸 알고 있을 테니 이번 계획은 실패로 돌아간 것일 테고, 공범이 아니라면 속히 주인을 버리는 게 상책일 거야.'

픽스와 파스파르투, 이 두 사람이 처해 있는 상황은 이러했고, 이들의 머리 위에 올라앉은 필리어스 포그는 초연한 태도로 일관했다. 자기 주변을 맴돌고 있는 소행성들에는 개의치 않고 자신의 일주 궤도를 합리적으로 돌고 있을 뿐이었다.

그럼에도 불구하고 포그 씨 주변에는 이 신사의 마음에 어떤 동요를 가져왔어야 할 섭동(어떤 천체의 평형상태가 다른 천체의 인력으로 인해 교란되는 현상)이 하나 있었다. 하지만 천만에! 절대 그렇게 되지 않았다! 아우다 부인의 매력은 어떠한 영향도 주지 못했고 이 점에 대해 파스파르투는 무척 놀랐다. 설사 이 동요라는 것이 있었다 해도 해왕성의 발견을 가져왔던 천왕성의 동요를 계산하는 것보다 더 포착하기 어려웠을 것이다.

파스파르투는 아우다의 눈에서 그의 주인에 대한 감사의 마음을 읽고는 놀라지 않을 수 없었다. 그러나 필리어스 포그는 사랑이 아닌 영웅적인 용기를 위해서만 심장을 갖고 있는 것 같았다. 그도 사실은 여행의 성공을 걱정하고 있었을지 모르지만, 겉으로는 전혀 그렇게 보이지 않았다. 그러는 동안 파스파르투는 계속해서 불안에 시달리고 있었다.

하루는 그가 기관실 난간에 기대어 기계를 바라보고 있었다. 스크루가 물 밖에서 헛돌아 엔진에서 소리가 났다. 그러면 밸브에서 스팀이 뿜어져 나왔고 이것은 파스파르투를 화나게 만들었다.

"밸브에 압력이 부족하기 때문이야!" 그는 화가 나서 소리쳤다.

"배가 앞으로 가질 않잖아. 영국인이란! 이게 미국 배였다면 허풍은 좀 떨었겠지만, 그래도 지금보다는 훨씬 빠르게 달렸을 텐데."

18
필리어스 포그, 파스파르투, 픽스 각자 볼일을 보다

항해의 마지막 며칠 동안 날씨가 몹시 나빴다. 줄곧 북서풍이 강하게 불어 배의 진로를 가로막았다. 랑군호는 균형을 잡지 못하고 좌우로 심하게 흔들렸고 승객들은 바다 한가운데서 바람이 일으키는 이 지긋지긋한 파도에 치를 떨었다.

11월 3일과 4일 이틀 동안 폭풍우가 지속되었고, 돌풍은 격렬하게 바다를 내리쳤다. 랑군호는 가능한 파도의 저항을 줄이기 위해 반나절 동안 스크루를 열 번씩만 돌리며 돛을 줄이고 속도를 낮춘 채 조심스럽게 나아갔다. 돛들은 모두 꽉 조여 맨 상태였지만, 선구(배에서 쓰는 노, 닻, 키 따위의 기구)들은 광풍이 몰아치는 가운데서도 여전히 휙휙 소리를 내고 있었다.

짐작하듯이 배의 속도는 현저히 줄어들었다. 따라서 홍콩까지는 예정보다 20시간 정도 지체될 것으로 예상했지만 폭풍우가 그치지 않는다면 그 이상 지체될 수도 있었다.

필리어스 포그는 바로 자신에게 싸움을 걸어오는 듯한 이 격노한 바다를 여느 때처럼 평정심을 잃지 않고 지켜보고 있었다. 그의 표정은 단 한순간도 어두워지지 않았다. 그렇지만 20시간을 지체한다면 요코하마행 여객선을 놓치게 될 것이며, 결국 그의 여행을 완수하긴 어려울 것이다. 그러나 무신경한 이 사람은 초조해하지도 따분해하지도 않았다. 이 폭풍우 역시 처음부터 계획에 포함되어 있었고, 심지어는 예견되었던 것처럼 보였다. 아우다 부인은 포그 씨와 이 불의의 사태에 관해 이야기를 나누며 그가 평소와 다름없이 침착하다고 느꼈다.

픽스는 똑같은 상황을 두고 정반대의 생각을 하고 있었다. 이 폭풍우는 오히려 그를 기쁘게 했다. 만약 랑군호가 이 폭풍우를 피해 도망갈 수밖에 없었다면 그의 만족은 극에 달했을 것이다. 어쨌든 그에겐 지체를 가져오는 모든 것이 반가울 따름이었다. 이 지체로 인해 포그 씨는 홍콩에 며칠 동안 체류할 수밖에 없을 것이기 때문이다. 폭풍우와 광풍에 이어 마침내 하늘까지 여기에 가세하고 나섰다. 그는 뱃멀미를 약간 했지만 그게 무슨 대수랴! 사실 구토가 날 정도로 심할 줄은 몰랐다. 하지만 뱃멀미로 온몸이 뒤틀리는 중에도 마음만은 흡족하기 이를 데 없었다.

한편 이 고난의 시간을 파스파르투는 어떻게 보냈을까? 치미는 분노를 삭이지 못한 채 얼마나 속을 끓였을지 능히 짐작 가는 일이다. 지금까지는 만사가 너무 잘 풀렸었다. 땅과 바다는 그의 주인에게 헌신하는 듯 보였고, 배와 기차 역시 그의 뜻에 순종했다. 또 바람과 증기는 힘을 합쳐 주인의 여행을 도왔다. 그렇다면 결국 시간을 잘못 계산했던 걸까? 파스파르투는 2만 파운드의 판돈이 금방이라도 자신의 지갑에서 빠져나갈 것처럼 불안에 떨고 있었다. 폭풍우는 그를 화나게 했고, 광풍은 그를 분노케 했다. 할 수만 있다면 당장이라도 이 불손한 바다를 채찍으로 후려치고 싶은 심정이었다. 가엾은 파스파르투! 픽스는 자신의 만족감을 드러내지 않으려고 애썼다. 당연히 그래야 했을 것이다. 만약 파스파르투가 픽스의 비밀스런 만족감을 간파했다면 아마 픽스는 괴로운 한순간을 보내야 했을 것이다.

파스파르투는 돌풍이 지속되는 내내 랑군호 갑판 위에 머물러 있었다. 아래 선실에 남아 있을 수도 있었지만 도저히 그럴 수가 없었다. 그는 돛대를 타고 올라가 승무원들을 깜짝 놀라게 하면서 원숭이처럼 능란하게 모든 일을 도왔다. 그는 선장에게, 장교들에게, 선원들에게 같은 말을 수도 없이 물어보고 다녔다. 너무도 안절부절못하는 모습에 다들 웃지 않을 수가 없었다. 파스파르투는 이 폭풍우가 얼마나 오랫동안 지속될 것인지 알고 싶었던 것이다. 그럴 때마다 사람들은 기압계를 가리키곤 했다. 기압계는 다시 오를 기미가 전혀 보이질 않았다. 파스파르투는 기압계를 잡고 흔들었다. 그러나 이 죄

없는 기계를 흔들고 욕설을 퍼부어도 달라지는 건 없었다.

마침내 폭풍우가 잠잠해졌다. 11월 4일 낮 동안 바람의 방향이 변했다. 바람은 남쪽으로 2포인트 올라 다시 순풍으로 바뀌었다.

파스파르투도 날씨와 더불어 점차 마음의 평화를 찾았다. 윗돛과 아랫돛들이 다시 펴졌고, 랑군호는 전속력으로 질주할 수 있었다.

지체된 시간을 모두 만회할 순 없었지만 그 정도는 감수해야 했다. 11월 6일 아침 5시, 비로소 육지의 모습이 보였다. 필리어스 포그의 일정에 따르면 배는 11월 5일 도착 예정이었지만, 랑군호는 그 이튿날이 돼서야 도착했다. 따라서 24시간이 지연되었고 요코하마행 여객선은 놓칠 수밖에 없었다.

6시에 조타수가 랑군호 뱃전으로 올라와 트랩(배나 비행기를 타고 내릴 때 사용하는 사다리) 위에 앉았다. 좁은 항로들을 통과하며 홍콩항까지 배를 인도하기 위해서였다.

파스파르투는 이 남자에게 요코하마행 여객선이 홍콩을 떠났는지를 묻고 싶어 입이 근질근질했다. 그러나 감히 그럴 수가 없었다. 한 가닥 희망만은 마지막 순간까지 간직하고 싶었기 때문이다. 그는 자신의 걱정거리들을 픽스에게 털어놓았다. 교활한 픽스는 포그 씨가 별 탈 없이 다음 배를 탈 수 있을 거라며 그를 위로하려고 애쓰는 척했다. 이것이 파스파르투를 더욱 화나게 만들었다.

파스파르투는 마음이 조마조마해서 감히 조타수에게 질문을 던지지 못했지만, 포그 씨는 브래드쇼의 〈여행안내서〉를 본 다음 차분하게 그 조타수에게 홍콩발 요코하마행 배가 언제 떠날 것인지를 물었다.

"내일 아침 밀물 때입니다." 조타수가 대답했다.

"아! 그래요." 포그 씨는 전혀 놀라는 기색 없이 말했다.

이 말을 들은 파스파르투는 당장 그 조타수를 껴안고 싶었겠지만, 반대로 픽스는 그를 목 졸라 죽이고 싶었을 것이다.

"기선의 이름이 뭡니까?" 포그 씨가 물었다.

"카르나틱호입니다." 조타수의 대답이었다.

"어제가 출발 예정일이 아니었나요?"

"맞습니다. 하지만 배의 보일러 중 하나를 수리해야 했기 때문에 출발이 내일로 미뤄진 거죠."

"감사합니다." 포그 씨가 대답했다. 그는 평소처럼 정확한 걸음으로 랑군호 휴게실로 다시 내려왔다.

한편 파스파르투는 그 조타수의 손을 힘 있게 꽉 잡았다.

"당신은 정말 멋진 사나이요!"

조타수는 자신의 대답이 왜 이같은 찬사를 불러일으켰는지 좀 어리둥절했다.

뱃고동 소리에 그는 트랩으로 올라가 정크(중국에서, 연해나 하천에서 승객이나 화물을 실어 나르는 데 쓰는 특수한 모양의 작은 배), 탱크(유조선), 어선 등 모든 종류의 선박들로 가득 메워진 홍콩의 수문 한가운데로 배를 이끌고 갔다.

1시에 랑군호는 부두에 닿았고 승객들은 모두 배에서 내렸다.

이런 상황에서 행운은 특별히 필리어스 포그의 편이었다는 건 인정해야만 한다. 보일러를 고칠 필요가 없었다면 카르나틱호는 11월 5일 출발했을 것이고, 일본으로 가는 승객들은 다음 배의 출발 시간까지 일주일을 더 기다려야 했을 것이다. 포그 씨가 24시간 지체하게 된 건 사실이지만 그렇다고 해서 이 지체가 나머지 여행에 좋지 않은 결과를 가져오는 건 아니었다.

사실, 요코하마에서 태평양을 횡단하여 샌프란시스코로 가는 배는 홍콩에서 오는 여객선과 직접 연계되어 있어서 이 배가 도착해야만 비로소 떠날 수 있었다. 따라서 요코하마에는 분명 24시간 늦게 도착할 것이다. 그러나 태평양 횡단이 지속되는 22일 동안 뒤처진 시간을 만회하기란 그리 어렵지 않을 것이다. 따라서 필리어스 포그는 런던을 떠난 지 35일째 되던 날, 자신의 일정에서 정확히 24시간 뒤처져 있었다.

카르나틱호는 이튿날 아침 5시가 돼야 떠날 수 있을 것이다. 따라서 포그 씨에겐 자신의 볼일, 이를테면 아우다 부인과 관련된 일들을 처리할 수 있는 16시간이 주어져 있었다. 배에서 내리자 그는 아우다 부인의 팔짱을 끼고 그녀를 가마 쪽으로 데려갔다. 짐꾼들에게 호텔의 위치를 묻자, 이들은 '클럽 호텔'을 가리켰다. 가마는 출발했고 파스파르투가 뒤를 따랐다. 20분 후 가마는 목적지에 도착했다.

포그 씨는 젊은 여자를 위해 방을 잡은 다음 그녀에게 부족한 게 없도록 배려를 아끼지 않았다. 그는 아우다 부인에게 즉시 그녀의 친척을 찾아 나설 것이며, 그녀를 안전하게 친척에게 인도해 줄 것이라고 말했다. 이와 동시에 파스파르투에게는 자신이 돌아올 때까지 호텔에 남아 부인을 잘 보살피라고 지시했다.

이 신사는 우선 증권거래소를 찾아갔다. 제제흐 씨는 홍콩에서도 이름난 거상이었기 때문에 거기 가면 틀림없이 그의 소재를 파악할 수 있을 것이라 믿었던 것이다.

포그 씨가 말을 걸었던 중개인은 실제로 파르시 족 중개상인 제제흐 씨를 잘 알고 있었다. 그는 제제흐 씨가 2년 전 이 도시를 떠나고 없다고 했다. 일단 재산이 모아지자 그는 유럽에 정착을 했는데 아마도 네덜란드일 거라고 했다. 그 이유는 제제호 씨가 장사를 하면서 네덜란드와 많은 거래가 있었다는 것이었다.

필리어스 포그는 '클럽 호텔'로 돌아온 즉시 아우다 부인에게 만날 것을 요청했다. 의례적인 인사말도 없이, 그는 곧장 본론부터 말했다. 그녀가 찾는 제제호 씨는 더 이상 홍콩에 있지 않으며 아마도 네덜란드에 거주하고 있을 가능성이 있다고 말했다.

이 말을 들은 아우다 부인은 처음엔 아무런 반응도 보이질 않았다. 그녀는 손으로 이마를 짚고는 잠깐 동안 뭔가를 골똘히 생각했다. 그리고는 부드러운 목소리로 말했다.

"포그 씨, 제가 어떻게 하면 좋을까요?"

"아주 간단합니다. 유럽으로 돌아가는 거죠."

"하지만 더 이상 폐를 끼치고 싶지가 않아서……."

"그런 말씀 마십시오. 당신이 있다고 해서 내 계획에 차질이 생기는 건 결코 아니니까요. 이보게, 파스파르투?"

"부르셨어요?"

"카르나틱호로 가서 선실 셋을 예약하도록 하게."

파스파르투는 자신에게 몹시 다정한 이 부인과 계속해서 함께 여행할 수 있다는 사실에 들떠 곧 '클럽 호텔'을 나섰다.

19
파스파르투,
주인에 대한 관심이 지나쳐 문제가 발생하다

홍콩은 단지 작은 섬에 불과하며, 1842년 아편전쟁 이후 맺은 난징조약에 의해 영국의 소유가 되었다. 몇 해에 걸쳐 대영 제국의 천재적인 식민 건설자들은 이곳에 주요 도시를 세우고 빅토리아 항구를 만들었다. 이 섬은 광둥 강 하구에 위치하고 있으며, 이 강의 맞은편에 위치한 포르투갈령 마카오와는 단지 97킬로미터 정도밖에 떨어져 있지 않았다. 홍콩은 무역전쟁에서 확실히 마카오를 눌러 이겼다. 그 결과 지금은 중국 수송화물의 대부분이 이 영국 도시에서 처리되고 있었다. 부두, 병원, 선창, 창고, 고딕성당, 총독 관저, 자갈을 여러 겹으로 깐 머캐덤 도로 등, 이 모든 것이 캔트 주나 서레이 주에 있는 상업 도시들 중 하나를 지구상의 거의 정반대 위치인 중국의 이 지점에 다시 옮겨 놓은 듯한 착각을 불러일으켰다.

파스파르투는 주머니에 손을 넣은 채 빅토리아 항구로 향하고 있었다. 거리엔 여전히 중국에서 애용되고 있는 가마와 차양이 쳐진 외바퀴 손수레들이 눈에 띄었고, 중국인, 일본인, 유럽인들이 마구 섞여 바삐 오가고 있었다. 하지만 이런 풍경은 지금까지 여행 중 보았던 봄베이나 캘커타 혹은 싱가포르의 모습과 크게 다르지 않았다. 이런 식으로 전 세계를 돌며 영국의 도시를 이으면 긴 띠가 만들어질 것 같았다.

이윽고 그는 빅토리아 항구에 도착했다. 그곳, 즉 광둥 강 하구에는 영국, 프랑스, 미국, 네덜란드 등 온갖 국적의 선박들이 — 전함과 상선, 일본이나 중국의 화물선, 정크, 삼판(중국의 작은 거룻배), 탱크 — 북적거리고 있었고, 심지어 물 위에 떠 있는 화단이라고 부를 수 있는 꽃배들도 있었다. 한가로이 이리저리 거닐다가 파스파르투는 토착민들 대다수가 노란 옷을 입었고, 모두 나이가 많이 들어 보인다는 사실에 주목했다. 그는 중국식으로 면도를 해 보고 싶어 중국인 이발소에 들어갔다. 이곳의 이발사는 영어를 아주 잘 구사하는 사람이었다. 그의 말에 따르면 이 노인들은 최소한 80세 이상이고, 이 나이가 되면 황제의 색인 노란색 옷을 입을 수 있는 특권이 주어진다는 거였다. 파스파르투는 그 까닭은 잘 이해되지 않았지만 어쨌든 무척 재미있다는 생각이 들었다. 면도를 마친 후, 카르나틱호의 승선 부두로 향했다. 거기서 픽스가 이리저리 거닐고 있는 모습을 보았지만 전혀 놀라지 않았다. 하지만 이 형사의 표정은 몹시 실망하고 있음이 역력했다.

'그럴 테지!' 파스파르투가 속으로 말했다. '리폼클럽의 신

사 분들에겐 기분 좋은 소식이 아닐 테니까!'

그는 픽스의 초조한 표정을 못 본 척 시치미를 뚝 떼고 유쾌하게 웃으며 다가갔다.

그러나 이 형사에겐 그럴 만한 충분한 이유가 있었다. 그를 줄곧 따라다니는 끔찍한 이 불운, 바로 체포 영장이 아직 도착하지 않았던 것이다! 그 영장이 자신을 뒤따라오고 있는 건 확실했다. 하지만 이걸 받기 위해선 이 도시에 며칠을 더 머물러야만 할 것이다. 그런데, 홍콩은 이 여정에서 마지막 영국 영토이기 때문에 만약 포그를 이곳에 붙들어 두지 못한다면 그는 영영 포그를 놓치고 말 것이다.

"그런데, 우리와 미국까지 동행하기로 작정하셨나요?" 파스파르투가 물었다.

"그럴 생각이네." 픽스가 이를 악물고 화를 참으며 대답했다.

"그것 보세요!" 일부러 큰 소리로 웃으며 파스파르투가 말했다. "난 당신이 우리와 헤어지지 않을 거라고 이미 예상하고 있었죠. 그럼, 선실을 예약하러 갈까요? 어서요!"

두 사람 모두 해운회사 사무실로 들어갔고 네 사람분의 선실을 예약했다. 그러나 직원은 이들에게 카르나틱호의 수리가 예상보다 일찍 끝났기 때문에, 이 배는 이미 공지된 다음 날 아침이 아닌 바로 오늘 저녁 8시에 출발할 거라고 알려 주었다.

"아주 잘 됐어!" 파스파르투가 말했다. "주인님이 좋아하시겠군. 어서 가서 전해 드려야지."

바로 이때, 픽스는 극단적인 결정을 내렸다. 파스파르투에게 모든 걸 다 털어놓기로 결심했던 것이다. 이것은 포그를 홍콩에 며칠 동안이나마 잡아 둘 수 있는 아마 유일한 방법이 될 것이다.

사무실을 나오면서 픽스는 파스파르투에게 술집에 가서 술을 한잔 하자고 제안했다. 파스파르투는 시간이 있었고, 그래서 제안을 받아들였다.

부둣가에 근사해 보이는 한 술집이 문을 열고 있었다. 두 사람 모두 거기로 들어갔다. 실내는 장식이 잘 된 아주 널찍한 홀이었다. 바닥에는 쿠션이 든 간이침대들이 놓여 있었고, 그 위엔 몇몇 취객들이 나란히 잠들어 있었다.

넓은 홀 안에는 30여 명의 손님들이 등나무로 된 작은 탁자들을 차지하고 앉아 있었다. 어떤 이들은 파인트 잔에 영국산 맥주 에일이나 포터를 마셨고, 진이나 브랜디 같은 주류를 병째 들고 마시는 이들도 있었다. 게다가 대부분 붉은 도기로 된 긴 파이프에다 장미 엑기스를 섞은 아편 덩어리들을 다져 넣어 피우고 있었다. 이따금 아편 연기에 취해 축 늘어진 흡연자들이 탁자 밑으로 미끄러지듯 쓰러졌다. 그때마다 종업원들은 이들의 발과 머리를 잡고 들어 올려 간이침대의 동료들 옆에다 옮겨 놓곤 했다. 침대엔 이미 인사불성이 된 20여 명의 취객들이 나란히 누워 있었다.

픽스와 파스파르투는 자신들이 비참하고 얼빠진, 깡마른 마약 중독자들로 들끓는 아편굴에 들어와 있음을 깨달았다. 돈벌이에 혈안이 된 영국이 아편이라고 불리는 이 죽음의 마약을 이들에게 매년 1천만 파운드씩이나 팔고 있다니! 여기서 벌어들이는 서글픈 돈은 인간의 가장 나쁜 악덕을 이용해 수탈된 것들이다.

중국 정부는 엄한 법을 통해 마약 남용을 막으려고 무척 애를 썼지만 모두 허사였다. 무엇보다 공식적으로 아편 사용이 금지되어 있는 고위층에서부터 저 하층민들에 이르기까지 아편이 보편화되어 있었고 그로 인한 피해는 더 이상 막을 수가 없게 되었다. 중국 사람들은 언제 어디서라도 아편을 흡연했다. 남자, 여자 할 것 없이 모두 이 비참한 환각에 빠져 들었고, 일단 중독이 되고 나면 거기서 빠져나올 수가 없었다. 마약을 끊기 위해선 끔찍한 위경련을 극복해 내야만 했다. 지독한 중독자들은 매일 여덟 대까지도 피울 수 있었지만, 그럴 경우 5년 내에 죽음을 맞았다.

그런데 픽스와 파스파르투가 갈증을 풀 생각으로 들어갔던 곳이 바로 이런 아편굴이었고, 심지어 홍콩에는 이런 아편굴

들이 수없이 많았다. 사실 파스파르투는 가진 돈이 전혀 없었다. 하지만 언젠가 보답할 기회가 있을 거라 생각하며 형사의 호의를 기꺼이 받아들였다.

이들은 포트와인 두 병을 주문했다. 파스파르투는 와인을 즐기며 감탄을 아끼지 않았다. 반면, 보다 신중한 픽스는 매우 조심스럽게 동료의 눈치를 살피고 있었다. 둘은 이런저런 이야기들을 나누었다. 특히 픽스가 카르나틱호를 타기로 결심한 것이 화제에 올랐다. 배가 대화의 주제로 떠오르자, 파스파르투는 이 배의 출발이 몇 시간 앞당겨졌다는 사실이 문득 떠올랐다. 그는 이 사실을 주인에게 알리기 위해 자리에서 일어섰다.

픽스가 그를 붙잡았다.

"잠깐, 앉게."

"왜 그러시죠?"

"자네한테 진지하게 할 얘기가 있네."

"진지한 얘기라니!" 술잔 바닥에 몇 모금 남은 와인을 비우며 파스파르투가 말했다. "좋습니다. 그런 거라면 내일 다시 이야기하도록 하죠. 오늘은 시간이 없거든요."

"그러지 말고, 이리 와 앉게. 바로 자네 주인에 관한 일일세!"

이 말에 파스파르투는 상대를 빤히 쳐다보았다.

픽스의 표정은 매우 심각해 보였다. 그는 다시 자리에 앉았다.

"대체 무슨 얘기를 하시려구요?"

픽스는 파스파르투의 팔에 손을 얹고는 목소리를 낮추어 말했다.

"자넨 내가 누군지 짐작했겠지?"

"물론이죠!" 파스파르투가 웃으며 말했다.

"그렇담, 모든 걸 털어놓도록 하지……."

"저도 웬만큼은 다 알고 있다구요! 물론, 확실치는 않지만요. 어쨌든, 계속해 보시죠. 하지만 그전에, 한 가지 말씀드리고 싶은 건, 그 신사 분들이 쓸데없이 헛수고를 했다는 겁니다!"

"쓸데없다니!" 픽스가 말했다. "너무 말을 막 하는군! 지금 그 돈의 액수가 얼마인지 알고나 하는 소린가?"

"알고말고요! 너무 잘 알고 있죠. 2만 파운드잖아요!"

"5만 5천 파운드일세!" 파스파르투의 손을 꽉 잡으며 픽스가 말했다.

"뭐라구요? 주인님이 설마! 5만 5천 파운드라니! 그렇담 더욱 한순간도 낭비해선 안 되겠군요." 다시 자리에서 일어서며 그가 말했다.

"5만 5천 파운드란 말일세!" 픽스가 거듭 말했다. 그는 브랜디 한 병을 더 가져오라고 시킨 후 파스파르투를 강제로 자리에 앉혔다. "만약 범인을 잡는다면 2천 파운드의 상금을 타게 될 걸세. 자네가 날 도와준다면 그중 5백 파운드를 주겠네."

"당신을 돕는다구요?" 두 눈을 휘둥그레 뜨며 파스파르투가 외쳤다.

"그렇네. 며칠 동안 포그 씨가 홍콩을 떠나지 못하도록 날 돕는 거지."

"대체, 무슨 말을 하는 겁니까? 어떻게 이럴 수가! 주인님께 미행을 붙이고, 그의 정직함을 의심하는 것도 모자라, 이젠 방해 공작까지 벌이다니! 그 신사 분들께 전해 주시오. 부끄러운 줄 좀 알라고요!"

"아니, 대체 그게 무슨 말인가?"

"이건 부도덕한 짓이라는 겁니다. 차라리 주인님의 옷을 벗기고 아예 주머니에서 돈을 빼앗지 그래요!"

"그래, 우리가 하려는 게 바로 그걸세."

"하지만 이건 음모라구요!" 파스파르투가 소리쳤다. 그는 픽스가 권하는 술을 별 생각 없이 계속해서 마셔 댔고, 취기가 올라 다소 흥분한 상태였다. "진짜 음모라구요! 신사라는 자들이! 그것도 동료라는 자들이!"

픽스는 더 이상 무슨 말인지 이해하기가 어려웠다.

"동료라는 자들이! 리폼클럽 회원들이! 명심하십시오, 픽스 씨. 우리 주인님은 정직한 사람이고, 일단 내기를 했으면 정정당당한 방법 이외에는 상대를 안 한다구요."

"헌데, 자넨 내가 누구라고 생각하나?" 픽스가 파스파르투를 빤히 쳐다보며 물었다.

"당연히 리폼클럽 회원들이 보낸 첩자겠죠. 우리 주인님의 여정을 감시하라는 임무를 띤 첩자 말입니다. 이건 대단히 수치스런 짓이라구요! 얼마 전부터 당신의 신분을 눈치 채고 있었지만 주인님껜 말하지 않고 있었다구요."

"포그 씨가 아무것도 모른다고?" 픽스가 활기차게 물었다.

"전혀요." 또다시 술잔을 비우며 파스파르투가 대답했다.

형사는 손으로 이마를 쓸어내렸다. 그리고는 잠시 머뭇거리더니 다시 말을 이었다.

'이제 어떻게 하지? 이자가 크게 오해를 한 것 같군. 하지만 그 때문에 이번 계획이 더 어렵게 되어 버렸어.' 분명 이 하인은 아주 솔직하게 모든 사실을 말했고, 픽스의 우려와는 달리 주인과는 공범이 아닌 것도 확실해졌다.

'좋아, 잘 됐어! 공범이 아닌 이상, 날 도와주겠지.' 그가 속으로 생각했다.

형사는 두 번째 결심을 했다. 더 이상 기다릴 시간이 없었던 것이다. 무슨 일이 있어도 포그를 홍콩에서 체포해야만 했다.

"들어 보게." 픽스가 퉁명스럽게 말했다. "내 말을 잘 듣게나. 난 자네가 생각하는 것처럼, 리폼클럽의 첩잔지 뭔지 하는 그런 사람이 아니네."

"첫!" 비웃듯 쳐다보며 파스파르투가 말했다.

"난 임무를 띠고 본국에서 파견된 수사관일세."

"당신이…… 수사관이라고요?!"

"못 믿겠다면, 증거를 보여 주지. 이게 내 신분증일세." 형사는 지갑에서 증명서 하나를 꺼내더니 수도 경찰국장의 서명이 날인된 위임장을 보여 주었다. 한 방 크게 얻어맞은 듯 멍해진 파스파르투는 무슨 말을 해야 할지 몰라 픽스를 쳐다보았다.

"포그 씨의 판돈 말인데, 그건 말이지, 자네와 리폼클럽의 동료들을 속이기 위한 구실일 뿐일세. 왜냐하면 자네처럼 아무것도 모르는 공모자들을 확보해 두는 게 유리할 테니까."

"그건 또 왜?"

"들어 보게. 지난 9월 28일, 영국은행에서 5만 5천 파운드를 도난당한 사건이 발생했었네. 수사 결과 그 범인의 인상착의가 밝혀졌는데, 그게 바로 자네 주인의 인상착의와 완전히 똑같았단 말일세."

"설마!" 그 힘센 주먹으로 탁자를 내리치며 파스파르투가 소리쳤다. "우리 주인님은 세상에서 가장 정직한 분이라구요!"

"그걸 어떻게 장담할 수 있나? 자넨 주인의 정체도 잘 모르잖은가! 자넨 여행을 떠나던 바로 그날 고용되었고, 그는 말도 안 되는 내기를 핑계로 급히 런던을 떠났지. 여행 가방도 없이 달랑 그 돈뭉치만 챙겨 들고 말이야. 이런 자를 어떻게 정직하다고 우길 수 있단 말인가!"

"아니오! 그럴 리가 없어요!" 가엾은 하인은 기계적으로 이 말만 되풀이했다.

"그럼 자네도 공범으로 체포되고 싶은가?"

파스파르투는 양손으로 얼굴을 가렸다. 뭐가 뭔지 도무지 알 수가 없었다. 감히 이 형사의 얼굴을 쳐다볼 수가 없었던 것이다. '필리어스 포그가 도둑이라니! 아우다 부인을 죽음에서 구해 낸 그토록 관대하고 용감한 분이 어떻게! 하지만 모든 추측이 주인님께 불리하게 돌아가고 있잖아!' 파스파르투는 머릿속을 맴도는 의혹들을 떨쳐 버리려고 애를 썼다. 자신의 주인이 범죄자라는 걸 믿고 싶지 않았기 때문이다.

"그럼, 대체 내게 원하는 게 뭡니까?" 간신히 마음을 가라앉히며 그가 형사에게 물었다.

"이보게, 난 지금까지 줄곧 포그 씨를 미행해 왔네. 하지만 런던에 요구했던 체포 영장이 아직까지 도착하지 않았어. 그러니 그를 홍콩에 붙들어 둘 수 있도록 자네가 날 좀 도와주어야겠는데……."

"제가요? 전……."

"날 도와준다면, 영국은행에서 내건 2천 파운드의 포상금을 자네와 나누도록 하지!"

"절대 그럴 수 없어요!" 파스파르투가 대답했다. 그는 일어나려고 했지만, 온몸에서 판단력과 기력이 동시에 빠져나가는 걸 느끼며 다시 주저앉고 말았다.

"픽스 씨," 그가 더듬거리며 말했다. "당신이 내게 말한 것들이 모두 사실이라 해도…… 주인님이 당신이 찾고 있는 그 범인이라 해도…… 그걸 믿을 수가 없어요. 난 이전에도…… 지금도 그의 하인이고…… 주인님은 정말 선량하고 관대한 분이죠. 배신이라니…… 결코, 안 됩니다……. 세상 모든 황금을 다 준다 해도…… 그런 더러운 일에는 끼고 싶지 않다구요!"

"거절하는 건가?"

"그렇습니다."

"그럼, 지금까지 내가 한 말은 안 들은 걸로 해 주게. 자, 술이나 들게."

"좋아요. 마시자구요!"

파스파르투는 점점 더 취기가 오르는 걸 느꼈다. 한편 어떠한 일이 있어도 반드시 이 하인을 주인과 떼어 놓아야 한다고 판단한 픽스는 그를 완전히 곯아떨어지게 해야겠다고 생각했다. 탁자 위에 아편이 담긴 파이프 몇 대가 놓여 있었다. 픽스는 그중 하나를 파스파르투의 손에 슬그머니 쥐어 주었다. 그러자 파스파르투는 그걸 입으로 가져가 불을 붙인 후 몇 모금 빨아 당겼다. 곧 마약 기운으로 띵해진 그의 머리가 바닥으로 굴러 떨어졌다.

"결국 해치웠군." 쓰러진 파스파르투를 바라보며 픽스가 말했다. "이제 포그란 놈은 카르나틱호의 출발 시간을 통보받지 못할 테니, 떠난다 해도 최소한 이 빌어먹을 프랑스 하인은 달고 가지 않겠지!"

술값을 치른 후 그는 밖으로 나왔다.

20
픽스, 필리어스 포그와 직접 친분을 트다

자신의 여행에 심각한 해가 될 수도 있는 이 사건이 일어나는 동안, 포그 씨는 아우다 부인을 데리고 홍콩 거리를 거닐고 있었다. 유럽까지 데려다 주겠다는 그의 제안을 아우다 부인이 받아들인 이상, 포그 씨는 이 긴 여행에 필요한 것들을 세세한 것까지 모두 챙겨야만 했다. 포그 씨 같은 영국 신사가 손가방 하나만 달랑 들고 세계일주를 하는 건 가능한 일이지만, 여자의 경우라면 사정이 다를 것이다. 숙녀에게 이같은 조건에서 장거리 여행을 요구할 순 없을 테니까. 따라서 옷가지들과 여행에 필요한 물건들을 사야만 했다. 포그 씨는 늘 그렇듯 이 일을 침착하게 수행했고, 젊은 미망인이 송구스러워 온갖 변명을 대며 거절할 때마다 이렇게 말했다.

"이건 내 여행에도 득이 되는 일이오. 모두 내 계획에 포함되어 있던 거니까 미안해 마시오." 변함없는 그의 대답이었다.

물건들을 모두 구입한 후 포그 씨와 젊은 부인은 호텔로 돌아왔고 식당에서 제공된 호화로운 저녁 식사를 했다. 그리고 나서 아우다 부인은 좀 피곤한 듯 냉정한 이 은인과 영국식으로 악수를 나눈 뒤 방으로 돌아갔다.

필리어스 포그는 저녁 내내 《타임》지와 《런던뉴스》를 읽느라 몰두해 있었다.

그가 뭔가에 놀라는 사람이었다면 하인이 잠잘 시간이 되어도 모습을 보이지 않는 것을 그냥 지나치진 않았을 것이다. 그러나 그는 요코하마행 배가 다음날 아침까지는 홍콩을 떠나지 않을 거라 믿었기에 크게 신경 쓰지 않았다. 이튿날, 파스파르투는 포그 씨의 호출에도 불구하고 나타나지 않았다.

하인이 밤새 호텔에 돌아오지 않았다는 사실을 안 후 이 점잖은 신사가 무슨 생각을 했는지는 아무도 모른다. 포그 씨는 그저 가방을 들고 아우다 부인에게 사람을 보낸 후 가마를 대기시켰다.

8시였다. 9시 반이면 만조가 될 것이고, 카르나틱호는 이때를 이용해 좁은 수로를 빠져나갈 예정이었다.

가마가 호텔 문 앞에 도착했다. 포그 씨와 아우다 부인은 이 편안한 탈것에 올랐고, 외바퀴 손수레가 짐을 싣고 뒤따랐다.

30분 후 두 사람은 승선 부두에 도착했다. 여기서 포그 씨는 카르나틱호가 전날 밤 이미 떠나 버렸다는 걸 알았다.

떠날 준비를 하고 있는 배와 하인을 동시에 볼 수 있을 거라 믿었던 포그 씨는 결국 그 어느 쪽도 찾을 수가 없었다. 그러나 그의 표정엔 어떤 실망의 흔적도 보이지 않았다. 아우다 부인이 걱정스런 눈빛으로 바라보았을 때, 그는 이렇게 대답했을 뿐이었다.

"있을 수 있는 일입니다, 부인. 신경 쓰지 마십시오."

바로 이때, 그를 주의 깊게 지켜보고 있던 한 사람이 그에게 다가왔다. 바로 픽스 형사였다. 꾸벅 인사를 하며 그가 말했다.

"혹시, 저처럼 랑군호를 타지 않으셨던가요? 어제 도착하셨죠?"

"그렇소만, 누구……. " 포그 씨가 냉랭하게 대답했다.

"실례합니다만 여기서 댁의 하인을 만날 생각이었습니다."

"그가 어디 있는지 아신단 말씀이세요?" 젊은 부인이 활기를 띠며 물었다.

"뭐라구요!" 놀란 체하며 픽스가 대답했다. "그럼 지금 당신들과 함께 있질 않단 말인가요?"

"네, 어제부터 보이질 않아요." 아우다 부인이 대답했다. "우릴 남겨 두고 혼자만 카르나틱호를 탄 걸까요?"

"두 분을 남겨 두고서요? 실례지만 이 배로 떠날 생각이셨나요?"

"그렇답니다."

"저 역시 그렇습니다, 부인. 실은 저도 몹시 실망스러워하던 참입니다. 배가 수리를 일찍 끝내고 아무런 통보도 없이 예정보다 12시간을 앞당겨 홍콩을 떠났다는군요. 게다가 다음 배를 타려면 앞으로 일주일을 더 기다려야 한다니!"

'일주일' 이라는 이 말을 입 밖으로 내면서, 픽스는 기쁨으로 가슴이 벅차올랐다. '아! 일주일이라! 놈을 홍콩에 일주일 동안이나 묶어 둘 수 있게 됐어! 이쯤 되면 체포 영장이 도착하기에 충분한 시간이야. 마침내 이 '법의 대리인' 에게도 기회가 온 거야!'

하지만, 필리어스 포그가 침착한 목소리로 이렇게 말하는 걸 들었을 때 그의 심정이 어땠을까? 아마 망치로 한 방 세게 얻어맞은 기분이었을 것이다.

"홍콩항엔 카르나틱호 이외에 또 다른 배들이 있을 겁니다."

포그 씨는 아우다 부인에게 팔을 내민 후 출항할 예정인 또 다른 배를 찾아 부두로 향했다.

얼빠진 사람처럼 멍해진 픽스는 마치 묶인 줄을 잡고 따라가듯 뒤를 따랐다.

그렇지만 운명은, 지금까지 그토록 우호적으로 포그 씨를 도와왔지만 이번엔 정말로 이 사람을 버리는 듯 보였다. 필리어스 포그는 필요하다면 요코하마까지 가는 배를 한 척 임대할 작정으로 세 시간 동안 항구를 이 잡듯 뒤지고 다녔다. 그러나 짐을 싣거나 부리는 중인 배들뿐이어서 당장 출항할 수가 없었다. 픽스에겐 또다시 희망의 빛이 보였다.

그렇지만, 포그 씨는 조금도 당황하지 않고 계속 배를 찾아 다녔다. 어쩌면 마카오까지라도 갈 태세였다. 그때 항구 입구에서 한 선원이 다가와 말을 걸었다.

"배를 찾고 계신가요?"

"당장 떠날 수 있는 배가 있소?" 포그 씨가 물었다.

"그렇습니다. 유도선 43호라고 소형 배들 중에선 최고죠."

"빠릅니까?"

"정확히 시속 8노트에서 9노트 정도 됩니다. 한번 보시겠어요?"

"그럽시다."

"마음에 꼭 드실 겁니다. 근처를 유람하실 건가 보죠?"

"아니, 여행을 할까 하오."

"여행이라구요?"

"요코하마까지 데려다 줄 수 있겠소?"

이 말에 선원은 눈이 휘둥그레져서 팔을 축 늘어뜨렸다.

"농담하시는 거죠?" 그가 말했다.

"아니, 진담이오. 난 카르나틱호를 놓쳐 버렸소. 샌프란시스코행 배를 타려면 아무리 늦어도 14일까진 요코하마에 도착해야 하오."

"유감스럽지만 그건 불가능합니다."

"하루에 백 파운드를 내겠소. 그리고 만약 제시간에 도착하면 상금으로 2백 파운드를 더 얹어 주겠소."

"정말이신가요?"

"물론이오." 포그 씨가 대답했다.

선원은 이들에게서 약간 떨어져 바다를 응시하고 있었다. 거액을 거머쥐고 싶은 욕심과 그렇게 멀리 위험을 무릅쓰고 가야 한다는 두려움 사이에서 갈등하는 게 분명했다. 픽스의 마음은 극도로 불안해졌다.

그사이 포그 씨는 아우다 부인 쪽을 돌아다보았다.

"괜찮으시겠습니까, 부인?" 그가 물었다.

"선생님과 함께라면, 전혀 두렵지 않습니다."

선원이 다시 포그 씨를 향해 다가왔다. 그는 손으로 모자를 빙글빙글 돌렸다.

"그래, 결정은 했소?" 포그 씨가 물었다.

"글쎄요. 이건 다른 선원들과 저와 또 선생님의 목숨이 걸린 일입니다. 모험을 하고 싶진 않습니다. 겨우 20톤밖에 안 되는 배로 게다가 날씨까지 험한 철에 그렇게 멀리 항해를 하다니요, 그럴 순 없습니다. 또 홍콩에서 요코하마까지는 1,650해리나 되니까 제시간에 도달하기도 어려울 거구요."

"1천6백 해리밖에 안 되오." 포그 씨가 말했다.

"그래 봐야 마찬가집니다."

픽스는 다시 안도의 한숨을 내쉬었다.

"하지만, 도움이 될 만한 한 가지 방법이 있긴 합니다." 선원이 덧붙였다.

픽스는 또다시 숨을 죽였다.

"어떻게요?" 포그 씨가 물었다.

"여기서 1천1백 해리 정도 떨어진 일본 남단의 나가사키항까지 가거나 아니면 8백 해리밖에 안 되는 상하이까지 가는 겁니다. 상하이로 갈 경우엔 여기서 그리 멀지 않은데다 해류가 북쪽으로 흐르니까 그만큼 더 유리하다고 봐야죠."

"이보시오. 난 미국행 여객선을 타야 하고, 그러기 위해선 상하이나 나가사키가 아닌 요코하마로 가야 한단 말이오." 포그 씨가 말했다.

"제 말이 그 말입니다. 샌프란시스코행 여객선은 요코하마에서 출발하는 게 아니라 요코하마와 나가사키에선 잠시 기항하는 것뿐이고, 출발 항은 상하이라구요." 선원이 말했다.

"확실한가요?"

"당연하죠."

"그럼 그 배는 언제 상하이를 출발하죠?"

"11일 저녁 7시입니다. 그러니까 앞으로 나흘 남은 셈이죠. 나흘, 96시간이라, 하늘이 우릴 도와 남동풍이 불고 바다도 잠잠하고, 그래서 평균 시속 8노트를 유지할 수 있다면야 여기서부터 8백 해리 정도는 거뜬하죠."

"떠난다면 언제쯤?"

"한 시간 뒤에요. 식량도 사야 하고 장비도 갖추어야 하니까요."

"그럼 얘기는 끝났소. 헌데, 당신이 선주요?"

"예. 탕카데르호 선주, 존 번스비라고 합니다."

"선금을 원하시오?"

"그러면 더욱 좋죠."

"여기 선불 2백 파운드요." 그리고는 픽스 쪽을 돌아보며 덧붙였다. "픽스 씨, 원한다면 같이 갈 수도 있는데……."

"그래도 괜찮겠습니까? 실은 제가 먼저 부탁을 드리려던 참이었는데……."

"좋소. 그럼 30분 후 배에서 봅시다."

"하지만, 그 불쌍한 청년은 어떻게……." 아우다 부인이 말했다. 그녀는 파스파르투의 실종이 몹시 마음에 걸리는 눈치였다.

"그를 찾기 위해 할 수 있는 모든 걸 해 볼 생각이오." 포그 씨가 대답했다.

픽스가 초조하고 화가 나 분통이 터질 것 같은 마음을 꾹 참고 그 유도선 쪽으로 가고 있는 동안 두 사람은 홍콩 경찰서로 향했다. 거기서 필리어스 포그는 파스파르투의 인상착의를 말한 후 그를 본국으로 송환해 달라는 부탁과 함께 상당한 액수의 돈을 맡겼다. 심지어는 프랑스 영사관에 필요한 수속까지 해 두었다. 두 사람을 태운 가마는 호텔에 가서 짐들을 실은 후 다시 항구 입구 쪽으로 달렸다.

시계가 3시를 알렸다. 유도선 43호는 뱃전에 선구들을 설치하고, 식량을 실은 후 출항 준비를 마쳤다.

탕카데르호는 적재량 20톤의 작은 스쿠너선(돛대가 둘인 범선)으로 뱃머리 부분이 몹시 뾰족하고 탁 트인 외관에 줄무늬가 길게 뻗어 있었다. 언뜻 보아 경주용 보트 같았다. 빛나는 놋쇠 난간, 전기 도금을 한 철제 부품들, 상아처럼 하얀 갑판은 존 번스비가 이 배를 얼마나 애지중지하는지를 잘 보여 주고 있었다. 두 개의 돛대는 약간 뒤쪽으로 기울어져 있었다. 이 배는 앞쪽과 뒤쪽 양쪽에 달린 세로돛과 뱃머리의 삼각돛, 이물(배의 머리)의 삼각돛, 윗돛 그리고 뒷바람을 받기 위한 가로돛을 갖추고 있었다. 이 정도라면 놀라운 속도를 낼 수 있을 것 같았다. 사실 이 배는 '유도선 경주 대회'에서 몇 번씩이나 상을 받은 적이 있었다.

탕카데르호의 승무원은 선주인 존 번스비와 네 사람의 선원이 더 있었다. 이들은 모두 배짱 두둑한 뱃사람들로 어떤 날씨에도 굴하지 않고 선박들을 안내해 냈으며, 바다에 관해서라면 훤히 꿰고 있는 베테랑들이었다. 존 번스비는 55세가량의 건장한 사내로, 햇볕에 검게 탄 얼굴에 날카로운 눈빛, 활기찬 표정이 인상적이었다. 그는 한 치의 흔들림도 없이 임무에 충실했으며, 그런 태도가 불안에 떠는 이들에게 더없는 믿음을 주었다.

필리어스 포그와 아우다 부인은 배에 올랐다. 픽스는 벌써 타고 있었다. 배 뒤쪽 해치를 통해 네모진 선실로 내려갈 수 있었다. 선실 벽은 중간이 들어가고 양옆이 솟아오른 모양으로, 거기에 간이침대가 달려 있었다. 그 아래로는 긴 원형의 자가 놓여져 있었다. 중간에는 탁자가 하나 놓여 있었는데 배가 흔들릴 때마다 램프의 불이 중앙을 비추곤 했다. 작지만 깨끗한 선실이었다.

"더 좋은 배로 모시지 못해 죄송합니다." 포그 씨가 픽스에게 말했다. 그러자 픽스는 대답 없이 고개만 숙였다.

형사는 포그 씨에게 이렇게 신세를 지는 게 다소 수치스럽게 느껴졌던 것이다.

'이자는 무척 예의 바른 악당인 게 분명해. 그래도 악당은 악당일 뿐이야!' 픽스가 속으로 생각했다.

3시 10분, 돛들이 올라갔다. 영국기가 활대에서 펄럭이고 있었다. 승객들은 갑판 위에 앉아 있었다. 포그 씨와 아우다 부인은 혹시 파스파르투가 나타나지나 않을까 해서 마지막으로 한 번 더 부두 쪽을 바라보았다.

픽스 역시 전혀 걱정이 안 되는 건 아니었다. 만약 자신이 그토록 비열하게 내버렸던 그 불행한 하인을 같은 곳에서 보게 된다면, 그는 당장 추궁을 할 것이고, 그렇게 되면 어떤 변명으로도 그 위기를 모면하기 어려울 것 같았기 때문이다. 그러나 그 프랑스인은 나타나지 않았다. 마약의 취기에서 아직까지 벗어나지 못한 게 틀림없었다.

마침내 배가 먼 바다로 나왔다. 탕카데르호는 앞쪽과 뒤쪽의 세로돛과 삼각돛들로 바람을 받으며 물결을 타고 질주하기 시작했다.

21
탕카데르호 선장, 2백 파운드의 상금을 놓칠 뻔하다

날씨가 몹시 사나운 이런 철에 20톤급 소형보트를 타고 8백 해리를 항해한다는 건 애초부터 무모한 시도였다. 지금은 아직 11월 초였다. 중국해는 대체로 몹시 거칠었고, 특히 춘분과 추분 동안에는 사나운 돌풍이 일곤 했다.

일당으로 돈을 받기로 했으므로, 승객들을 요코하마까지 인도한다면 당연히 선장에겐 더 이득이었을 것이다. 그러나 그는 이런 악조건에서 목숨을 건 항해를 감행할 만큼 무모하진 않았다. 그러나 무모하다고까진 할 수 없어도 상하이까지 갈 생각을 한 걸 보면 그가 얼마나 대담한 사람인지는 벌써 입증된 셈이다. 존 번스비는 자신의 배를 굳게 믿고 있었다. 탕카데르호는 갈매기처럼 파도를 타고 올랐고, 그의 믿음이 틀리진 않은 것 같았다.

이날 저녁 무렵, 몇 시간에 걸쳐 탕카데르호는 홍콩 앞바다의 변덕스런 좁은 물길을 무사히 통과했다. 역풍이든 순풍이든 간에 배는 전속력을 다해 흠잡을 데 없이 잘 움직이고 있었다.

"이런 부탁까진 할 필요 없겠지만, 가능한 서둘러 주시오." 유도선이 먼 바다로 나왔을 때 필리어스 포그가 말했다.

"절 믿으십시오." 존 번스비가 대답했다. "돛들은 바람에 견딜 수 있을 만큼 펴 두었습니다. 윗돛은 펴지 않을 겁니다. 배를 자꾸 쳐서 나가는 데 방해만 되니까요."

"그건 내 일이 아니라 바로 당신 일이오. 선장, 난 당신을 믿소."

필리어스 포그는 몸을 곧게 펴고, 두 다리를 약간 벌린 채, 마치 뱃사람처럼 균형을 잘 잡고 서서 말없이 일렁이는 바다를 바라보았다. 배 뒤편에 앉은 아우다 부인은 이미 석양으로 어슴푸레해진 대양을 바라보며, 이 연약한 유도선 위에 앉아 있는 용감한 자신의 모습에 가슴이 벅차오름을 느꼈다. 그녀의 머리 위로 펼쳐져 있는 흰 돛들은 마치 커다란 날개처럼 그녀를 공중으로 들어 올릴 것 같았다. 배는 바람에 들어 올려져 마치 공중을 나는 듯 보였다.

밤이 되었다. 달은 초승달이었고, 그 희미한 빛마저 수평선의 안개 속에 곧 묻혀 버렸다. 동쪽에서 몰려온 구름들은 벌써 하늘의 일부를 뒤덮고 있었다.

선장은 위치표시등을 켰다. 육지와 가까운 이런 바다에서는 배들의 출입이 잦았기 때문에 등은 반드시 필요한 안전 조치였다. 이런 곳에선 선박들이 서로 충돌하는 일이 심심찮게 발생했기 때문이다. 게다가 지금과 같은 속도라면, 이 유도선은 사소한 충격에도 부서져 버릴 가능성이 있었다.

픽스는 배 앞쪽에서 생각에 잠겨 있었다. 그는 포그 씨가 거의 말이 없는 성격이라는 걸 알고는 약간 떨어져 있었다. 더군다나 그에게 신세를 지고 있는 형편이라 말 걸기가 몹시 껄끄러웠다. 픽스는 또 앞으로의 일들을 생각했다. '포그는 요코하마에서 내리지 않고, 곧바로 샌프란시스코행 여객선을 타고 미국으로 간 다음, 그 광활한 땅에서 처벌받지 않고 안전하게 숨어 버릴 거야.' 그는 이렇게 확신하고 있었다. 필리어스 포그의 계획은 너무도 명확해 보였다.

'보통 범죄자들처럼 영국에서 곧바로 미국행 배를 타는 대신, 이 포그란 자는 더 안전하게 미국에 닿으려고 지구의 3/4을 가로지르며 세계일주를 하고 있어. 분명 이자는 거기서 경찰을 따돌린 후 영국 은행에서 훔친 거액을 조용히 쓸 속셈인 거야.' 하지만 포그 씨가 일단 미국 땅에 발을 내딛게 되면 픽스는 어떻게 할 것인가? 이 범인을 포기해 버릴까? 아니! 천만의 말씀! 범인 인도 협정서를 받아 낼 때까지 그는 포그 씨의 뒤를 졸졸 따라다닐 것이다. 이것은 그의 임무였고, 그는 이 임무를 끝까지 수행할 테니까. 어쨌든 그나마 기분 좋은 건 파스파르투가 더 이상 주인 곁에 없다는 거였다. 게다가 픽스가 하인에게 모든 사실을 털어놓았으니, 이 주인과 하인이 다시 만나는 일은 결코 없어야 했다.

역시나 필리어스 포그는 그처럼 이상하게 사라져 버린 자신의 하인을 잊은 게 아니었다. 곰곰 생각해 보니 파스파르투가 뭔가 착각한 나머지 마지막 순간에 카르나틱호에 탔을지도 모른다는 생각이 들었다. 아우다 부인의 생각도 마찬가지였다. 그녀는 그토록 많은 신세를 진 이 선량한 하인에 대해 몹시 안타까워하고 있었다. 만약 카르나틱호가 그를 요코하마에 실어다 놓았다면 다시 볼 수도 있을 것이다. 그를 찾는 건 어렵지 않을 테니까.

10시경 바람이 차가워지기 시작했다. 돛을 내리는 게 나을 것 같았다. 그러나 선장은 조심스럽게 하늘의 상태를 살펴본 후 돛을 그대로 두었다. 탕카데르호는 흘수선을 크게 하여 돛을 잘 지탱하고 있었다. 한편 스콜(열대지방에서 대류에 의하여 나타나는 세찬 소나기)이 내릴 경우 재빨리 돛을 내릴 수 있도록 만반의 대비를 갖추었다.

자정이 되자 필리어스 포그와 아우다 부인은 선실로 내려왔다. 픽스는 이들보다 먼저 내려와 간이침대에 누워 있었다. 선장과 나머지 선원들은 밤새 갑판 위에 남아 있었다.

이튿날 11월 8일 동이 틀 무렵, 배는 160킬로미터 이상을 주파하고 있었다. 속도측정기가 빈번히 바다에 던져졌고, 평

균 속도가 8노트에서 9노트 사이임을 가리켰다. 탕카데르호는 모든 돛을 펼치고 최고 속도로 달려 나갔다. 만약 바람이 이 상태로만 유지된다면 행운의 여신이 이 배를 향해 미소 지을 것 같았다.

탕카데르호는 이날 하루 종일 연안에서 멀어지지 않았다. 연안 해류가 항해하기에 유리했기 때문이다. 연안에서 벗어난다 해도 기껏해야 8킬로미터 정도였다. 이따금 날씨가 잠시 개이면 좌현 뒤쪽으로 울퉁불퉁한 해안선이 그 윤곽을 드러냈다. 바람은 육지로부터 불어왔고, 바다에선 그 기세가 한층 꺾인 듯 보였다. 탕카데르호에게는 다행스런 일이었다. 왜냐하면 바람이 거셀수록 작은 용량의 소형 배들은 거친 파도에 시달리며 속도를 낮추어야만 했기 때문이다. 뱃사람들은 이걸 두고 파도가 배를 '죽인다' 고 말했다.

정오 무렵, 바람은 다소 부드러워졌고 남동풍이 불었다. 선장은 윗돛을 펴도록 지시했지만 두 시간 후 다시 거둬들여야만 했다. 바람이 또다시 거세졌기 때문이었다.

무척 다행스럽게도 포그 씨와 아우다 부인은 뱃멀미를 하지 않았다. 이들은 뱃전에 실어둔 통조림과 비스킷을 왕성한 식욕으로 먹어 치웠다. 함께 식사하자는 제의를 받은 픽스는 도저히 거절할 수가 없었다. 위장도 배처럼 가득 채울 필요가 있다는 걸 알았기 때문이다. 이 사실이 그를 더욱 화나게 했다. 범인의 경비로 여행하고, 범인의 식량으로 밥을 먹는다는 것, 이것이 왠지 옳지 못하다고 생각했던 것이다. 하지만 어쨌든 그는 식사를 했다. 물론 새처럼 아주 조금밖엔 먹진 않았지만 그래도 먹은 건 부인할 수 없는 사실이었다.

그러나 식사가 끝나자 그는 포그 씨를 한쪽으로 데려가 이렇게 말하지 않을 수 없었다.

"저기, 선생님……."

'선생님' 이라는 단어가 입에서 잘 떨어지지 않았다. 그는 이 '선생님' 의 멱살을 잡고 싶은 걸 꾹 눌러 참았다.

"선생님, 이 배에 절 태워 주시다니 정말 친절하십니다. 당신처럼 너그럽게 행동할 만큼 많은 돈은 없지만 저도 제 몫을 부담하고 싶습니다……."

"그런 말씀 마시오!" 포그 씨가 대답했다.

"아닙니다. 제 몫은 치러야……."

"아니오." 포그는 어떤 대꾸도 받아들이지 않는 어조로 같은 말만 반복했다. "이건 애초부터 여행 경비에 모두 포함되어 있었소!"

픽스는 고개를 숙였다. 가슴이 답답한 나머지 바람이라도 쐬어야 할 것 같았다. 곧 갑판으로 나갔고, 그는 하루 종일 한마디도 하지 않았다.

그러는 사이 배는 빠르게 달리고 있었다. 존 번스비는 희망에 부풀어 있었다. 그는 몇 번이나 포그 씨에게 상하이에 제 시간에 도착할 거라고 말하곤 했다. 포그 씨는 짤막하게 그러길 바란다고만 대답했다. 작은 유도선의 모든 선원들 또한 그러기 위해 최선을 다하고 있었다. 상금이 이 선량한 남자들에게 더욱 기를 불어넣었음이 분명했다. 또한 모든 돛줄이 팽팽히 당겨졌고, 힘차게 올라가지 않은 돛은 단 하나도 없었다! 키잡이를 탓할 만한 그런 침로 이탈 또한 전혀 없었다! 로열 요트클럽의 요트 경기에서도 이보다 더 정확하게 배를 몰진 못했을 것이다.

그날 저녁 속도측정기를 검침한 후 선장은 홍콩에서부터 220해리를 달려왔음을 확인했다. 이런 상태로라면 필리어스 포그는 요코하마에 도착한 후 여행일지에 어떠한 지체도 기록할 필요가 없을 것이다. 따라서 런던을 떠난 이후 닥친 최초의 심각한 사고는 그에게 아무런 손해도 끼치지 않을 것 같았다.

이른 새벽 무렵 탕카데르호는 중국 연안과 포르모스(타이완) 섬 사이의 포키엔 해협으로 거침없이 진입하며 북회귀선을 통과했다. 이 해협은 역류가 만들어 낸 큰 소용돌이 때문에 몹시 거칠었다. 배가 심하게 흔들리고 뒤틀렸다. 변덕스런 파도가 배의 진로를 방해하고 나섰던 것이다. 갑판 위에 서 있기조차 어려운 지경이었다.

동이 트면서 바람은 더욱 거세졌다. 하늘을 보니 한차례 돌풍이 몰아칠 징조였다. 기압계마저 날씨가 곧 변할 것임을 예고했다. 낮 동안 기압계가 변덕스럽게 흔들리는 가운데 항해는 몹시 불규칙했다. 게다가 남동쪽에서 이른바 '폭풍우를 예고하는' 너울이 이는 모습이 보였다. 그 전날 태양은 바다 위에 발광성 빛을 던지며 붉은 안개 속으로 사라졌다.

선장은 오랫동안 불길한 조짐을 보이는 하늘을 주시하며 거의 알아들을 수 없는 말들을 중얼거렸다. 그리고는 승객 옆으로 다가와 이렇게 말했다.

"선생님께 사실대로 말씀드려도 될까요?" 그가 작게 말했다.

"뭐든지요." 필리어스 포그가 대답했다.

"한차례 돌풍이 불 것 같습니다."

"북쪽이요, 남쪽이요?"

"남쪽입니다. 보십시오. 태풍이 오려나 봅니다!"

"남쪽의 태풍이라면 맞고 갑시다. 우리가 원하는 방향으로 밀어줄 테니까."

"그렇게 생각하신다면 더 이상 할 말이 없군요!"

존 번스비의 예감은 한 번도 틀린 적이 없었다.

다소 이른 철이라면 태풍은, 한 유명한 기상학자의 표현을 빌자면 '폭포처럼 쏟아지는 전기 불꽃'이었을 것이다. 그러나 추분이 지난 지금은 격렬한 힘으로 맹위를 떨칠 가능성이 컸다.

선장은 사전에 대비 태세를 갖추었다. 모든 돛들을 꽉 조이고 활대들을 갑판 위로 내렸다. 탑 마스트(돛대)만 남겨 둔 채 아래 활대의 하활도 다시 안으로 들였다. 단 한 방울의 물도 선실 내부로 들어가지 못하도록 승강구들은 철저히 폐쇄시켰다. 단 하나의 삼각돛만이 올려졌다. 즉 배가 뒷바람을 받을 수 있도록 뱃머리의 삼각돛 대신 매우 질긴 천으로 만들어진 폭풍우용 삼각돛이 올려졌다. 그리고는 모두들 기다렸다.

존 번스비는 승객들에게 선실로 내려가라고 충고했다. 그러나 공기도 몹시 탁한 비좁은 공간에서, 요동치는 파도의 흔들림을 받으며 감금된다는 건 전혀 달가운 일이 아니었다. 포그 씨도 아우다 부인도 픽스마저도 갑판을 떠나려 하지 않았다.

8시경 비바람과 돌풍이 뱃전을 덮쳤다. 단지 작은 천 조각 하나만으로 탕카데르호는 깃털처럼 솟아올랐다. 바람이 폭풍우가 되어 몰아치는 이럴 땐 뭐라 말로 표현할 길이 없다. 풍속이 전속력으로 달리는 기관차보다 네 배나 된다는 비교로도 그 진가를 충분히 설명하긴 어려울 것이다.

그날 내내 탕카데르호는 산더미 같은 파도에 휩쓸리면서도, 다행히 파도의 속력을 그대로 받아 줄곧 북쪽을 향해 달려 나갔다. 뒤에서 산더미 같은 파도가 일어 배를 삼켜 버릴 뻔한 적도 수십 차례였다. 그러나 그때마다 선장은 기막힌 솜씨로 방향을 틀었고 간신히 재난을 피해갈 수 있었다. 승객들은 이따금 큰 물보라를 맞았지만 모두들 초연하게 맞서고 있었다. 분명 픽스는 좀 투덜거렸을 것이다. 하지만 대담한 아우다 부인은 포그 씨의 침착함에 감탄하며 그에게서 눈을 떼지 않은 채, 의연한 모습으로 덮쳐 오는 폭풍우에 용감히 맞서고 있었다. 필리어스 포그는 이 태풍이 처음부터 자신의 계획에 들어 있었던 것처럼 태연해 보였다.

지금까지 탕카데르호는 계속해서 북쪽으로만 달려왔다. 그러나 저녁 무렵, 우려했던 대로 바람이 방향을 틀어 북서풍으로 변했다. 배의 측면을 때리는 거친 파도 때문에 배는 정신없이 흔들렸다. 바다는 격렬하게 배를 후려치고 있었다. 이 배의 모든 부품들이 얼마나 견고하게 조립되어 있는지를 잘 모르는 사람들은 충분히 두려움을 느낄 만했다.

밤이 되자 폭풍우가 더 심해지기 시작했다. 어둠이 내리고, 이 어둠과 더불어 폭풍우가 더 거세지는 걸 보며 존 번스비는 심한 불안을 느꼈다. 그는 배가 머물 시간이 있을지를 생각한 다음, 선원들과 상의했다.

그러고 나서 그는 포그 씨에게로 다가가 말했다.

"선생님, 아무 항구에라도 들어가야 할 것 같습니다."

"내 생각도 그렇소."

"선장을 하셔도 되겠군요. 헌데 어느 항구죠?"

"내가 아는 곳은 단 한 군데밖에 없소."

"거기가 어디……?"

"상하이오."

선장은 처음엔 이 답이 얼마나 고집스러움과 집요함을 내포하고 있는지 선뜻 이해하질 못했다. 그리고는 잠시 후 그가 소리쳤다.

"아, 예! 선생님 말이 맞습니다. 상하이로 가야죠!"

탕카데르호의 방향은 변함없이 북쪽을 향했다.

정말 끔찍한 밤이었다. 이 작은 유도선이 뒤집히지 않은 건 거의 기적이나 다름없었다. 두 번이나 배가 심하게 기우뚱했었다. 밧줄들이 제구실을 못 했다면 뱃전의 모든 것들이 다 사라져 버렸을 것이다. 아우다 부인은 몹시 지쳐 있었지만 한 마디의 불평도 하지 않았다. 격렬한 파도가 몰아칠 때마다 포그 씨는 그녀를 보호하려고 황급히 그녀에게로 달려가곤 했다.

다시 날이 밝았다. 격렬한 폭풍우는 여전히 맹위를 떨치고 있었다. 그러나 바람은 다시 남동풍으로 바뀌었다. 좋은 조짐이었다. 탕카데르호는 심한 파도가 몰아치는 바다 위를 다시 질주하기 시작했다. 이때 전에 있던 파도가 새로운 바람이 일으키는 파도와 서로 충돌하면서 커다란 풍랑이 일었다. 견고하지 않은 배였더라면 완전히 산산조각 나고 말았을 것이다.

이따금 흩어진 안개 사이로 해안선이 언뜻언뜻 보였다. 그러나 배는 단 한 척도 보이지 않았다. 탕카데르호만이 유일하게 바다를 지키고 있었다.

정오 무렵 폭풍우가 잠시 가라앉을 징조들이 나타났고, 수평선 위로 해가 지면서 더욱 뚜렷해졌다.

폭풍우가 비교적 짧게 끝난 건 그만큼 격렬했기 때문이었다. 완전히 기진맥진한 승객들은 그제야 약간의 음식을 먹고 휴식을 취할 수 있었다.

밤은 비교적 평온했다. 선장은 다시 돛들을 낮게 올리도록 지시했다. 배의 속도는 상당히 빨랐다. 이튿날 11일 동틀 무렵, 해안선이 보이는 걸 확인한 선장은 상하이가 백 해리도 채 남지 않았음을 확신했다.

백 해리, 하지만 시간은 오늘 하루밖에 남지 않았다. 요코하마행 여객선을 놓치지 않으려면 포그 씨는 바로 오늘 저녁 상하이에 도착해야 했다. 태풍으로 몇 시간 허비하지 않았더라면 지금쯤 상하이에서 30해리 정도밖에 떨어져 있지 않았을 텐데.

바람이 현저히 약해졌고, 다행히 파도도 잠잠해졌다. 유도선은 다시 돛들로 뒤덮였다. 윗돛, 옆돛, 이물의 삼각돛 등 모든 돛들이 바람을 가득 안았고 바다는 뱃머리에 부딪혀 거품을 내뿜었다.

정오 무렵 탕카데르호는 상하이까지 채 45해리도 남겨 두지 않았다. 요코하마행 여객선의 출발에 맞춰 항구에 도달하기 위해선 여섯 시간의 여유밖에 없었다.

극도의 긴장감이 뱃전을 맴돌았다. 다들 무슨 일이 있어도 도착하길 원했다. 아마도 필리어스 포그를 제외한 모든 사람들이 초조함으로 가슴이 두근거리고 있었을 것이다. 배는 평균 시속 9해리를 유지해야 했고, 따라서 바람의 힘이 필요했다. 그러나 바람은 계속 약해지고 있었다. 불규칙적인 산들바람이나 해안에서 갑작스레 불어 닥치는 변덕스런 돌풍이 전부였다. 그리고 돌풍이 지나가자마자 바다는 곧 잔잔해졌다.

배가 워낙 가벼운데다 얇은 천으로 된 높은 돛들이 돌풍을 받아 냈고, 또 해류도 도와주었기 때문에 6시경, 존 번스비는 상하이 강가까지 불과 10해리만을 남겨 두고 있다는 걸 알았다. 도시는 강 하구에서 위쪽으로 적어도 12해리 정도 떨어진 곳에 위치해 있었다.

7시경, 상하이까지는 약 3해리 정도를 더 남겨 놓고 있었다. 선장의 입에서 무시무시한 욕설이 터져 나왔다. 2백 파운드의 포상금이 사라지려 하고 있음이 분명했다. 그는 포그 씨를 쳐다보았다. 그러나 포그 씨는 언제나 담담한 모습이었다.

자신의 전 재산이 이 한순간에 달려 있는데도…….

이 순간 뭉게구름처럼 피어오르는 연기로 둘러싸인 검은 긴 방추가 바다 표면에 닿을 듯이 보였다. 정시에 항구를 떠난 미국 여객선이었다.

"빌어먹을!" 존 번스비가 소리쳤다. 그는 절망스런 몸짓으로 키를 밀었다.

"신호를 보내시오!" 필리어스 포그가 외쳤다.

탕카데르호 앞 갑판에는 갈색의 작은 포대가 길게 뻗어 있었다. 안개 낀 날씨에 신호를 보낼 때 쓰기 위한 것이었다.

즉시 포대에 화약이 채워졌다. 그러나 선장이 불을 붙이려는 순간 포그 씨가 말했다.

"반기로 내리시오."

깃발이 돛대의 절반까지 내려왔다. 조난 신호였다. 여객선이 이걸 보고 항로를 바꿔 이 배를 구하러 와 주길 원했던 것이다.

"발사!" 필리어스 포그가 말했다.

그러자 갈색 포 소리가 공중에 울려 퍼졌다.

22
파스파르투, 지구 반대쪽에서도 주머니에 돈이 있어야 한다는 걸 깨닫다

카르나틱호는 11월 7일 저녁 6시 30분 홍콩을 출발해 일본 땅을 향해 전속력으로 달려 나갔다. 배는 화물과 승객들을 가득 실은 상태였다. 뒤쪽의 두 선실만 텅 빈 채 남아 있었다. 포그 씨가 예약해 두었던 바로 그 자리였다.

다음날 아침, 뱃머리 쪽에 있던 사람들은 반쯤 얼빠진 눈빛에 헝클어진 머리, 흐느적거리는 몸짓으로 막 이등칸 승강구에서 나온 한 승객을 보고 적잖이 놀랐다. 그는 비틀거리며 갑판 위에 쌓아 둔 비품들 위에 주저앉았다.

이 승객은 다름 아닌 파스파르투였다. 그가 여기까지 오게 된 사정은 이렇다.

픽스가 그 아편굴을 떠나자, 곧 두 명의 종업원이 완전히 곯아떨어진 파스파르투를 덜렁 들어 아편쟁이들을 위해 비치해 둔 침대에 데려다 눕혔다. 그러나 꿈속에서조차 한 가지 생각에 시달렸던 파스파르투는 세 시간 후 잠에서 깨어 온몸을 마비시키는 아편 기운을 떨쳐 버리려고 무척 애를 썼다.

임무를 완수하지 못했다는 생각이 마비 상태를 흔들어 깨웠다. 그는 이 아편쟁이들의 침상을 떠나 비틀비틀 벽을 짚어가며, 어쩔 수 없는 본능에 밀려 넘어지고 다시 일어나기를 반복했다. 마침내 그 아편굴을 빠져나온 그는 마치 꿈을 꾸듯 "카르나틱호! 카르나틱호!"를 외쳐 댔다.

배는 연기를 내뿜으며 막 떠나려 하고 있었다. 몇 걸음만 더 가면 될 거리였다. 파스파르투는 갑판 위로 날듯이 몸을 던져 외벽을 뛰어넘었다. 하지만 뱃머리 쪽에서 다시 의식을 잃고 말았다. 바로 이 순간 카르나틱호는 닻줄을 풀었다.

이런 종류의 광경에는 이미 익숙해져 있는 몇몇 선원들이 이 불쌍한 하인을 이등칸의 한 선실에 내려다놓았다. 파스파르투는 그다음날 아침이 돼서야 깨어났다. 중국 땅에서 240킬로미터 떨어진 지점이었다.

바로 이것이 이날 아침 파스파르투가 카르나틱호 갑판 위에 나타나 차가운 바닷바람을 들이마시게 된 이유이다. 깨끗한 공기를 마시고 나니 정신이 번쩍 드는 것 같았다. 그는 다시 생각을 더듬기 시작했지만 아무리 애써 봐도 잘 떠오르질 않았다. 마침내 픽스의 고백, 아편굴 등 지난밤 있었던 일들이 기억났다.

'지독히 취했던 게 분명해! 주인님은 어떻게 생각할까? 어쨌든 난 배를 놓치지 않았고, 중요한 건 바로 그거야.' 그가 속으로 말했다.

그런 후 픽스에 대해 생각하며 말했다.

'이자로부터 완전히 벗어난 거라면 좋겠군. 내게 했던 말이 있으니 감히 이 배까지 쫓아와 우릴 미행하진 못할 테지. 주인님을 영국 은행의 절도범으로 고소해 놓고, 그 돈 가방을 노리면서 형사를 사칭하다니! 흥, 말도 안 돼! 주인님이 도둑이면 난 암살범이다, 이놈아!'

'이 사실들을 주인님께 말해야 할까? 이번 사건에서 픽스가 무슨 역할을 하고 있는지 알리는 게 나을까? 아니, 런던에 도착할 때까지 기다렸다가, 세계일주를 하는 동안 수도 경찰이 줄곧 미행했었다고 말하고는 함께 웃어넘기는 편이 낫지 않을까? 그래, 그럴지도 몰라. 어쨌든 더 두고 보자. 지금 당장은 주인님을 찾아 차마 얼굴을 들 수 없는 내 실수를 용서받는 일이 시급하니까.'

파스파르투는 자리에서 일어났다. 바다는 거칠었고 배는 심하게 흔들리고 있었다. 이 의연한 하인은 다리에 힘이 없어 여전히 비틀거렸지만 그럭저럭 배 뒤쪽까지 걸어갈 수 있었다.

갑판 위엔 주인을 닮은 사람도, 아우다 부인을 닮은 사람도 전혀 보이질 않았다.

"참! 부인께선 이 시간에 잠을 자고 있겠군. 주인님은 또 휘스트 놀이꾼들을 찾은 모양이야. 그리고는 평소처럼…….”

이렇게 말한 다음 파스파르투는 휴게실로 내려왔다. 거기에도 포그 씨는 없었다. 이제 그가 할 수 있는 건 한 가지밖에 없었다. 사무장에게 포그 씨가 어느 선실에 머물고 있는지를 물어보는 거였다. 사무장은 포그 씨란 이름을 가진 승객은 본 적이 없다고 대답했다.

파스파르투는 집요하게 물고 늘어졌다. “죄송합니다만, 키가 크고 차가운 인상에다 말수가 아주 적고, 또 한 젊은 부인을 동반하고 있고…….”

“이 배의 승객 중엔 젊은 부인은 한 명도 없소. 여기 승객 명부가 있으니 정 못 믿겠으면 확인해 보시오.”

파스파르투는 명부를 확인했지만 그의 주인의 이름은 보이질 않았다. 잠시 머리가 핑 도는 것 같았다. 그리고는 한 가지 생각이 뇌리를 스쳤다.

“이럴 수가! 이 배가 정말 카르나틱호 맞죠?” 그가 소리쳤다.

“맞소.” 사무장이 대답했다.

“요코하마로 가는 중이구요?”

“그렇소.”

파스파르투는 잠깐 동안 혹시 배를 잘못 탄 게 아닐까 의심해 보았다. 그러나 정말 이 배가 카르나틱호라면 그의 주인은 타지 않은 게 분명했다.

그는 의자에 털썩 주저앉고 말았다. 이게 웬 날벼락이란 말인가! 그런데 갑자기 번뜩 떠오르는 게 있었다. 카르나틱호의 출발 시간이 앞당겨졌고 이 사실을 주인께 알려 주었어야 했지만 그러지 못했던 것이다! 결국 포그 씨와 아우다 부인이 이 배를 놓쳤다면 그건 순전히 자신의 잘못인 셈이다!

'그래, 내 잘못이야. 하지만 더 나쁜 건 그 배신자야. 그놈이 주인님과 날 떼어 놓고 주인님을 홍콩에 붙들어 두려고 일부러 날 취하게 했던 거야! 이제야 그놈의 계획이 무엇이었는지 알겠군. 하지만 지금쯤 주인님은 분명 파산했을 거고 판돈도 다 잃었을 텐데, 혹시 체포되어 수감된 건 아닐까……?' 생각이 여기에 미치자 파스파르투는 그저 자신의 머리를 쥐어뜯고만 싶었다. '아! 픽스 이놈, 어디 내 손에 잡히기만 해 봐라, 반드시 되갚아 줄 테다!'

자책과 분노로 괴로운 시간을 보낸 뒤, 파스파르투는 마침내 침착함을 되찾고 냉정하게 상황을 살피기 시작했다. 하지만 상황은 그리 좋지 않았다. 그는 지금 일본으로 가는 중이다. 거기에 도착할 건 분명한데, 어떻게 되돌아올 것인가? 그는 단 한 푼도 가진 게 없었다. 1실링은 고사하고 단 1페니조차도! 어쨌든 배 삯은 이미 지불되었으니 배 안에서 숙식하는 건 문제가 없을 것이다. 하지만 앞으로 5일 내지 6일 사이에 또 다른 방법을 찾아야 한다. 그가 이 배에서 어떻게 먹고 마셨는지를 말하자면 뭐라 표현할 수 없을 정도였다. 사실상 자신의 몫에다 주인과 아우다 부인의 몫까지 모두를 먹어 치웠던 것이다. 머지않아 당도할 일본 땅은 무인도여서 먹을거리가 없는 것처럼 그는 열심히 먹어 댔다.

13일 아침 만조에 맞춰 카르나틱호가 요코하마항으로 들어왔다.

이 항구는 태평양의 주요 기항지로 북아메리카, 중국, 일본, 말레이 제도 사이를 오가며 우편물과 여객 수송을 맡고 있는 모든 기선들이 기항하는 곳이다. 에도(도쿄)만에 자리 잡은 요코하마는 일본 제국의 제2의 수도인 에도와 그리 멀리 떨어져 있지 않다. 에도는 쇼군(일본 막부정권의 우두머리)이 통치했던 시절, 이 쇼군의 주거지로 종교적 황제이자 신의 후손인 천황이 거주하는 대도시 교토와는 경쟁 관계에 있었다.

카르나틱호는 요코하마항 부두에 접안했다. 그 옆으로 방파제와 세관 창고들이 있고 온갖 국적의 수많은 배들이 정박해 있었다.

파스파르투는 태양의 후손들이 산다는 이 신비로운 땅에 아무런 관심도 없이 발을 내딛었다. 모든 걸 운에 맡긴 채 시내로 모험을 떠나는 수밖에 별다른 도리가 없었다.

먼저 완전히 유럽풍인 시가지로 들어갔다. 낮은 파사드(건

물 정면)에 우아한 열주들이 늘어선 베란다로 장식된 집들이 눈에 띄었다. 이 도시는 개항조약 이후 개방된 곶(串)에서부터 강에 이르기까지 거리, 광장, 부두, 창고들로 가득 차 있었다. 이곳 역시 홍콩이나 캘커타에서처럼 미국인, 영국인, 중국인, 네덜란드인 등 온갖 인종들이 득실거렸는데, 모두 각종 물건들을 사고파는 상인들이었다. 이들 틈에서 이 프랑스인은 마치 호텐토트 족(부시맨과 비슷한 아프리카 원주민)의 땅에 내던져진 사람처럼 낯설게만 느껴졌다.

파스파르투에게는 한 가지 방법이 있긴 했다. 그건 요코하마 주재 프랑스 영사관이나 영국 영사관을 찾아가 자신을 소개하는 거였다. 하지만 그렇게 되면 자신의 이야기는 물론 자신과 연관된 주인에 관한 은밀한 이야기들을 모두 해야 한다는 것 때문에 이 방법은 선뜻 내키지가 않았다. 그래서 이 방법을 쓰기 전에 우선 다른 모든 가능성들을 최대한 타진해 보기로 했다.

유럽풍 시가지를 다 돌아보았지만 그에겐 어떤 행운도 따르지 않았다. 그래서 그는 필요하다면 에도까지 갈 작정을 하고 일본인 구역으로 들어갔다.

요코하마의 토착민 지역은 인근 섬 주민들이 열렬히 숭배하고 있는 바다 여신의 이름을 따서 벤텐이라 불렸다. 이 구역엔 전나무와 삼나무들이 늘어선 멋진 오솔길들, 기묘한 건축물 앞의 성스런 문들, 대나무들과 갈대숲 사이에 묻힌 다리들이 있었고, 수백 년 된 삼나무들의 거대한 그늘 아래 자리잡은 사원들과 불교 승려들과 유교 신봉자들이 수행 중인 사찰들도 보였다. 또한 끝없이 펼쳐진 거리엔 발그스레한 피부에 붉은 뺨을 가진 많은 아이들이 놀고 있었고, 이 지역의 어떤 병풍 속에서 그대로 빠져나온 듯한 조무래기들이 짧은 다리를 가진 북슬개들과 게으르고 애교 넘치며 꼬리 없는 노란 고양이들 사이에서 놀고 있었다.

거리는 쉴 새 없이 오고 가는 행인들로 북적거릴 뿐이었다. 우선, 단조롭게 목탁을 치며 줄지어 지나가는 승려들, 옻칠한 뾰족 모자를 쓰고 허리에 두 개의 검을 찬 세관원이나 경찰

관료들, 흰 줄무늬가 들어간 푸른 무명옷을 입고 격발소총으로 무장한 병사들, 비단 저고리에 쇠사슬 갑옷과 그 위에 긴 웃옷을 입은 천황의 근위병들, 또한 각종 계급에 속하는 수많은 군인들이 보였다. 군인이라는 직업은 중국에서는 멸시를 받지만 일본에서는 오히려 매우 존경받는 직업이었다. 다음으로 구걸하는 탁발승들, 긴 옷을 입은 순례자들, 평범한 원주민들이 보였다. 이 원주민들은 칠흑같이 검은 윤기 있는 머리카락과 큰 얼굴, 긴 상반신, 가느다란 다리에 키는 작달막했다. 피부색은 짙은 구릿빛에서부터 거무스레한 피부에 이르기까지 다양했지만 중국인만큼 노랗지는 않았다. 바로 이 점에서 일본인들은 중국인들과 근본적으로 달랐다. 마지막으로, 마차와 가마와 말들, 짐꾼들, 포장 친 손수레들, 옻칠한 인력거들, 대나무로 만든 가마들 사이로 천으로 된 신발이나 짚신, 나막신을 신은 작은 발들이 종종걸음으로 지나갔다. 또한 몇 명의 여자들도 보였는데, 눈은 양옆으로 가늘게 째졌고, 가슴은 빈약했으며 이는 유행에 따라 거무스름하게 물을 들이고 있었다. 얼굴은 그다지 예쁘지 않았지만 전통 의상 기모노를 우아하게 입고 있었다. 기모노는 비단으로 된 숄로 앞자락을 겹친 일종의 드레스로 굵은 비단 허리띠는 뒤에서 이상야릇한 매듭으로 펼쳐져 있었다. 유행의 첨단을 걷는 파리 여인들이 일본 여인들로부터 이 매듭을 빌려 온 게 아닐까 생각되었다.

파스파르투는 몇 시간 동안 이 잡다한 무리들 속을 헤매고 다녔다. 그는 신기하고 사치스런 상점들이나 금은 세공상의 온갖 모조품들이 쌓여 있는 시장, 그리고 커다란 발과 깃발들로 장식된 식당들을 보았지만 돈이 없어 들어갈 수가 없었다. 또한 쌀을 발효시켜 만든 술인 사케와 향긋하고 뜨거운 차를 마시는 찻집들, 아편이 아닌 아주 가는 담배를 피우는 흡연실이 있었다. 아편은 일본에서는 거의 알려지지 않았다.

그러고 나서 파스파르투는 드넓은 논들 한가운데 펼쳐진 들판으로 나왔다. 거기엔 마지막 색과 향기를 발하고 있는 꽃들과, 관목이라기보다 키 큰 교목 위에 피어난 눈부신 동백꽃들, 그리고 대나무 울타리 안에는 벚나무, 자두나무, 사과나무들이 피어 있었다. 일본인들은 이 나무들을 열매가 아닌 꽃을 보기 위해 키우고 있었다. 험상궂은 표정의 허수아비들과 시끄러운 소리를 내는 바람개비들이 이것들을 참새, 비둘기, 까마귀 혹은 또 다른 탐욕스런 날짐승들이 먹지 못하도록 보호하고 있었다. 웅장한 삼나무에는 커다란 독수리가 숨어 있고, 수양버들의 그늘 아래에는 왜가리들이 서글프게 한 발로 서 있었다. 마지막으로 작은 까마귀, 오리, 새매, 기러기들이 있었고, 도처에 일본인들이 '귀인'으로 여기는 장수와 행복의 상징인 두루미들이 무수히 많았다.

이렇게 여기저기 헤매며 파스파르투는 풀 속에서 몇 송이의 제비꽃을 보았다.

"야! 먹을거리가 있었군."

그러나 냄새를 맡아 보니 전혀 향기가 나질 않았다.

"쳇! 할 수 없지."

물론 그는 이미 이 모든 걸 예상하고 카르나틱호를 떠나기 전 먹을 수 있는 한 충분히 먹어 두었다. 그러나 하루 종일 걷고 나니 몹시 배가 고팠다. 그는 일본인들의 푸줏간에는 양고기나 염소고기 혹은 돼지고기들이 전혀 없다는 걸 확인했다. 또한 이곳에선 소는 농사를 짓는 데만 쓰며 소를 죽이는 건 불경한 일로 여긴다는 걸 알고 있었기 때문에, 소고기가 아주 귀할 거라는 결론을 내렸다. 그의 생각은 틀리지 않았다. 그러나 푸줏간에 이런 고기가 없다고 해도, 멧돼지나 사슴, 자고나 메추라기, 가금류 또는 일본인들이 주식으로 쌀과 함께 먹는 생선류라도 그는 달게 받아들였을 것이다. 그러나 파스파르투는 이런 불운에 굴할 사람이 아니었다. 다음날 또다시 양식을 구하러 나가기로 한 것이다.

밤이 되었다. 파스파르투는 일본인 구역으로 돌아온 후 다채로운 초롱불들이 켜져 있는 거리를 헤매고 다녔다. 한 무리의 무용수들이 화려한 연기를 펼쳐 보였고, 야외에 놓아 둔 점성술사들의 망원경 주위로 군중들이 모여들었다. 잠시 후 항구가 다시 보였다. 바다는 타오르는 횃불로 고기를 유인하는 어부들의 불빛으로 반짝거리고 있었다.

이윽고 거리가 한산해졌다. 군중들이 사라진 거리에 순찰대가 등장했다. 멋진 옷을 입고 수행원을 동반한 이 관리들은 마치 외교 사절들처럼 보였다. 파스파르투는 화려한 순찰대를 마주칠 때마다 비아냥거리듯 말했다.

"이런! 유럽으로 떠나는 일본 대사가 또 있었군그래!"

23
파스파르투, 코가 엄청나게 길어지다

그다음날, 굶주림에 기진맥진한 파스파르투는 무슨 일이 있어도 뭔가를 먹어야 하며, 그것도 빠를수록 좋다고 생각했다. 한 가지 방법, 즉 그토록 애지중지하던 시계를 파는 방법이 남아 있긴 했다. 하지만 굶어 죽을지언정 그럴 순 없었다. 따라서 이제 그에겐 천성적으로 타고난 목소리를 ― 그리 듣기 좋진 않지만 강력한 목소리 ― 이용할 수 있는 절호의 기회가 온 것이다.

그는 프랑스 노래와 영국 노래를 몇 곡 알고 있었다. 그래서 이것들을 한번 불러 보리라 마음먹었다. 일본인들은 음악 애호가들임이 분명했다. 이곳에선 모든 게 심벌즈, 징, 북소리에 맞추어 이루어지고 있었기 때문이다. 이들은 유럽에서 온 명가수의 재능에 감탄하지 않을 수 없을 것이다.

하지만 노래판을 벌이기엔 다소 이른 시각이었다. 느닷없이 잠을 깬 음악 애호가들이 이 가수에게 천황의 초상이 그려진 동전을 주지 않을지도 모른다.

파스파르투는 몇 시간을 더 기다리기로 했다. 그런데 길을 건던 중 자신의 옷이 떠돌이 예술가치고는 너무 사치스럽다는 생각이 들었다. 그래서 유랑 가수에게 어울릴 만한 차림새로 바꾸기로 했다. 그렇게 되면 동정심을 자극해 더 많은 돈을 얻어 낼 것이고, 이 돈으로 즉각 주린 배를 채울 수 있을 것이다.

방법은 결정됐고, 이제 이것을 실행하는 일만 남았다. 한참을 찾아 헤맨 후에야 비로소 파스파르투는 한 일본인 고물장수를 발견했다. 그는 이 남자에게 자신의 요구사항을 말했다. 이 고물장수는 그의 유럽식 복장이 마음에 들었다. 곧이어 파스파르투는 헌 일본 옷과 색 바랜 줄무늬 터번을 쓴 괴상한 차림으로 등장했다. 하지만 돌아오는 길에 그의 주머니에선 짤랑거리는 동전 소리가 울렸다.

'좋아, 카니발에 온 것 같군!' 그가 생각했다.

일본식으로 차려입은 파스파르투가 처음 한 일은 우선 소박해 보이는 '찻집'으로 들어가, 그곳에서 팔다 남은 고기와 약간의 밥으로 점심을 먹는 거였다. 하지만 저녁은 여전히 해결해야 할 문제로 남아 있었다.

그는 속으로 생각했다. '양껏 먹고 나니 머리가 좀 돌아가는 것 같군. 이제야 제대로 생각할 수 있겠어. 더 이상은 일본식 옷으로 입지 않을 거야! 그러기 위해선 하루빨리 이 태양의 나라를 벗어날 방도를 찾아야 해. 이곳은 비참한 추억

뿐이야!'

파스파르투는 미국으로 떠날 예정인 여객선들을 찾아 나서기로 했다. 배에 태워 주고 먹여 주기만 하면 보수는 안 받아도 좋으니까 요리사나 하인으로 써 달라고 사정해 볼 작정이었다. 샌프란시스코에 도착한 후의 일은 그때 가서 생각하기로 했다. 중요한 건 일본과 신대륙 사이 4천7백 해리의 태평양을 건너는 일이었으니까.

파스파르투는 지루하게 한 가지 생각에 빠져 있는 그런 성격이 아니었다. 그는 곧장 요코하마항으로 갔다. 그러나 부두가 다가올수록 처음 생각할 땐 그토록 단순 명료해 보이던 계획이 점점 더 실행할 수 없는 것처럼 보였다. '미국 여객선에 요리사나 하인이 무슨 필요가 있겠는가? 이렇게 괴상한 옷차림을 하고서 어떤 믿음을 심어 줄 수 있겠는가? 내세울 만한 추천서가 있는가? 신원 보증은 어떻게 할 것인가?'

이런 생각을 하고 있을 때, 요코하마 거리에서 어릿광대처럼 보이는 사람이 들고 다니는 커다란 피켓이 눈에 띄었다 :

윌리엄 배틀카의 일본 곡예단
텐구 신의 보호를 받는 긴코 — 긴코들의
미국으로 떠나기 전 마지막 대공연!

"미국이다! 바로 내 일을 찾았어!" 파스파르투가 소리쳤다.

그는 그 어릿광대를 따라갔다. 그를 잠시 따라다닌 후 곧 일본인 시가지로 돌아왔다. 15분 후 그는 많은 깃발들로 둘러싸인 거대한 천막 앞에 멈춰 섰다. 이 천막의 외벽에는 원근법은 무시했지만 강렬한 색으로 곡예사들이 그려져 있었다.

이것은 서커스단 단장인 미국인 흥행사 윌리엄 배틀카의 가설무대였다. 그의 서커스단에는 마술사, 어릿광대, 줄 타는 곡예사, 공중 묘기 곡예사, 체조 묘기를 하는 사람 등이 포함되어 있었다. 광고에 따르면 바로 이들이 미국으로 떠나기 전 태양의 후손들이 살고 있는 이 나라에서 마지막 공연을 한다는 거였다.

파스파르투는 그 천막 앞에 있는 회랑 아래로 들어갔다. 그리고 배틀카 씨를 만나자고 청했다. 잠시 후 배틀카 씨가 몸소 나타났다.

"무슨 일로 왔는가?" 처음엔 파스파르투가 일본인인 줄 알고 그가 물었다.

"혹시 하인이 필요하지 않으세요?"

"하인이라고?" 그 흥행사는 턱 밑의 수북한 회색 턱수염을 만지며 외쳤다. "하인이라면 이미 둘이나 있네. 모두 순종적이고 충성스럽지. 먹여 주기만 하면 되고……. 또 이것도 있지." 그는 콘트라베이스 줄처럼 굵은 혈관들이 울퉁불퉁 튀어

나온 건장한 두 팔을 내보이며 말했다.

"그렇다면, 전 아무짝에도 쓸모없는 건가요?"

"그렇다고 봐야지."

"이런! 저도 함께 떠날 수 있다면 좋을 텐데."

"아니, 이제 보니 일본인이 아니로군! 왜 이렇게 입은 거지?"

"각자 형편 따라 입는 거 아니겠어요?"

"그야, 그렇지. 프랑스 사람인가?"

"예, 파리 토박이죠."

"그렇다면, 얼굴 찡그리는 법을 알겠군그래."

파스파르투는 국적을 들먹거려 비꼬는 데 화가 나서 대답했다. "물론이죠. 우리 프랑스인들은 얼굴을 잘 찡그린답니다. 네, 사실이에요. 하지만 그래 봐야 미국인들만 하려구요!"

"됐네. 그럼, 하인이 아닌 광대로 받아 주기로 하지. 이봐, 용감한 청년, 됐는가? 프랑스에선 외국인 광대들이 판을 치는데, 외국에서 프랑스인 광대를 못 쓸 것도 없지! 안 그런가?"

"그렇죠, 뭐."

"어때, 기운은 센 편인가?"

"밥을 먹고 나면 더욱 세집니다."

"노래는 좀 할 줄 아는가?"

"당연하죠." 지난번 거리에서 몇 번 시도를 해 본 터라 자신

있게 대답했다.

"그냥 노래가 아니고, 거꾸로 서서 왼발로는 팽이를 돌리고, 오른발로는 검을 세운 상태에서 노래할 줄 아느냔 말이지."

"물론입니다!" 젊은 시절 체조 강사를 했던 걸 기억하며 대답했다.

"정말, 만능이로군!"

즉시 고용 계약이 이루어졌다.

마침내 파스파르투는 일자리를 찾은 것이다. 그는 이 유명한 일본인 곡예단에서 모든 걸 다 하는 만능 재주꾼으로 고용되었다. 그리 유쾌한 조건은 아니었지만 앞으로 일주일 후면 샌프란시스코를 향해 가고 있을 것이다.

흥행사 배틀카가 대대적으로 선전했던 공연은 3시로 예정되어 있었다. 곧이어 일본인 악단의 북들과 징들이 엄청난 힘을 과시하듯 문 앞에서 시끄럽게 울려 댔다. 알다시피 파스파르투는 자신의 역할을 검토할 시간이 전혀 없었다. 하지만 텐구(하늘을 난다는 괴물로 코가 높으며 예술가나 곡예사들을 보호한다.) 신의 보호를 받는 긴코들의 '인간탑 쌓기' 대공연에서 그는 튼튼한 두 어깨를 받침대로 빌려 주도록 되어 있었다. 이 '대단한 쇼'를 끝으로 전체 공연은 막을 내릴 예정이었다.

3시가 되기도 전에 구경꾼들은 넓은 천막 안을 가득 채우고 있었다. 유럽인이든 중국인이든 일본인이든 남녀노소 할 것 없이 잘 보이는 자리를 잡으려고 무대 맞은편의 좁은 의자와 객석으로 몰려들었다. 무대 안쪽에 자리 잡은 악단은 징, 북, 캐스터네츠, 플루트, 탬버린, 큰북 등 전원이 동원되어 요란하게 연주하고 있었다.

이 공연은 전체가 곡예로 이루어져 있었다. 하지만 일본인들이 세계 제일의 곡예사라는 건 인정해야 한다. 어떤 사람은 부채와 작은 종이 조각들로 아주 우아하게 마술을 부려 나비와 꽃들을 만들어 냈다. 또 다른 사람은 파이프에서 향기로운 연기를 뿜어 재빨리 공중에다 푸르스름한 단어들을 써 나갔는데, 바로 관중들을 향한 인사말이었다. 어떤 이는 켜진 촛불을 가지고도 묘기를 부렸는데, 늘어선 촛불들을 입으로 불어 연속적으로 끈 다음, 능수능란한 손놀림으로 단 한순간도 끊김 없이 차례차례 다시 불을 켰다. 또 다른 이는 빙글빙글 도는 팽이를 이용해 거짓말처럼 신기한 재간을 부렸다. 팽이들은 그의 손 아래서 요란한 소리와 함께 끝없이 돌아가며 살아 움직이는 듯했다. 또한 긴 파이프 위에서도, 날카로운 검 위에서도, 무대 이쪽 끝에서 저쪽 끝까지 팽팽하게 매 놓은 머리카락처럼 가는 철사 줄 위에서도 쉴 새 없이 돌았다. 심지어는 커다란 유리 항아리의 테두리에서도 돌고, 대나무 사다리를 타고 오르기도 하고, 사방으로 흩어지면서 내는 다양한 소리들이 합쳐지면서 듣기 좋은 효과음을 만들어 내기도

했다. 곡예사들도 팽이를 가지고 묘기를 부렸다. 공중으로 높이 집어던지기도 하고, 나무 라켓으로 셔틀콕을 치듯 서로 주고받기도 했다. 그럼에도 불구하고 팽이는 멈추지 않고 돌았다. 심지어는 주머니 속에 쑤셔 넣었다가 다시 꺼내도 여전히 돌고 있었다. 용수철이 늘어나 마침내 장렬하게 불꽃 모양으로 펼쳐지는 그 순간까지!

이 곡예단의 곡예사들과 체조하는 사람들의 현란한 묘기는 말로 표현해 봐야 소용이 없을 것이다. 사다리 타기, 장대높이뛰기, 공 돌리기, 통 돌리기 등의 묘기가 한 치의 실수도 없이 놀랄 만큼 정확하게 이루어졌다. 그러나 이 공연의 하이라이트는 신기(神技)에 가까운 균형 감각을 지닌 이 '긴코들'의 묘기로 아직까지 유럽에는 알려지지 않았다.

이 긴코들은 텐구 신의 직접적인 보호를 받는 특별한 집단이었다. 중세 시대 전령처럼 옷을 입은 이들은 어깨에 눈부신 날개 한 쌍을 달고 있었다. 그러나 무엇보다 가장 눈에 띄는 건 바로 얼굴에 단 긴 코와 이것의 용도였다. 이 코는 사실상 5자, 6자 혹은 10자 길이의 긴 대나무일 뿐이었다. 곧은 것도 있고 휜 것도 있고, 매끄러운 것도 있고 울퉁불퉁한 것도 있었다. 그러나 이들의 모든 균형 묘기는 바로 얼굴에 단단하게 붙인 이 돌출물 위에서 이루어졌다. 텐구 신을 숭배하는 수십 명의 신자들이 등을 바닥에 대고 누웠고, 또 다른 신자들이 피뢰침처럼 뾰족하게 선 이들의 코 위에서 펄쩍펄쩍 날뛰고 이 사람에서 저 사람으로 파닥파닥 날아다니며 도저히 믿을 수 없는 묘기를 선보였다.

끝으로 관객들에게 '인간 피라미드' 공연이 있을 거라고 예고되었다. 이 피라미드에서는 50여 명의 긴코들이 '크리슈나의 수레'를 만들어 보일 것이다. 그러나 서로의 어깨를 받침점으로 피라미드를 만드는 대신, 배틀카의 행위 예술가들은 단지 서로의 코를 통해서만 올라서야 했다. 그런데 이 수레의 토대를 이루고 있던 단원 중 하나가 극단을 떠나 버렸다. 이 역할은 힘이 세고 운동 신경이 발달한 사람이면 충분했기 때문에 파스파르투가 이 긴코를 대체할 사람으로 선택된 것이다.

다채로운 색깔의 날개가 달린 중세 시대의 옷을 입고 얼굴에 6자 길이의 코를 붙이고 나자, 이 당당한 젊은이는 젊은 시절의 슬픈 추억이 떠올라 몹시 비참해졌다. 하지만 어쨌든 이 코는 그의 밥줄이었기 때문에 모든 걸 감수할 수밖에 없었다.

파스파르투는 무대로 들어섰다. 그리고는 크리슈나의 수레의 토대를 만들 동료들과 함께 나란히 섰다. 모두들 바닥에 누워 솟은 코를 위로 향하게 했다. 두 번째 층이 이 코들 위로 와서 누웠고 세 번째 층, 네 번째 층이 그 위에 쌓였다. 이런 식으로 단지 뾰족한 끝으로만 연결되어 있는 인간 탑이 순식간에 무대의 천장까지 솟아올랐다.

더욱 힘찬 박수갈채가 쏟아져 나오고, 악단에선 천둥소리 같은 연주가 터져 나왔다. 바로 이때 피라미드가 흔들렸고 균형이 깨져 버렸다. 바닥의 코들 중 하나가 움찔한 탓에, 피라미드는 마치 카드로 쌓은 성처럼 무너져 내렸다.

실수한 건 바로 파스파르투였다. 그는 자기 자리를 벗어나 날개의 도움도 없이 난간을 뛰어넘었고, 오른쪽 통로를 기어올라 마침내 한 관객의 발 앞에 와서 쓰러졌다.

"아! 주인님! 주인님!"

"자네였나?"

"예, 접니다."

"그럼, 배로 가세!"

포그 씨와 동행한 아우다 부인 그리고 파스파르투는 복도를 통해 황급히 천막 밖으로 빠져나왔다. 그러나 거기엔 바로 배틀카가 서 있었다. 몹시 화가 난 그는 공연을 망친 데 대한 손해 배상을 요구했다. 필리어스 포그는 그의 손에 지폐 뭉치를 놓으며 진정시켰다. 6시 30분, 배가 막 떠나려는 순간 포그 씨와 아우다 부인은 파스파르투를 데리고 미국행 배에 올라탔다. 파스파르투의 등엔 아직 날개가 붙어 있었고, 얼굴엔 미처 떼지 못한 6자짜리 긴 코가 달려 있었다.

24
마침내 태평양을 횡단하다

상하이 앞바다에 도착한 탕카데르호에 무슨 일이 있었는지는 쉽게 이해할 수 있을 것이다. 요코하마행 여객선은 탕카데르호가 보낸 신호를 알아차렸다. 여객선의 선장은 작은 유도선에 반기가 올려진 것을 보고 배 쪽으로 다가갔다. 잠시 후 포그 씨는 선장 존 번스비의 주머니에 550파운드를 넣어 주었고, 이로써 합의된 금액을 모두 지불한 셈이었다. 그런 다음 이 신사와 아우다 부인과 픽스는 여객선에 올랐고, 배는 곧바로 나가사키와 요코하마를 향해 질주해 나갔다.

바로 그날 아침 11월 14일 예정된 시간에 도착한 필리어스 포그는 픽스에게 볼일을 보라고 헤어진 뒤 카르나틱호로 돌아왔다. 그리고는 파스파르투라는 프랑스인이 확실히 전날 밤 요코하마에 도착했다는 걸 알았다. 아우다 부인은 무척 기뻐했고 어쩌면 포그 씨 또한 마찬가지였을 것이다. 그러나 적어도 겉으론 전혀 내색하지 않았다.

포그 씨는 바로 그날 저녁 샌프란시스코를 향해 다시 떠나야 했기 때문에 곧장 하인을 찾아 나섰다. 프랑스 영사관이나 영국 영사관도 찾아가 보았으나 허사였다. 요코하마 거리들을 헤매고 다녀 보아도 별 소용이 없었다. 결국 그를 찾는 걸 단념하려고 했을 때, 우연, 아니 일종의 어떤 예감에 이끌려 이 배틀카의 천막 안으로 들어오게 되었던 것이다. 분명 포그 씨는 우스꽝스런 중세 시대의 복장을 하고 누워 있는 자신의 하인을 알아보지 못했다. 그러나 이 하인은 누운 위치에서도 통로 쪽에 있는 주인을 알아보았다. 그래서 고개를 돌리려다 그만 어쩔 수 없이 코를 움직여 버렸고, 그로 인해 피라미드의 균형은 깨지게 되었다. 그다음 이야기는 모두 알고 있을 것이다.

파스파르투는 아우다 부인의 입을 통해 그간의 경위를 알게 되었다. 그녀는 일행이 어떻게 탕카데르호라는 유도선을 타고 픽스를 동반한 채 홍콩에서 요코하마까지 오게 되었는지 말해 주었다.

픽스라는 이름을 듣고도 파스파르투는 눈썹 하나 까딱하지 않았다. 그는 아직 주인에게 자신과 이 형사 사이에 있었던 일들을 말할 때가 아니라고 생각했다. 그는 그동안 겪은 일들을 털어놓으며, 요코하마의 아편굴에서 우연히 피우게 된 아편에 취했던 건 다 자신의 잘못이라며 용서를 구했다.

포그 씨는 아무 대꾸도 없이 침착하게 그의 이야기를 들었다. 그리고는 넉넉한 돈을 건네주며 배에서 입을 만한 좀 더

편한 옷을 구입하라고 했다. 불과 채 한 시간도 지나지 않아, 긴 코를 베어 내고 날개를 잘라 버림으로써 이 정직한 하인에겐 텐구 신의 신봉자들을 떠올릴 만한 그 어떤 것도 남지 않게 되었다. 요코하마에서 샌프란시스코 사이를 운항하는 이 여객선은 '태평양 해운' 회사 소속으로 '제너럴-그랜트'호라고 불렸다. 적재량이 2천5백 톤인 외륜선으로 정비도 잘 되어 있고 속도도 매우 빨랐다. 갑판 위에선 거대한 추가 솟아올랐다가 조금씩 낮아지곤 했다. 추의 한쪽 끝은 피스톤의 몸체와, 또 다른 쪽은 크랭크암과 연결되어 있었다. 이 크랭크암은 직각운동을 원운동으로 바꾸어 외륜의 굴대축에 직접 힘을 전달하는 역할을 하는 것이다. 제너럴-그랜트호는 돛대가 세 개인 범선으로 표면적이 매우 넓은 돛들을 가지고 있어 기관에 강력한 힘을 보탤 수 있었다. 시속 12해리로 질주한다면 이 배가 태평양을 횡단하는 데는 21일이 채 걸리지 않았다. 따라서 12월 2일에는 샌프란시스코에, 11일에는 뉴욕에, 20일엔 바로 런던에 도착할 것이며, 이렇게 해서 운명의 날인 12월 21일에서 몇 시간을 앞당겨 여행을 완수할 수 있을 거라는 필리어스 포그의 계산은 충분히 근거가 있었다.

여객선에는 꽤 많은 승객이 타고 있었다. 승객 중엔 영국인들과 많은 미국인들, 미국 이민을 떠나는 아시아인 노동자들이 있었고, 세계를 일주하며 휴가를 보내는 중인 인도 군대의 많은 장교들도 눈에 띄었다.

대양을 횡단하는 동안 항해에 관한 한 어떤 사고도 발생하지 않았다. 커다란 외륜이 지탱해 주고 강력한 돛이 받쳐 주고 있어서 이 배는 거의 흔들림이 없었다. 태평양은 그 이름값을 톡톡히 하는 듯 보였다. 포그 씨는 평소와 다름없이 침착하고 말이 없었다. 동행한 젊은 부인은 감사의 마음과는 또 다른 감정으로 이 신사에게 점점 더 끌리고 있었다. 그녀는 실제로는 그토록 관대하면서도 과묵한 그에게 자신이 생각하는 것보다 훨씬 더 깊이 빠져 있었다. 자신도 모르게 이런 감정을 품게 되었던 것이다. 하지만 이 수수께끼 같은 인물은 절대로 이런 감정에 휘둘릴 것처럼 보이지 않았다.

아우다 부인은 이 신사의 여행에 대단한 관심을 보이기 시작했고 여행의 성공에 방해가 될 수 있는 모든 것들을 염려했다. 종종 파스파르투와 대화를 나눌 때면 어쩔 수 없이 자신의 속내를 드러내기도 했다. 이 충직한 하인은 주인에 관해서라면 거의 맹신적이었다. 그는 주인의 정직함과 관대함과 희생정신에 대해 입에 침이 마르도록 칭찬하곤 했다. 그리고는 이런 말을 되풀이하며 부인을 안심시키곤 했다.

"가장 어려운 고비는 이미 넘겼어요. 환상의 나라 중국과 일본을 빠져나왔으니 이제 곧 문명 세계에 당도할 겁니다. 아마 샌프란시스코에서 뉴욕까지 가는 기차나 뉴욕에서 런던까지 운항하는 여객선은 많을 거예요. 그렇게 되면 불가능해 보였던 이번 여행도 정해진 기일 내에 성공적으로 완수될 겁니다."

요코하마를 떠난 지 9일 후, 필리어스 포그는 정확히 지구의 절반을 주파했다.

실제로 제너럴 -그랜트호는 11월 23일 180도 자오선을 통과하고 있었다. 남반구에 있는 런던의 대척점(지구 위의 한 지점에 대하여, 지구의 반대쪽에 있는 지점)은 바로 이 선 위에 있다. 포그 씨는 자신에게 주어진 80일 중 52일을 써 버렸다. 이제 남은 기간은 단지 28일뿐이었다. 그러나 그가 지금까지 정확히 여정의 절반을 소화해 냈다면, 실제로 주파해야 할 전체 거리의 2/3 이상을 완수한 것이나 다름없다고 볼 수 있다. 사실 런던에서 아덴까지, 아덴에서 봄베이까지, 봄베이에서 캘커타까지, 캘커타에서 싱가포르까지, 싱가포르에서 요코하마까지, 얼마나 많이 우회를 했던가! 런던이 위치한 북위 약 50도선 근처를 원을 그리듯 따라갔다면 그 거리는 약 2만 킬로미터에 불과했을 것이다. 그런데 필리어스 포그는 운송수단들의 변덕스러움으로 모두 4만 2천 킬로미터를 주파해야 했고, 11월 23일인 바로 오늘 그중 2만 8천 킬로미터를 완수했던 것이다. 그러나 이제부터는 직선으로만 달리면 되고, 픽스 또한 여기 없으니 더 이상 그의 앞길은 거칠 게 없어 보였다.

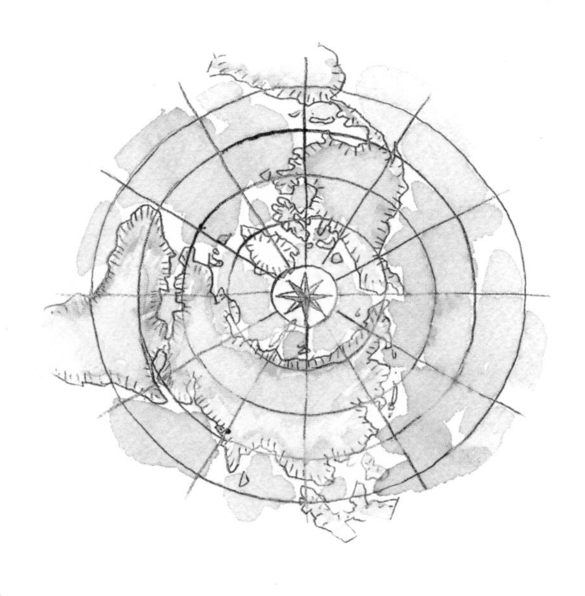

바로 이날 파스파르투는 큰 기쁨을 맛보았다. 모두 기억하듯이 이 고집불통은 그 유명한 가문의 시계를 런던시(時)에 맞추고는 여행 도중 달라지는 모든 시간을 잘못된 것이라고 주장하면서 이 시계를 다시 맞추려 하질 않았다. 그런데 바로 이날 이 시계를 빠르게도 느리게도 고치지 않았는데도 배 안의 정밀시계와 일치했던 것이다.

파스파르투가 이 승리를 얼마나 과시하고 싶었을지는 안 봐도 훤한 일이다. 그는 픽스가 이 자리에 있었다면 무슨 말을 했을지 궁금했다.

"자오선이 어떻고 태양과 달이 어떻고 하면서 혼자 똑똑한 척은 다 하더니, 흥! 어림없지! 그런 족속들의 말을 들었다간 시계방을 차려야 할걸! 난 언젠가 태양이 내 시계에 맞춰 움직일 거라고 확신하고 있었거든!"

그러나 파스파르투가 모르는 사실이 있었다. 그건 만약 그의 시계 문자반이 이탈리아 시계처럼 24시간으로 나뉘어져 있다면 승리했다고 기뻐할 이유가 전혀 없을 거라는 점이다. 왜냐하면 배 안의 시계가 아침 9시라면 그의 시계는 저녁 9시, 즉 자정을 지난 21시를 가리키는 것이기 때문이다. 이것은 런던과 180도선 사이의 차이와 정확히 똑같은 것이다.

그러나 픽스가 이런 사실을 순전히 물리학적으로 설명할 수 있었다 해도 파스파르투는 이해는커녕 최소한 인정하지도 않았을 것이다. 어쨌든 그럴 일은 없겠지만, 만약 이 순간 그 형사가 느닷없이 배에 올랐다면 당연히 앙심을 품고 있는 파스파르투는 그것과는 완전히 다른 문제를 전혀 다른 방식으로 말했을지도 모른다.

그런데 이 순간 픽스는 어디에 있었을까?

그는 바로 제너럴-그랜트호에 타고 있었다.

요코하마에 도착하자 이 형사는 언젠가는 반드시 잡을 거라 생각하며 잠시 포그 씨와 헤어져 곧바로 영국 영사관으로 갔다. 마침내 그는 봄베이에서 우송되어 온 체포 영장을 손에 넣었지만 유효기간이 40일이나 지나 있었다. 이 영장은 그가 타기로 되어 있었던 카르나틱호에 실려 홍콩에서 요코하마로 다시 우송되었던 것이다. 그의 실망감은 이루 다 표현할 수 없었다. 영장은 무용지물이 되어 버린 것이다! 범인은 영국령을 벗어나 버렸고 이제 그를 체포하려면 범인 인도 협정서가 필요하게 되었다.

화를 좀 가라앉힌 후 픽스는 생각했다.

'좋아! 어디 한번 해보자구! 내 영장이 여기선 쓸모없게 되어 버렸지만 영국에선 그렇지 않을걸. 놈은 경찰을 따돌렸다고 믿고 런던으로 돌아올 테니, 차라리 잘 됐어. 거기까지 쫓아가는 거야. 그럼, 그 돈은? 부디 남아 있길! 하지만 여행으로, 상금으로, 소송에다 벌금까지, 또 코끼리 값으로 모두 합해 5천 파운드 이상을 이미 길 위에다 뿌렸을걸. 하지만 상관없어! 어쨌든 영국 은행은 부잔데 뭐!'

마음이 정해지자 그는 곧 제너럴-그랜트호에 올랐다. 포그 씨와 아우다 부인이 도착했을 땐 그는 이미 배에 타고 있는 상태였다. 그런데 너무 놀랍게도 중세 시대 복장을 한 파스파르투가 이들과 함께 보이는 게 아닌가! 그는 즉시 선실로 숨어들었다. 모든 계획을 망쳐 버릴 수도 있는 만남을 피하기 위해서였다. 다행히 많은 승객들 덕분에 들키지 않을 거라 생각했었다. 그런데 바로 이날, 배 앞쪽에서 그와 딱 마주치게 되었던 것이다.

파스파르투는 말도 없이 다짜고짜 달려들어 픽스의 멱살을 거머쥐었다. 내기를 좋아하는 몇몇 미국인들은 좋은 구경거리를 만난 듯 즐거워하며 즉시 파스파르투 쪽에다 돈을 걸었다. 그는 영국 복서보다 프랑스 복서가 우위임을 증명이라도 하듯 불운한 이 형사에게 연타를 퍼부었다.

한바탕 분풀이를 하고 나자 파스파르투는 짐을 내려놓은 듯 차분히 앉아 있었다. 픽스는 엉망이 된 몸으로 일어났다. 그리고는 상대를 바라보며 차갑게 말했다.

"이제 끝난 건가?"

"그렇소, 지금으로썬."

"그럼 얘기 좀 하지."

"무슨 얘길……."

"자네 주인께 득이 되는 얘길세."

파스파르투는 이 냉정함에 홀리기라도 한 듯 형사의 뒤를 따랐다. 두 사람은 배 앞쪽에 자리를 잡고 앉았다.

"이젠 화가 풀렸겠지? 어쨌든 좋아. 내 얘길 들어 보게. 지금까진 내가 포그 씨의 적이었지만 이젠 같은 편이네."

"뭐라구요? 그럼, 주인님이 혐의를 벗었단 말인가요?"

"아닐세. 난 아직도 그가 범인이라고 믿네……. 쉿! 조용히 하고 계속해서 들어 보게. 포그 씨가 영국령에 있을 때는 체포 영장을 기다리며 그를 붙들어 두려고 했었지. 온갖 방법을 동원해서 말이야. 봄베이에선 승려들을 법정에 끌어들였고, 알다시피 홍콩에선 자넬 취하게 했었네. 어떻게든 자네를 주인에게서 떨어뜨려 그가 요코하마행 배를 놓치게 하려고 말일세……."

파스파르투는 두 주먹을 꽉 쥔 채 듣고 있었다.

"이제 자네 주인은 영국으로 돌아갈 테지? 나도 따라갈 걸세. 하지만 지금까지 자네 주인을 방해하는 데만 쏟았던 힘과 노력을 앞으론 자네 주인을 돕는 데 쓸 생각이네. 말했다시피 내 상황이 변했네. 자네 주인이 하루속히 런던으로 돌아가는 게 내게도 이득이거든. 자네도 나와 같은 처지라는 걸 알아두게. 자네가 섬긴 사람이 범인인지 정직한 신사인지는 런던에 가서야 판가름 날 테니까!"

파스파르투는 픽스의 말을 매우 주의 깊게 들었다. 그리고는 이자가 진심으로 말하고 있다는 걸 확신했다.

"그럼, 동지가 된 건가?" 픽스가 물었다.

"동지? 천만에. 두고 봐야 할 테니 잠시 연합하는 거라고 해 두죠. 만약 조금이라도 배신의 흔적이 보이면 당장 목을 비틀어 버릴 줄 아시오."

"좋아, 그렇게 하지." 픽스가 조용히 말했다.

그로부터 11일 후 12월 3일, 제너럴-그랜트호는 골든게이

트만으로 진입했고 마침내 샌프란시스코에 도착했다.

포그 씨의 여행은 여전히 단 하루의 오차도 없었다.

25
샌프란시스코의 선거 집회를 엿보다

아침 7시, 필리어스 포그와 아우다 부인, 그리고 파스파르투는 미국 땅에 발을 들여놓았다. 실은 땅이 아니라 이들은 부교(배나 뗏목 따위를 잇대어 매고 그 위에 널빤지를 깔아서 만든 다리) 위에 내렸다. 이 부교는 조수에 따라 올라갔다 내려갔다 하며 배들의 선적과 하역을 용이하게 돕는 장치였다. 거기엔 다양한 크기의 쾌속 범선들, 온갖 국적의 기선들, 새크라멘토 강과 그 지류들 사이를 오가는 여러 층으로 된 증기선들이 정박해 있었다. 또한 멕시코, 페루, 칠레, 브라질, 유럽, 아시아 및 태평양의 모든 섬들까지 거래될 물품들이 쌓여 있었다.

파스파르투는 마침내 미국 땅에 닿았다는 기쁨에 가장 멋진 폼으로 공중제비를 돌며 배에서 내려야겠다고 생각했다. 그러나 배가 낡아 빠진 이 부교에 닿았을 때 하마터면 바닥을 뚫고 바다로 빠질 뻔했다. 자신의 의도와는 딴판으로 엉거주춤하게 새로운 땅을 밟게 된 그는 당황한 나머지 고함을 내질렀다. 이 소리에 놀라 이 부교의 단골손님들인 수많은 가마우지 떼와 펠리컨들이 날아가 버렸다.

포그 씨는 배에서 내리자마자 뉴욕행 첫 열차가 몇 시에 있는지 알아보았다. 열차는 저녁 6시에 있었다. 따라서 포그 씨는 이 캘리포니아의 주도(州都)에서 꼬박 하루 동안 여유를 가질 수 있게 되었다. 그는 마차를 한 대 불러 아우다 부인과 함께 탔고 파스파르투가 마부 옆 자리에 올라탔다. 요금이 3달러인 이 마차는 인터내셔널 호텔로 향했다.

마차 위에서 파스파르투는 이 거대한 도시를 호기심 어린 눈으로 관찰했다. 넓은 도로, 줄지어 선 낮은 집들, 영국식 고딕 양식의 교회와 사원들, 거대한 부두들, 나무나 벽돌로 지어진 궁전 같은 창고들이 보였다. 거리엔 수많은 마차들과 자동차들과 전차들이 오갔다. 북적거리는 보도 위엔 미국인과 유럽인뿐 아니라 중국인이나 인도인들도 있었는데, 이 도시의 인구는 20만 명이 넘었다.

파스파르투는 도시 풍경을 바라보며 깜짝 놀랐다. 그가 생각했던 도시는 1849년의 전설적인 모습이었다. 금덩어리를 찾아 달려온 강도들과 방화범들과 암살자들의 도시, 사금을 위해 한 손에는 권총을 다른 손에는 단도를 든 온갖 부류의 낙오자들이 들끓는 거대한 수용소를 상상했던 것이다. 그러나 이 '좋은 시절'은 지났다. 이제 샌프란시스코는 거대한 상업 도시의 면모를 갖추고 있었다. 감시병들이 보초를 서고 있는 높은 시청의 망루는 직각으로 교차하는 모든 도로와 거리들을 굽어보고 있었다. 그 사이사이로 녹음이 우거진 작은 공원들이 펼쳐져 있었다. 그다음엔 중국인 시가지가 나타났는데, 마치 중국 본토를 장난감 상자 속에 담아 그대로 옮겨 놓은 듯했다. 솜브레로(챙이 넓은 펠트 모자)도, 사금 채굴자들이 즐겨 입었던 붉은 셔츠도, 깃털 장식을 한 인디언들도 더 이상 보이지 않았고, 대신 비단 모자와 검은 연미복 차림의 많은 신사들이 풍요로운 생활을 즐기고 있었다. 몇몇 거리들, 그중에서도 특히 몽고메리 가에는 — 런던의 리젠트 가, 파리의 이탈리아 가, 뉴욕의 브로드웨이처럼 — 호화찬란한 상점들이 늘어서 있었고, 전 세계 모든 물건들이 이들의 진열대를 장식하고 있었다.

파스파르투는 인터내셔널 호텔에 도착했을 때 자신이 영국을 떠나온 것처럼 느껴지지 않았다.

호텔 1층은 아주 커다란 '바'가 차지하고 있었는데, 지나가는 모든 사람에게 무료로 제공되는 일종의 뷔페식당이었다. 누구든 지갑을 열지 않고도 말린 고기와 굴 수프, 비스킷, 체스터치즈 등을 마음대로 먹을 수 있었다. 만약 갈증을 풀고 싶다면 음료와 맥주, 포트와인이나 위스키 값만 치르면 되었다. 이것이 파스파르투의 눈에는 '대단히 미국적'으로 보였다.

호텔 식당은 안락한 분위기였다. 포그 씨와 아우다 부인은 식탁에 자리를 잡고 앉아 검은 흑인들이 작은 접시에 담아 오는 풍부한 음식들을 즐겼다.

점심 식사 후 필리어스 포그는 아우다 부인을 동반한 채 영국 영사관으로 가기 위해 호텔을 나섰다. 여권에 사증을 받기 위해서였다. 가는 도중에 하인과 마주쳤다. 그는 태평양 철도를 타기 전에 수십 자루의 소총이나 권총을 마련하는 게 낫지 않겠냐고 물었다. 수 족이나 파우니 족에 관한 이야기들을 들은 모양이었다. 이들은 과격한 스페인 도둑들처럼 기차를 가로막고 세운다는 거였다. 포그 씨는 쓸데없는 걱정이라고 일축하면서도 원한다면 좋을 대로 하라고 말했다. 그런 다음 영사관으로 향했다.

필리어스 포그는 채 얼마 가지 않아 아주 뜻밖에도 픽스와 마주쳤다. 이 형사는 몹시 놀라는 눈치였다. 아니! 어떻게! 포그 씨와 그는 태평양 횡단을 함께 했지만 배에서는 한 번도 마주친 적이 없었던 것이다. 어쨌든 픽스는 그토록 신세를 졌던 이 신사에게 다시 만나게 되어 영광스러울 뿐이라며 인사말을 건넸다. 또한 유럽에서 실행할 자신의 계획들을 떠올리며 이토록 유쾌한 분과 동행하게 되어 무척 기쁘다는 말도 덧붙였다.

포그 씨는 "오히려 제가 기쁩니다."라고 대답했다. 그러자 조금도 그와 떨어지고 싶지 않았던 픽스는 샌프란시스코라는 이 흥미진진한 도시를 함께 구경하러 다녀도 되겠느냐고 말했다. 포그 씨는 좋다고 했다.

그렇게 해서 아우다 부인과 필리어스 포그와 픽스는 거리를 한가로이 거닐게 되었다. 얼마 지나지 않아 곧 이들은 몽고메리 가로 들어섰다. 이곳엔 거대한 인파가 몰려 있었다. 인도 위에, 도로 한복판에, 전차 철로 위에 — 승용차들과 합승자동차들이 끊임없이 줄지어 지나가는데도 불구하고 — 상점 문턱에, 집집마다 창문에, 심지어 지붕 위에까지, 셀 수 없이 많은 사람들이 모여 있었다. 광고판을 든 샌드위치맨들이 이 무리들 속을 비집고 돌아다녔다. 각종 깃발들과 플래카드들이 바람에 나부끼고 있었다. 사방에서 함성이 터져 나왔다.

"캐머필드 만세!"

"맨디보이 만세!"

그것은 군중 집회였다. 어쨌든 픽스는 이렇게 생각했고, 포그 씨에게 말을 걸며 자신의 생각을 말했다.

"이런 싸움판엔 조금이라도 끼어들지 않는 게 상책입니다. 잘못 하다간 괜히 얻어맞기만 할 테니까요."

"원래 정치라는 게 싸움 아니오? 그래도 싸움은 싸움이니까 옆에 있다간 다칠 수도 있겠지!"

픽스는 이런 대목에서는 웃어야 한다고 생각했다. 이 세 사람은 이 싸움판에 끼어들지 않고 멀리서 지켜보기 위해 몽고

메리 가 위쪽에 위치한 계단의 맨 위 층계참에 자리를 잡았다. 이들 앞으로 도로 건너편의 석탄 창고와 석유 상점 사이에 커다란 야외 집회 장소가 펼쳐져 있었고, 다양한 군중들이 물 흐르듯 이곳으로 모여들고 있었다.

무슨 집회일까? 어떤 행사가 열리는 걸까? 필리어스 포그는 전혀 알 수가 없었다. 혹시 고급 공무원이나 주지사 아니면 주의회 의원을 뽑는 걸까? 이렇게 추측하는 건 도시 전체를 휩쓸고 있는 범상치 않은 활기 때문이었다.

바로 이때 군중 속에서 상당한 동요가 일었다. 일제히 공중으로 손을 치켜들었다. 굳게 주먹을 쥔 몇몇 손들이 함성에 맞춰 재빨리 올라갔다 내려갔다를 되풀이했다. 자신들의 의사를 표현하는 강력한 몸짓인 것 같았다. 그러자 뒤에 있던 군중들이 여기에 호응했다. 깃발들이 흔들렸고, 잠깐 사라지는가 싶더니 너덜너덜해진 채 다시 나타났다. 인파의 출렁거림이 이들이 있는 계단까지 전달되었다. 북적거리는 군중들의 머리가 갑자기 스콜을 맞은 바다 표면에 이는 하얀 포말(물거품)처럼 보였다. 이 북새통에서 모자의 수가 줄어들었고, 그나마 남은 것들도 납작하게 눌려 있었다.

“명백한 정치 집회로군요!” 픽스가 말했다. “뭔가 중요한 문제인 것 같아요. 비록 해결되긴 했지만 알라바마호 사건에 관한 문제일지도 모르겠어요.”

"아마도." 필리어스 포그가 냉담하게 대답했다.

"어쨌든 두 명의 챔피언, 그러니까 캐머필드와 맨디보이가 시합을 벌이는 거군요."

필리어스 포그의 팔짱을 낀 아우다 부인은 이 혼란스런 광경에 놀라 바라보고 있었다. 픽스는 옆에 있던 사람에게 다가가 군중들이 흥분해 있는 이유를 물었다. 이때 한층 더 뚜렷한 움직임이 보였다. 욕설들이 터져 나오는 가운데 만세 소리가 더욱 커졌다. 그러자 깃발들을 꽂은 깃대가 사나운 무기로 돌변했다. 손들은 보이지 않고 도처에 주먹들만 난무했다. 멈춰 선 마차 위에서도, 진로를 벗어난 자동차 위에서도 심한 난타전이 벌어졌다. 모든 것이 포탄이 되어 날아다녔고, 장화와 구두들이 포물선을 그리며 허공을 갈랐다. 심지어 권총들은 군중들의 고함 소리를 파고들며 이곳이 미국 땅임을 알려주었다.

인파가 계단 근처까지 접근하더니 계단 아래단부터 올라오고 있었다. 둘 중 한쪽이 몰리고 있는 게 분명했다. 단순한 구경꾼들로서는 두 진영 중 어느 쪽이 유리한지 알 도리가 없었다.

픽스가 말했다. "그만 자리를 뜨는 게 좋을 것 같군요. 이 모든 게 영국과 관련되어 있다면, 우리 정체를 알았을 때 저들은 우릴 가만두지 않을 겁니다!" 픽스가 말했다. 그의 관심

은 오로지 '자신의 범인' 이 해를 입거나 나쁜 일에 연루되지 않도록 하는 것뿐이었다.

"영국 시민이……." 필리어스 포그가 대답했다.

이 신사는 미처 말을 맺지 못했다. 그의 뒤쪽으로 계단 앞 테라스에서 무시무시한 함성이 터져 나왔기 때문이다. "만세! 만세! 맨디보이 만만세!" 말하자면 이들은 맨디보이의 구원 부대로 캐머필드 지지자들을 측면에서 공격했던 것이다.

포그 씨와 아우다 부인과 픽스는 두 진영 사이에 낀 상태가 되었고, 이미 피하기엔 너무 늦어 버렸다. 끝에 징을 박은 지팡이와 곤봉도끼로 무장한 채 몰려드는 이 인파를 어찌 해 볼 수가 없었기 때문이다. 필리어스 포그와 픽스는 젊은 부인을 보호하며 이리저리 정신없이 떠밀렸다. 하지만 평소와 다름없이 침착한 포그 씨는 자연히 모든 영국인의 팔 끝에 달아 놓은 천연 무기들을 가지고 방어하려 했지만 소용없는 일이었다. 이때 넓은 어깨에 붉은 수염을 단, 무리의 수장으로 보이는 혈색 좋은 건장한 남자가 포그 씨를 향해 강력한 주먹을 들어 올렸다. 만약 픽스가 희생하여 이 주먹을 대신 받지 않았더라면 신사는 중상을 입었을 것이다. 형사의 비단 모자는 요리사 모자로 변해 버렸고, 그 아래로 순식간에 엄청나게 큰 혹이 부풀어 올랐다.

"양키 놈!" 경멸의 시선을 던지며 포그 씨가 말했다.

"영국 놈!" 또 다른 이가 응수했다.

"어디 두고 봅시다!"

"언제든지, 이름이?"

"필리어스 포그요. 그쪽은?"

"스탬프 프록터 대령이오."

이렇게 말한 후 인파는 사라졌다. 픽스는 넘어졌다가 다시 일어섰다. 옷은 다 찢겨 너덜너덜했지만 심한 타박상은 없었다. 여행용 코트는 두 조각이 났고 바지는 어떤 인디언들이 유행으로 입는다는 엉덩이 부분을 잘라 낸 반바지로 변해 버렸다. 결국 두 사람 덕분에 아우다 부인은 화를 면했지만, 픽스만 한 방 얻어맞은 셈이었다.

군중들로부터 벗어나자마자 포그 씨가 형사에게 말했다.

"고맙소."

"천만에요. 가시죠."

"어디로?"

"양복점이오."

이 제안은 아주 적절했다. 사실상 필리어스 포그와 픽스의 옷은 거의 누더기나 다름없었기 때문이다. 모르는 사람이 보았더라면 두 사람이 각각 캐머필드와 맨디보이의 편에 서서 피 터지게 싸웠다고 생각했을 것이다.

한 시간 후 이들은 새 옷, 새 모자로 단정하게 차려입고 인터내셔널 호텔로 돌아왔다.

한편 파스파르투는 중앙 발화식 6연발 권총 여섯 자루로 무장한 채 주인을 기다리고 있었다. 그는 픽스가 주인과 함께 있는 걸 보고 표정이 굳어졌다. 그러나 아우다 부인이 그사이 일어났던 일들을 몇 마디로 요약해서 들려주자 그는 마음이 가라앉았다. 분명 픽스는 더 이상 적이 아니라 동맹이었다. 그는 약속을 지켰던 것이다.

저녁 식사를 마쳤을 때, 이 여행객들과 짐 꾸러미들을 역까지 운반할 마차가 왔다. 마차에 올라타려는 순간 포그 씨가 픽스에게 말했다.

"프록터 대령을 다시 보지 못했죠?"

"예. 못 봤습니다."

"미국으로 돌아와 다시 그를 찾을 거요. 영국 시민을 이런 식으로 취급하다니 가만두지 않겠어."

픽스는 미소만 지을 뿐 대답이 없었다. 그러나 이미 보았듯 포그 씨는 명예를 지키는 일이라면, 이들 나라에서 결투가 허용되지 않는다면 외국에 나가서라도 끝장을 보고야 말 그런 부류의 영국인이었다.

15분 전 6시, 여행객들은 역에 닿았다. 떠날 준비를 하고 있는 열차가 보였다.

포그 씨는 열차에 오르려다가 역무원에게 손짓을 하더니

그에게로 다가갔다.

"이보시오, 오늘 이곳에 약간의 소동이 있지 않았소?"

"집회가 있었습니다."

"하지만 거리마다 흥분한 사람들로 북적거리던데요?"

"그냥 단순한 선거 집회였습니다."

"혹시 총사령관 선거였나?"

"아니오. 치안 판사를 뽑는 거였죠."

곧이어 필리어스 포그는 객차에 올랐고, 기차는 전속력으로 달리기 시작했다.

26
태평양 철도의 급행열차를 타다

'대양에서 대양까지' 라고 미국인들은 말한다. 이 말은 미 대륙을 가장 길게 횡단하는 '대동맥' 에 대한 일반적인 명칭이다. 그러나 실제로 '태평양 철도' 는 별개의 두 부분, 즉 샌프란시스코와 오그던을 잇는 '중부 태평양' 철도와 오그던과 오마하를 잇는 '연합 태평양' 으로 나뉘어져 있다. 여기서부터 연결되어 있는 다섯 개의 지선은 오마하와 뉴욕 사이를 빈번히 오갈 수 있도록 해 준다.

따라서 현재 뉴욕과 샌프란시스코는 6천 킬로미터 이상을 중단 없이 연결하는 금속 띠로 묶여 있는 셈이다. 오마하와 태평양 사이의 철도는 여전히 인디언들이나 맹수들이 자주 출몰하는 고장을 지나게 된다. 이 광대한 땅은 1845년경 일리노이 주에서 쫓겨난 모르몬 교인들이 개척하기 시작했다.

예전에는 상황이 가장 좋은 때라도 뉴욕에서 샌프란시스코까지 가는 데 여섯 달이나 걸렸었다. 하지만 지금은 단 7일이면 가능하다.

철도 노선이 더 남쪽으로 지나가길 원했던 남부 대표자들의 반대에도 불구하고 철로는 북위 41도에서 42도 사이를 지나게 되었고, 이때가 바로 1862년이었다. 이 네브라스카 주 오마하 시를 새 철도의 시발점으로 정한 사람은 후대에도 계속 사랑을 받고 있는 바로 링컨 대통령이었다. 작업은 즉시 착수되었고 '미국식 업무 실행' — 서류 절차가 까다롭지도 않고 관료주의적이지도 않은 — 으로 공사는 더욱 탄력을 받았다. 작업이 신속하게 진행되는 것이 절대로 부실 공사를 의미하는 건 아니었다. 중앙 평원에서는 하루에 2.5킬로미터 속도로 작업이 진척되었다. 기관차는 전날 놓은 선로 위를 지나며 다음날 필요한 레일을 가져왔다. 이런 식으로 철로가 뻗어나감에 따라 기차도 따라 달렸다.

태평양 철도는 도중에 아이오와 주, 캔자스 주, 콜로라도 주, 오리건 주에 몇 개의 분기점들이 놓여 있다. 오마하를 떠나 기차는 플랫 강의 왼쪽 기슭을 따라 달려 북쪽 지류의 하구까지 이른다. 남쪽 지류를 따라서는 래러미 산맥과 워새치 산맥을 통과하고, 그레이트솔트 호를 돌아 모르몬교의 중심지 솔트레이크시티에 이른다. 거기서 투일라 계곡으로 접어들어 그레이트솔트레이크 사막과 시더 산, 훔볼트 산, 훔볼트 강, 시에라네바다 산맥을 따라가다 새크라멘토를 거쳐 태평양으로 다시 내려온다. 이 노선은 로키 산맥을 통과할 때도 일 킬로미터당 20미터의 경사를 넘지 않는다.

이것이 기차가 7일 동안 주파하는 대동맥의 노선이다. 이로써 필리어스 포그는 11일 뉴욕에서 리버풀행 정기여객선을 탈 수 있을 것이다. 최소한 그는 그렇게 되길 바라고 있었다.

필리어스 포그가 타고 있는 객차는 일종의 합승 자동차로 각각 바퀴가 넷 달린 두 개의 차대로 이루어져 있었다. 이 바퀴들의 유연성이 좁은 반경의 커브 길을 무리 없이 잘 돌 수 있게 해 주었다. 객차 내부에는 칸막이 객실은 없었다. 중간에 통로를 축으로 직각을 이루며 양쪽에 두 줄의 좌석이 놓여 있었다. 이 통로는 객차마다 달려 있는 화장실이나 또 다른 곳으로 이동할 수 있는 공간이었다. 객차는 트랩(연결 통로)을 통해 서로 이어져 있어서 승객들은 기차의 앞쪽에서부터 끝까지 돌아다닐 수가 있었다. 이로 인해 휴게실, 전망실, 식당, 카페 등을 마음대로 이용할 수 있었다. 한마디로 기차 안에는 공연장을 제외하고는 부족한 게 없었다. 그러나 언젠가 이것마저 생길 것이다.

연결 통로들을 통해 책과 잡지를 파는 상인들이 끊임없이 돌아다녔고, 술이나 음식, 담배를 파는 사람들도 적지 않은 단골을 확보하고 있었다.

저녁 6시 여행객들은 오클랜드 역을 출발했다. 날은 이미 어두워져 있었다. 춥고 어두운 밤이었다. 하늘은 금방이라도 눈이 내릴 듯 구름이 잔뜩 끼어 있었다. 기차는 속력을 크게 내진 않았다. 고장에 대비해 시속 32킬로미터 이상을 넘진 않았지만 충분히 정해진 시간에 미국을 횡단할 수 있는 속도였다.

승객들은 거의 말이 없었다. 게다가 이들은 곧바로 잠에 곯아떨어질 것이다. 파스파르투는 픽스 옆 자리에 앉아 있었지만 말을 걸지 않았다. 최근 몇몇 사건들 이후 두 사람의 관계는 눈에 띄게 냉랭해져 있었다. 공감도, 친밀함도 찾아볼 수 없었다. 픽스는 예전에 비해 달라진 게 없었지만 파스파르투는 그 반대였다. 티끌만큼의 의혹이라도 보이면 금방이라도 옛 동지의 목을 조를 듯한 태도로 말수가 극히 적었다.

기차가 출발한 지 한 시간이 지나 눈이 내렸다. 다행히 고운 눈으로 기차의 운행을 방해할 정도는 아니었다. 창문 밖으로는 광대하게 펼쳐진 눈과 그 위로 기관차가 내뿜는 희끄무레한 연기밖에 보이질 않았다. 연기는 소용돌이치며 공중으로 퍼져 나갔다.

8시에 승무원이 객차 안으로 들어와 취침 시간이 되었음을 알렸다. 이 객차는 침대차로서 몇 분 후면 공동 침실로 바뀔 것이다. 의자의 등받이들을 접고 교묘한 방법으로 간이침대들을 펼치자 순식간에 즉석에서 침실이 만들어졌다. 승객들은 모두 자기 자리에서 편안한 침대를 갖게 되었고 두꺼운 커튼이 귀찮은 시선들을 가려 주었다. 시트는 하얗고 베개는 푹

신폭신했다. 잠을 자기 위해 더 이상 필요한 건 없었다. 모두들 마치 여객선의 편안한 선실에서 잠을 자는 듯했다. 그동안 기차는 전속력으로 캘리포니아 주를 통과하고 있었다.

샌프란시스코와 새크라멘토 사이에 펼쳐져 있는 땅은 기복이 거의 없었다. 이 부분은 '중부 태평양 철도'에 속하는 구간으로 새크라멘토를 출발하여 오마하를 출발한 철도와 만나는 지점에서 동쪽으로 뻗어 나갔다. 샌프란시스코에서 캘리포니아의 주도(새크라멘토)까지, 철도는 산파블로 만으로 흘러드는 아메리카 강을 따라가며 곧장 북동쪽으로 뻗어 있었다. 2백 킬로미터에 이르는 두 주요 도시 사이의 거리는 여섯 시간 내에 주파되었다. 자정 무렵, 승객들이 잠든 지 얼마 되지 않아 기차는 새크라멘토를 통과했다. 이들은 캘리포니아 주의 소재지인 이 도시의 어떤 것도 보질 못했다. 아름다운 부두도, 넓은 도로도, 멋진 호텔들도, 광장들도, 교회들도.

새크라멘토를 떠나 기차는 정션, 로친, 오번, 콜팩스 역을 지나 시에라네바다 산악 지대로 들어섰다. 아침 7시, 기차는 시스코 역을 통과했다. 한 시간 후 공동 침실은 다시 일반 객실로 바뀌었고 승객들은 창문으로 이 산악 지방의 그림 같은 풍경들을 엿볼 수 있었다. 시에라 산맥의 변덕스런 지형에 따라 철로는 산허리에 걸려 있기도 하고 벼랑 위에 매달려 있기도 했다. 또한 크게 커브를 틀어 가파른 경사지를 피하기도 하고, 출구가 없을 것 같은 협곡으로 들어가기도 했다. 기관차는 마치 성골함처럼 반짝거렸고, 엷은 황갈색 빛을 내뿜는 커다란 전조등, 은빛 나는 종, 박차처럼 앞으로 튀어나온 장애물 제거용 '밀치개'를 갖추고 있었다. 기적 소리와 노호하는 듯한 긴 소음은 급류나 폭포 소리와 섞였고, 기관차가 내뿜는 연기는 검은 전나무 가지 위에서 비틀거렸다.

이 구간에는 터널이 거의 없거나 전혀 없었고, 다리도 없었다. 철로는 가장 짧은 길을 찾으려 하지도 자연을 거스르지도 않은 채 산허리를 감싸 안고 빙 돌았다.

9시경, 카슨 계곡을 거쳐 여전히 북동쪽을 향한 채 네바다 주로 들어갔다. 기차는 정오에 리노를 떠났다. 여기서 승객들은 점심을 먹기 위해 20분 정도의 휴식을 가졌다.

이 지점부터 철로는 훔볼트 강을 따라 북쪽으로 몇 킬로미터를 올라갔다. 그런 다음 동쪽으로 휘어져 훔볼트 산맥에 도달할 때까지 계속 강물을 따라갔다. 훔볼트 산맥은 이 강의 발원지로 네바다 주의 거의 동쪽 끝에 위치해 있었다.

점심을 마친 후 포그 씨와 아우다 부인과 이들의 동행은 객차로 다시 돌아왔다. 네 사람은 편안하게 앉아 눈앞으로 스쳐 지나가는 풍경들을 바라보았다. 광대한 평원, 수평선에 윤곽을 드러낸 산봉우리들, 거품에 쌓여 흐르는 작은 시내들. 가끔 멀리서 거대한 들소 떼들이 집결하여 이동하는 모습은 마

치 움직이는 제방처럼 보였다. 이 동물들은 엄청난 수가 떼를 지어 다니며 종종 기차의 통행에 곤란한 장애물이 되곤 했다. 수천 마리의 들소 떼가 밀집된 대열을 유지한 채 몇 시간에 걸쳐 철로 위를 지나가기도 했다. 기관차는 멈춰 서서 철로가 이들로부터 벗어날 때까지 기다리는 수밖에 없었다.

똑같은 일이 이번에도 일어났다. 오후 3시경, 1만 내지 1만 2천 마리가량의 들소 떼가 철로를 점거해 버렸던 것이다. 기차는 속력을 낮춘 후 이 거대한 대열의 옆구리에다 밀치개를 들이대려고 해 보았지만 전혀 뚫고 들어갈 수가 없었다. 그저 멈춰 설 수밖에 없었다.

사람들은 이 반추동물들이 — 미국인들은 버팔로라고 부르는데 적절한 명칭은 아니다 — 조용한 걸음으로 가끔 무시무시한 울음소리들을 내면서 지나가는 걸 바라보고 있었다. 이 동물들은 유럽 황소보다 더 체격이 좋고, 다리와 꼬리는 짧고, 어깨뼈 사이에는 근육질의 혹이 솟아 있고, 두 뿔은 뿌리 부분의 간격이 벌어져 있고, 머리, 목, 어깨는 긴 갈기로 뒤덮여 있었다. 이들의 이동을 중단시킬 생각은 꿈에라도 하지 않는 편이 좋다. 들소들은 일단 방향을 정하면 그 어떤 것도 이들의 진로를 벗어나게 하거나 변경시킬 수 없기 때문이다. 이들은 어떠한 제방도 버틸 수 없는 살아 움직이는 폭포 그 자체였다.

승객들은 연결 통로 위에 여기저기 흩어져 이 진풍경을 흥미롭게 바라보고 있었다. 그러나 정작 누구보다도 더 초조해야 할 필리어스 포그는 버팔로들이 길을 내줄 마음이 내킬 때까지 기다리겠다는 듯 태연했다. 파스파르투는 이 짐승들 때문에 기차가 지연되는 것에 몹시 화가 났다. 마음 같아선 이 무리를 향해 권총을 갈겨 버리고 싶었을 것이다.

"무슨 놈의 나라가 이래!" 그가 소리쳤다. "하찮은 소 떼가 기차를 막아서다니! 일부러 몰아내지 않으면 서두르지도 않고 천천히 기어갈 모양이야! 주인님은 정말 이런 장애물까지도 계산하고 있었던 걸까? 기관사는 이 거추장스런 놈들을 당장 기차 머리로 받아 버리지 않고 뭘 하는 거야?"

기관사는 이 방해물을 건드릴 생각이 전혀 없었다. 그는 신중하게 행동했다. 기관차의 박차로 밀어붙인다면 처음 몇 마리는 쓰러뜨릴 수도 있을 것이다. 그러나 기차가 아무리 튼튼하다 해도 바로 탈선해 버리거나 고장이 나 그 자리에서 오도가도 못하게 될 것이다.

따라서 참을성 있게 기다리는 게 상책이다. 이미 낭비해 버린 시간은 다시 속도를 높여 만회하면 될 것이다. 들소 행렬은 족히 세 시간이 넘게 지속되었고 밤이 되어서야 비로소 철로는 들소들로부터 벗어나게 되었다. 이때 무리의 마지막 열이 철로를 가로질렀고 선두는 남쪽 지평선 아래로 사라지고 있었다.

결국 기차는 8시에 훔볼트 산맥의 좁은 길들을 건넜고, 9시 30분, 대호수 그레이트솔트 호의 고장이자 모르몬교도들의 근거지인 유타 땅으로 들어섰다.

27
파스파르투, 시속 30킬로미터로 달리며 모르몬교의 역사를 듣다

12월 5일과 6일 이틀 동안 기차는 남동쪽으로 약 80킬로미터의 공간을 달렸다. 그리고는 그레이트솔트 호를 향해 다가가며 북동쪽으로 그만큼의 거리를 다시 올라갔다.

아침 9시경 파스파르투는 바람을 쐬려고 연결 통로로 나왔다. 날씨는 추웠고 하늘은 흐려 있었다. 그러나 눈은 더 이상 내리지 않았다. 안개 속에서 커져 보이는 태양의 원판이 거대한 금화처럼 보였다. 파스파르투는 이 거대한 금화를 돈으로 환산하면 얼마나 될지 계산에 몰두하고 있었다. 이때, 아주 이상한 사람의 출현으로 주의가 산만해지고 말았다.

엘코 역에서 기차에 탔던 이 인물은 큰 키에 짙은 갈색 머리, 검은 콧수염, 검은 양말, 검은 비단 모자, 검은 조끼, 검은 바지, 흰 넥타이에 개가죽 장갑을 끼고 있었다. 언뜻 보아 목사처럼 보였다. 그는 기차 첫째 칸부터 마지막 칸까지 지나가며 객차 문마다 봉함용 풀을 가지고 손으로 쓴 공고 한 장을 붙였다.

파스파르투는 다가가 메모를 읽어 보았다 :

"모르몬교 선교사인 존경하는 윌리엄 히치 장로가 48호 열차에 타게 된 기회를 이용해 11시에서 12시까지 117호 객차에서 모르몬교에 관한 강연을 엽니다. '말일성도교회' 의 교리를 배우고자 하는 모든 신사분들을 강연에 초대합니다."

파스파르투는 당연히 가 보아야겠다고 속으로 생각했다. 그는 이 종교가 일부다처제를 유지하고 있다는 것 이외에는 아무것도 몰랐다.

이 소식은 백여 명의 승객들이 타고 있는 열차 내로 빠르게 퍼졌다. 이 승객들 중 기껏해야 30명 정도가 강연이라는 미끼에 유인되어 11시에 117호 객차로 몰려갔다. 파스파르투는 열렬한 신자처럼 첫 번째 줄에 자리를 잡았다. 그러나 그의 주인이나 픽스는 자리를 뜨려 하질 않았다.

정각 11시에 윌리엄 히치 장로가 자리에서 일어나더니 매우 들뜬 목소리로 마치 앞서 누군가로부터 반박을 받기라도 한 듯 크게 외쳤다.

"분명 조셉 스미스(모르몬교의 창시자)는 순교자였고, 그의 형제 하이럼도 순교자였습니다. 이 순교자들에 대한 미합중국 정부의 박해는 브리검 영을 또한 순교자로 만들 것입니다! 감히 누가 이것을 반박할 수 있단 말입니까?"

아무도 감히 이 선교사의 말을 반박하려 하지 않았다. 흥분한 그의 모습은 타고난 차분한 외모와는 아주 대조적이었다. 그러나 모르몬교가 그동안 가혹한 시련을 겪었다는 사실을 안다면 그의 분노는 어쩌면 이해될 수도 있을 것이다. 사실, 연방 정부는 이 독자적인 광신도들의 수를 줄이는 데 가까스로 성공을 거두었다. 연방 정부는 유타를 진압한 뒤 브리검 영을 투옥시킨 후 모르몬교도들에게 연방법을 따르도록 했다. 브리검 영은 반란죄와 중혼죄의 혐의를 받고 있었다. 그 이후 그의 제자들은 그의 석방을 위해 더욱 노력했고, 판결을 기다리며 의회의 주장에 설교로써 항거하고 있었다.

그래서 윌리엄 히치 장로는 기차 안에서까지 열성적으로 포교를 했다.

그는 자신의 이야기에 청중을 집중시키기 위해 갑자기 목소리를 확 높이고 격렬한 몸짓을 해 가며 성서시대 이후 모르몬교의 역사에 관한 이야기를 하기 시작했다.

이스라엘에서 요셉 지파에 속했던 예언자 모르몬이 새로운 종교의 연대기들을 발행했고, 이것을 자신의 아들 모로니에게 남겨 주었다는 것, 그후 수세기가 지난 뒤 이집트 상형문자로 쓰인 이 성서가 1825년 신의 예언자로 자처하고 나선 버몬트 주의 농부 조셉 스미스 2세에 의해 번역되었다는 것, 마지막으로 하늘의 사자(使者)가 빛나는 숲 속에 나타나 주님의 연대기들을 그에게 건네주었다는 것 등을 이야기했다.

이때 이런 과거사에 별 흥미를 느끼지 못한 몇몇 청중들이 자리를 떴다. 그러나 윌리엄 히치는 개의치 않고 어떻게 스미스 2세가 아버지와 두 형제와 몇몇 제자들을 모아 '말일성도교회' 라는 종교를 만들게 되었는지를 계속해서 설명했다. 이 종교는 미국뿐 아니라 영국, 스칸디나비아, 독일에까지 전파되었으며 신자들 가운데는 장인(匠人)들은 물론 전문직에 종사하는 사람들이 많이 포함되어 있었다. 이어서 이들의 집단 공동체가 오하이오에 정착하게 된 이야기와 20만 달러의 비용으로 교회가 세워지고 커틀랜드에 도시가 건설된 이야기, 대담한 은행가가 된 스미스에 관한 이야기, 서커스에서 미라를 다루는 어떤 사람에게 아브라함과 또 다른 유명한 이집트인들이 쓴 이야기를 담은 파피루스를 얻은 이야기를 했다.

강연이 길어지자 청중석은 듬성듬성해졌고, 단지 20여 명만이 남게 되었다.

그러나 이 장로는 청중의 이탈에는 관심도 없이 더 자세한 이야기를 하기 시작했다. 조셉 스미스가 1837년 파산하게 된 이야기와 파산한 주주들이 그에게 타르를 바르고 깃털 속에 굴렸다는 것과 몇 해 후 그는 미주리 주 인디펜던스에서 이전보다 더 많은 존경과 영예를 얻고, 3천 명 이상의 신도를 가진 번창한 공동체의 수장이 되었지만, 이방인들의 증오를 사서 먼 서부로 도망가야만 했다고 했다.

아직 열 명의 청중이 남아 있었고 이들 가운데 파스파르투도 있었다. 그는 귀를 기울여 주의 깊게 듣고 있었다. 이렇게 해서 그는 오랜 박해 끝에 스미스가 일리노이에 다시 나타났고 1839년 미시시피 강가에 노보라벨이란 도시를 세웠으며 인구가 2만 5천 명에 이르게 되었다는 것, 스미스가 이 도시의 시장 겸 최고판사 겸 총사령관이 되었다는 것, 1843년 미대통령 선거에서 후보로 나섰다는 것, 하지만 결국 카시지에서 계략에 빠졌고 투옥되어 마침내 얼굴을 가린 무리에 의해 암살되었다는 사실들을 알게 되었다.

이야기가 여기에 이르렀을 때 이제 남은 건 파스파르투 한 사람뿐이었다. 장로는 맞은편에 앉은 그를 바라보며 말로써 사로잡기라도 하듯 이야기를 이어 갔다. 스미스가 암살된 지 2년 후 그의 후계자이자 계시를 받은 예언자 브리검 영이 노보라벨을 버리고 그레이트솔트 호 연안으로 와서 정착했고, 이 훌륭한 땅 위에, 새로운 개척지 캘리포니아로 가기 위해 유타를 가로지르는 이민자들의 길목에 위치한 이 비옥한 고장에서 모르몬교의 일부다처제의 교리 덕택에 큰 발전을 이루게 되었다는 것이었다.

윌리엄 히치가 계속해서 말했다. "의회가 우리를 불신하는 것도 연방정부의 군대가 이 유타 땅을 짓밟았던 것도 바로 이런 이유입니다! 바로 이 때문에 우리의 지도자인 예언자 브리검 영이 부당하게 투옥되었던 겁니다! 힘으로 우릴 누를 수 있을까요? 천만에! 결코 그럴 수 없을 겁니다. 버몬트에서 쫓겨나고, 일리노이에서, 오하이오에서, 미주리에서, 유타에서 쫓겨났지만 우리는 또 우리의 천막을 칠 독립적인 땅을 다시 찾을 거니까요." 장로는 유일한 청중인 파스파르투에게 격노한 시선을 고정시키며 말했다. "충성스런 신자여, 당신도 우리의 깃발 아래 당신의 천막을 쳐 보겠소?"

"아니오, 싫습니다." 파스파르투는 용감하게 대답했다. 그리고는 그마저 신들린 설교자를 사막에 내버려 둔 채 도망치고 말았다.

강연이 진행되는 동안에도 기차는 빠르게 달렸다. 낮 12시 30분경 그레이트솔트 호의 북서쪽 지점에 이르렀다. 거기서는 이 호수의 광대한 주변과 '죽음의 바다(사해)' 라는 별칭이 붙어 있는 내해의 전체적인 모습을 볼 수 있는데, 미국의 요르단 강이 바로 이 내해로 흘러들고 있었다. 경탄할 만한 이 호수는 아름다운 천연의 바위들로 둘러싸여 있고 수면과 닿는 바위 아래쪽엔 하얀 소금 층이 덮여 있다. 이 호수의 표면적은 이전에는 훨씬 더 넓은 공간을 차지하고 있었다. 하지만 세월이 흐르면서 가장자리가 조금씩 상승하고 수심이 깊어져 현재 모습으로 줄어든 것이다.

길이가 약 110킬로미터, 너비가 약 55킬로미터에 이르는 그레이트솔트 호는 해발 1,160미터에 위치해 있었다. 해수면 보다 360미터나 낮은 아스팔티트 호(중동의 사해)와는 달리 이 호수는 염분이 상당히 많아, 이것을 고체 상태의 결정으로 만들면 물 무게의 1/4이나 된다. 증류수의 비중이 1천이라면 이 호수의 비중은 1,170이다. 따라서 여기서는 물고기들이 살 수가 없다. 요르단 강이나 베버 강, 그리고 또 다른 작은 시내에서 흘러들어 온 물고기들은 여기서 곧바로 죽어 버린다. 그러나 물의 밀도가 높아 사람이 뛰어들어도 괜찮다는 말은 사실이 아니다.

호수 주변에는 들판이 아주 보기 좋게 경작되어 있었다. 사실 모르몬교도들은 농사일에 매우 정통한 사람들이다. 목장과 가축우리, 밀밭, 옥수수밭, 수수밭, 무성한 초원, 곳곳에서 보이는 들장미 울타리, 아카시아와 버들옻 군락지 등등, 이것이 바로 6개월 후에 펼쳐질 고장의 모습이다. 그러나 지금, 땅은 가볍게 분을 바른 듯 얇게 쌓인 눈 아래 숨어 있었다.

2시에 승객들은 오그던 역에서 내렸다. 기차는 6시가 되어야 다시 출발할 것이다. 따라서 포그 씨 일행은 이 역에서부터 갈라지는 지선을 타고 '성자들의 도시(솔트레이크시티)'를 둘러볼 생각이었다. 미연방의 모든 도시들을 모방해서 세운, 완벽하게 미국적인 이 도시를 돌아보는 데는 두 시간이면 충분했다. 미국의 모든 도시들은 마치 거대한 체스판처럼 아기자기한 맛이 전혀 없는 긴 직선으로 구획되어 있는데, 빅토르 위고의 표현에 따르면 '직각의 침통한 슬픔'이 서려 있었다. 이 도시의 건설자는 앵글로색슨인들의 특징인 대칭의 욕구를 피해갈 수 없었던 모양이다. 이 독특한 나라에서는 확실히 좋은 제도에 비해 사람들이 그 수준에 미치지 못하며, 모든 것이 도시든, 집이든, 심지어 장난질까지도 '네모나게' 이루어지고 있었다.

3시에 승객들은 거리를 한가로이 돌아다녔다. 이 도시는 요르단 강과 워새치 산맥의 첫 번째 봉우리 사이에 세워져 있었다. 교회는 거의 찾아볼 수 없었지만, 예언자의 집, 법원, 병기고 같은 건축물들이 눈에 띄었다. 다음으로 베란다와 발코니가 달린 푸르스름한 벽돌집들이 보였는데, 아카시아나무, 사과나무, 캐롭나무 등이 심어진 정원으로 둘러싸여 있었다. 1853년 건축된 성벽은 점토와 자갈로 만들어졌으며 도시를 감싸 안듯 둘러싸고 있었다. 중심가엔 시장이 자리 잡고 있었고, 깃발들로 장식된 큰 건물들이 있었는데 특히 솔트레이크 하우스(솔트레이크 의회)가 눈에 띄었다.

포그 씨와 일행은 도시에 사람들이 그리 많지 않다는 생각을 했다. 사원 부근을 제외하고는 인적이 뜸했다. 이들은 울타리가 쳐진 몇 개의 구역을 지난 후에야 비로소 이 사원에 도착할 수 있었다. 이곳에는 무엇보다 여자들이 상당히 많았는데, 모르몬 가정의 독특한 모습을 보여 주는 듯했다. 그렇다고 해서 모든 모르몬교도들이 다 일부다처제를 실천하고 있는 건 아니라는 점을 알아야 한다. 선택은 자유이며 여성도 독신으로 있을 수 있다. 하지만 유타 주의 여성들은 더욱 결혼에 집착을 한다. 왜냐하면 자신들이 믿는 종교에 따라, 모르몬 신이 독신 여성에게는 결코 천복을 허락하지 않는다는 것을 알기 때문이다. 독신 여성들은 유복해 보이지도 행복해 보이지도 않았다. 가장 부유해 보이는 여자들조차도 허리가 트인 검은 실크 재킷을 입고 매우 검소한 두건이나 숄을 두르고 있었고, 다른 여자들은 거의 인디언이나 다름없는 차림새였다.

파스파르투는 철저한 독신주의자로, 한 남자의 행복을 위해 여럿이 책임을 맡고 있는 이 여자 교도들을 약간 두려운 마음으로 바라볼 수밖에 없었다. 그의 상식으로, 누구보다도 가장 불쌍한 사람은 그 남편이었다. 환희의 천국을 더욱 빛내고 있을 영광스런 스미스와 함께 이 천국에서 영생을 누릴 거라는 소망을 안고, 그 많은 부인들을 동시에 거느리고 평생 이끌어 주고 또 모르몬의 천국까지 인도해야 한다는 사실이 그에겐 끔찍해 보였다. 결정적인 이유는 그가 그런 소명을 느끼지 못한다는 것이다. 그는 이 솔트레이크시티의 여자들이 자신에게도 추파의 눈길을 던지고 있다고 생각했다. 물론 그

의 착각이었는지도 모른다.

아주 다행스럽게도 이 성자의 도시에서는 그리 오래 머물지 않았다. 4시가 다 되어 갈 무렵, 승객들은 역으로 다시 돌아와 객차에 자리를 잡았다.

기적이 울렸다. 기관차의 바퀴가 철로 위를 미끄러지면서 속력을 가하기 시작하는 순간 누군가 외치는 소리가 들렸다.

"멈추시오! 멈추시오!"

그러나 이미 속력이 붙은 기차는 멈추지 않았다. 이 외침의 주인공은 출발 시간을 놓쳐 버린 어떤 모르몬교도였다. 그는 숨을 헐떡거리며 달려왔다. 다행히 역에는 문도 울타리도 없었다. 그는 철로 위로 달려들어 마지막 객차의 발판 위로 뛰어올랐다. 그리고는 의자에 털썩 주저앉으며 가쁜 숨을 몰아쉬었다.

그와 같은 심정으로 곡예 같은 이 행동을 쭉 지켜보았던 파스파르투는 이 지각생을 한참 동안 바라보았다. 그는 이 유타 시민이 부부싸움 끝에 이렇게 도망쳐 왔다는 사실을 알고는 무척 흥미를 느꼈다.

이 모르몬교도가 한숨을 돌리자 파스파르투는 대담하게도 그에게 부인이 몇 명인지, 아니면 독신인지를 정중히 물었다. 도망쳐 나온 걸로 보아 적어도 부인이 한 20여 명은 될 거라 생각했던 것이다.

"한 명이오." 그 모르몬교도는 하늘로 팔을 치켜들며 대답했다. "한 명으로도 지긋지긋하다구요!"

28
파스파르투,
자신의 타당한 생각을 이해시키지 못하다

솔트레이크시티와 오그던 역을 떠난 기차는 북쪽으로 한 시간 동안을 달려 베버 강에 이르렀다. 샌프란시스코에서부터 약 1천5백 킬로미터를 달려온 셈이다. 이 지점에서 기차는 동쪽으로 방향을 틀어 워새치 산맥의 험준한 산악 지대를 통과했다. 미국 기술자들이 철도를 놓으면서 가장 심각한 난관에 부딪혔던 곳이 바로 이 산악 지대로, 정확히 말해 이 산맥과 로키 산맥 사이의 구간이었다. 따라서 이 구간은 평지에서는 1만 6천 달러밖에 되지 않던 연방정부의 보조금이 마일당 4만 8천 달러로 올라갔다. 그러나 앞서 말했듯, 기술자들은 자연을 거스르지 않고 장애물들을 교묘히 피해 가며 오히려 이것을 이용하는 전략을 썼다. 대분지에 이르기까지 전체 길이가 4천2백 킬로미터나 되는 이 철로에서 단 하나의 터널만이 뚫려 있었다.

지금까지 코스 중 가장 높은 고도에 위치한 것은 그레이트 솔트 호였다. 여기서부터 철로는 매우 완만한 곡선을 그리며 비터크릭 계곡까지 내려오다가 다시 대서양과 태평양이 나뉘는 지점까지 올라간다. 이 산악지방에는 계곡을 흐르는 하천들이 무수히 많았고, 머디 강, 그린 강, 또 다른 강들을 건너려면 작은 다리들을 거쳐야만 했다. 파스파르투는 목적지에 가까워질수록 더욱 초조해졌다. 픽스 또한 이 험한 고장을 빨리 빠져나가기만을 바라는 심정이었다. 지체되진 않을까, 사고가 나진 않을까 몹시 두려웠던 것이다. 그의 마음은 정작 영국 땅에 발을 들여놓아야 할 장본인인 필리어스 포그보다도 더 급했다.

저녁 10시, 기차는 포트브리저 역에서 잠시 멈추더니 다시 출발했다. 그리고는 30킬로미터를 더 달려, 콜로라도 수로망을 이루는 일부 하천들의 발원지인 비터크릭 계곡을 쭉 따라가며 와이오밍 주로 — 이전의 다코다 주 — 진입했다.

이튿날 12월 7일 기차는 그린리버 역에서 15분간 정차했다. 밤새 많은 눈이 내렸지만 비가 섞인 진눈깨비였기 때문에 절반 정도는 녹아 버려 기차 운행을 방해하진 않았다. 그럼에도 불구하고 파스파르투는 나쁜 날씨가 걱정스러웠다. 혹시라도 눈이 많이 쌓이면 바퀴가 빠질 것이고 여행을 망칠 수도 있었기 때문이다.

그는 속으로 생각했다. '대체 주인님은 무슨 생각으로 이 겨울에 여행을 나선 거지? 좋은 계절을 택했더라면 성공 가능

성이 더 높지 않았을까?'

이 정직한 젊은이가 하늘의 상태와 기온의 변화에만 신경 쓰고 있던 그 순간 아우다 부인은 또 다른 이유에서 더욱 심각한 두려움을 느끼고 있었다.

일부 승객들은 객차에서 내려 기차의 출발을 기다리며 그린리버 역 승강장을 이리저리 거닐고 있었다. 이 젊은 부인은 창문으로 이들 틈에 끼어 있는 스탬프 프록터 대령을 알아보았다. 샌프란시스코 집회 때 필리어스 포그에게 너무도 무례하게 굴었던 바로 그 미국인이었다. 아우다 부인은 혹시 그의 눈에 띌까봐 뒤로 펄쩍 물러섰다.

이 상황은 젊은 부인을 몹시 당황하게 만들었다. 그녀는 지금 겉으론 냉정했지만 한결같이 더없는 친절함을 베푸는 한 남자에게 빠져 있었다. 하지만 자신의 은인으로 인해 생긴 이 감정의 실체를 자신만 깨닫지 못했을 뿐, 그녀의 마음속에는 고마움 이상의 감정이 자라고 있었다. 그래서 조만간 포그 씨가 왜 그토록 무례하게 굴었는지를 따져 묻게 될 이 교양 없는 남자를 보게 되자 그녀는 숨이 탁 막히는 기분이었다. 프록터 대령이 이 기차를 탄 건 단지 우연이었겠지만, 어쨌든 그가 여기에 있는 이상, 무슨 일이 있어도 포그 씨와 만나는 일은 막아야 한다.

기차가 다시 출발했을 때, 아우다 부인은 포그 씨가 잠든

틈을 타 픽스와 파스파르투에게 이 사실을 알렸다.

“그 프록터 대령이 이 기차에 있단 말인가요?” 픽스가 놀라 소리쳤다. “하지만 안심하십시오, 부인. 선생님, 아니, 포그 씨와 상대하기 전에 저를 먼저 상대해야 될 겁니다. 뭐니뭐니 해도 가장 큰 치욕을 당한 사람은 바로 저였으니까요.”

“그자가 대령인지 뭔지는 몰라도 제 손으로 해결하겠습니다.” 파스파르투가 끼어들었다.

“픽스 씨, 포그 씨는 다른 사람이 자신을 대신해서 복수하도록 내버려 두진 않을 거예요. 무엇보다 그는 신사인데다가 미국으로 다시 돌아와 자신을 모욕한 사람을 반드시 찾겠다고 말했으니까요. 만약 그가 프록터 대령을 보게 된다면 결투가 벌어질 건 불을 보듯 뻔한 일이죠. 그렇게 되면 매우 안 좋은 일이 생길 수도 있구요. 그러니 지금으로썬 어떻게든 포그 씨가 그와 만나지 못하도록 하는 게 중요해요.”

“전적으로 공감입니다.” 픽스가 대답했다. “두 사람의 만남이 모든 걸 망칠 수도 있어요. 이기든 지든 간에 포그 씨는 그로 인해 지체될 것이고, 그러면 또…….”

“또, 의도하진 않았지만 리폼클럽의 신사들에게 이로운 일이 되겠죠. 어쨌든 4일 후 우린 뉴욕에 도착할 겁니다. 앞으로 4일 동안 주인님이 이 객차를 떠나지 않는다면 그 빌어먹을 미국 놈과 마주치는 일은 없겠죠? 그자에게 천벌을 내리길!

하지만 주인님을 막을 좋은 방법이 하나 있긴 해요."

대화가 중단되었다. 포그 씨가 깨어난 것이다. 그는 눈이 얼룩덜룩 묻은 차창 너머로 들판을 바라보았다. 잠시 후 파스파르투는 주인도 아우다 부인도 모르게 형사에게 말했다.

"정말 주인님을 위해 싸울 생각인가요?"

"무슨 짓을 해서라도 그를 산 채로 유럽으로 데려갈 걸세!" 준엄한 의지를 표현하듯 픽스가 냉정하게 잘라 말했다.

파스파르투는 온몸이 오싹해지는 기분이었다. 그렇더라도 주인에 대한 믿음만은 약해지지 않았다.

그렇다면 포그 씨가 그 대령과 만나는 걸 막기 위해 이 객차 안에 붙들어 둘 방법이라는 게 도대체 무엇일까? 거의 자리를 뜨지도 않고 호기심도 없는 이런 성격의 신사에겐 그건 그리 어려운 일이 아니었다. 픽스는 곧바로 필리어스 포그에게 말했다.

"이렇게 기차에서 시간을 보내려니 무척 길고 지루하게 느껴지는군요."

"그야 그렇죠. 하지만 시간은 가고 있어요."

"배에선 늘 휘스트 게임을 하시던 것 같던데?" 형사가 물었다.

"그랬죠. 하지만 여기선 어렵군요. 카드도 없고 같이 할 사람도 없으니."

"아! 카드라면 여기서 사면 됩니다. 미국 기차에선 뭐든 다 파니까요. 또 게임 파트너라면, 혹시 부인께선……."

"물론, 할 줄 압니다. 영국식 교육에 포함되어 있던 거니까요." 젊은 부인이 생기 있게 대답했다.

"저도 좀 합니다. 아주 잘하진 못해도 꽤 하는 편이죠. 그럼, 우리 셋에다 죽은 패가 하나면……."

"좋으시다면, 그렇게 하시죠." 포그 씨는 기차 안에서조차 유일한 취미 생활을 다시 즐기게 되어 무척 기분이 좋았다.

파스파르투는 급히 승무원을 찾아 나섰고, 곧 카드 두 벌과 점수표와 천으로 덮인 작은 판을 들고 나타났다. 더 이상 필요한 건 없었다. 게임이 시작되었다. 아우다 부인은 게임을 아주 잘 했으며, 근엄한 필리어스 포그로부터 찬사를 받기도 했다. 픽스는 초보 수준이었지만 그럭저럭 포그 씨와 맞설 정도의 실력은 되었다.

'이제 됐어! 주인님은 더 이상 움직이지 않을 거야!' 파스파르투는 속으로 말했다.

오전 11시, 기차는 두 대양이 나뉘는 분수령에 도달했다. 이곳은 해발 2천3백 미터 높이에 위치한 패스브리저로 로키 산맥을 통과하는 코스 중 가장 높은 지점 중 하나였다. 기차는 약 320킬로미터를 달린 후 마침내 대서양까지 이어지는 광활한 평원으로 나오게 되었다. 이곳은 철로를 놓기에 더없이 좋은 조건이었을 것이다.

대서양 분지의 비탈에는 이미 노스플랫 강의 지류들인 작은 강들이 흘러내리고 있었다. 우뚝 솟은 래러미 산과 북부 로키 산맥이 거대한 커튼처럼 반원형으로 북쪽과 동쪽 지평선 전체를 덮고 있었다. 이 완만한 지평선과 철로 사이에는 강물로 적셔진 거대한 평원이 펼쳐져 있었다. 철로 오른쪽에는 이 산악 지역의 첫 번째 비탈들이 층을 이루며 남쪽으로 둥글게 뻗어 나가 미주리 강의 주요 지류 중 하나인 아칸소 강의 발원지까지 닿아 있었다.

낮 12시 30분, 승객들은 차창 너머로 이 고장을 굽어보고 있는 할렉 요새를 언뜻 볼 수 있었다. 앞으로 몇 시간을 더 달려야 로키 산맥의 횡단을 끝마칠 수 있을 것이다. 이제부턴 기차의 통행을 방해할 만한 어떤 사고도 일어나지 않을 거라고 기대해도 좋을 것이다. 눈은 그쳤지만 날은 춥고 건조했다. 기관차 소리에 깜짝 놀란 커다란 새들이 멀리 도망가는 모습이 보였다. 이 평원에는 곰이든, 늑대든 어떠한 맹수도 보이지 않았다. 이곳은 그야말로 벌거벗은 거대한 사막이었다.

객차 안에서 편안하게 점심 식사를 마친 후, 포그 씨와 그 일행이 다시 끝없는 휘스트 게임을 막 시작했을 때, 날카로운 기적 소리가 들리는가 싶더니 기차가 멈췄다.

파스파르투는 문 쪽으로 고개를 쑥 내밀어 보았다. 정차의 원인이 될 만한 어떤 것도 보이지 않았다. 역도 전혀 보이질 않았다.

아우다 부인과 픽스는 혹시라도 포그 씨가 철로에 내려가지나 않을까 조마조마했다. 그러나 이 신사는 하인에게 이렇게 말할 뿐이었다.

"가서 무슨 일인지 좀 보고 오게."

파스파르투는 객차 밖으로 달려 나갔다. 40여 명의 승객들이 이미 나와 있었다. 그중엔 스탬프 프록터 대령도 끼어 있었다.

기차는 철로를 막고 있는 붉은 신호 앞에서 멈춰 서 있었다. 이미 내려와 있던 기관사와 차장이 보선계원과 열띤 논쟁을 벌이고 있었다. 이 보선계원은 다음 역인 메디신보우 역의 역장이 이 기차를 막으라고 앞서 보낸 사람이었다. 승객들도 다가가 논쟁에 끼어들었다. 그중에서도 프록터 대령은 누구보다도 큰 목소리와 위압적인 몸짓으로 따지고 들었다.

파스파르투 역시 이 무리에 끼어 보선계원이 하는 말에 귀를 기울였다.

"안 됩니다! 지나갈 수 없다니까요! 다리가 흔들려서 도저히 기차 무게를 지탱할 수가 없다구요!"

문제의 이 다리는 기차가 정지해 있는 곳에서 1.6킬로미터 정도 떨어진 급류 위에 놓인 현수교였다. 보선계원의 말에 따르면 이 다리는 몇 개의 줄이 끊어져 금방 무너질 것처럼 위태로운 상태라서 목숨을 내걸지 않는 한 통행이 불가능하다는 거였다. 다리를 건널 수 없다는 그의 말은 조금도 과장이 아니었다. 게다가 어떤 위험도 개의치 않고 무모할 정도로 태평스런 미국인들의 평소 태도로 볼 때, 이들이 신중함을 보이기 시작했다면 분명 뭔가 심각한 문제가 발생한 것이다. 여기서 이의를 단다는 건 미친 짓일 것이다.

파스파르투는 감히 이 사실을 주인에게 알리지 못한 채 이를 악물고는 마치 동상처럼 꼼짝도 않고 이야기를 듣고 있었다.

"말도 안 돼!" 프록터 대령이 소리쳤다. "가지 말라니, 그럼 우릴 보고 여기 남아 이 눈 속에서 모두 얼어 죽으란 말인가?"

"대령님." 차장이 대답했다. "오마하 역에 전화를 걸어 열차를 보내 달라고는 했습니다만 메디신보우 역에 도착하려면 최소한 여섯 시간은 넘게 걸릴 겁니다."

"여섯 시간이라고?" 파스파르투가 소리쳤다.

"아마 그럴 겁니다." 차장이 대답했다. "하지만 우리가 걸어서 역까지 가는 시간도 감안해야 하니까요."

"걸어서라니!?" 모든 승객들이 소리쳤다.

"대체 그 역까지는 거리가 얼마나 됩니까?" 승객 중 한 명이 물었다.

"강 저쪽까지 20킬로미터 정도 됩니다."

"이 눈 속에 20킬로미터를 걷는다구요?" 스탬프 프록터 대령이 소리쳤다.

대령은 회사건 차장이건 가리지 않고 비난하며 마구 욕설을 퍼부어 댔다. 몹시 화가 치민 파스파르투 역시 덩달아 그를 지지하고 나섰다. 이번엔 주인의 모든 돈을 날려 버릴 물리적인 장애물이 놓여 있는 셈이었다.

승객들의 실망이 큰 것은 기차가 지체되는 건 고사하고라도 20여 킬로미터나 되는 눈밭을 걸어가야 한다는 것 때문이었다. 여기저기서 웅성거림과 울부짖음과 고함 소리가 터져 나왔다. 이 소리는 만약 필리어스 포그가 게임에 빠져 있지 않았다면 그의 관심을 끌기에 충분했을 것이다.

그러는 사이 파스파르투는 이 사실을 주인께 알려야 한다고 생각했다. 고개를 숙인 채 객차를 향해 걸어가려고 할 때 포스터라는 이름의 기관사가 목청껏 소리를 질렀다.

"여러분, 다리를 지날 방법이 있을 것 같습니다."

"다리 위로요?" 한 승객이 말했다.

"예, 다리 위로요."

"이 기차로 말입니까?" 이번엔 대령이 물었다.

"물론이죠."

파스파르투는 걸음을 멈춘 채 기관사의 말을 한 마디도 놓치지 않고 들었다.

"하지만 지금 다리가 몹시 위태로운데!" 차장이 말했다.

"그건 상관없네. 최대 속력으로 달린다면 승산이 있을 것도 같거든."

"맙소사!" 파스파르투가 말했다.

하지만 상당수의 승객들은 즉각 이 제안에 호의적인 반응을 보였다. 누구보다도 프록터 대령이 마음에 들어했다. 어떤 모험도 마다하지 않는 이 열정가는 이 제안이 아주 그럴듯하다고 생각했다. 심지어 어떤 기술자들은 열차를 전속력으로 몰아 '다리 없이' 강을 건너려는 계획을 갖고 있었다는 점을 상기시키기까지 했다. 결국 이해관계가 걸린 모든 사람들이 기관사의 견해를 따르기로 했다.

"그러니까 성공 여부는 반반인 셈이군." 누군가 말했다.

"아니오, 60%요." 다른 사람이 말했다.

"무슨 소리! 80%…… 아니, 90%요!"

파스파르투는 어리둥절했다. 아무리 그가 메디신 강을 건너기 위해 어떤 방법이라도 다 해 볼 준비를 갖추고 있다 해도, 이런 시도는 지나치게 '미국적'인 것처럼 보였다.

그는 생각했다. '훨씬 더 간단한 해결 방법이 있는데, 이 사람들은 거기에 대해선 꿈에도 생각조차 않고 있군!'

그리고는 승객들 중 한 명에게 말을 걸었다. “기관사가 제안한 방법은 좀 위험해 보이는데, 하지만…….”

“가능성이 80%라잖아요!” 이렇게 대답한 다음 그 승객은 등을 돌려 버렸다.

“잘 알고 있다구요.” 파스파르투가 대답했다. 그리고는 또 다른 신사에게 말을 걸며, “하지만 좀 더 심사숙고 하는 게…….”

“심사숙고란 필요 없소, 다 쓸데없는 짓이오!” 어깨를 으쓱해 보이며 그 미국인이 말했다. "기관사가 통과할 거라고 했으면 됐지, 무슨 말이 그리 많소!"

"물론이죠. 통과할 겁니다. 하지만 좀 더 신중히 생각하는 게……."

"뭐라고! 신중하라니!" 우연히 말을 엿들은 프록터 대령이 펄쩍 뛰며 소리쳤다. "최대 속력이라고 말한 것 못 들었소? 최대 속력이란 말이오! 알겠소?"

"알아요…… 압니다만……." 살벌한 기세에 눌려 파스파르투는 미처 말을 맺지 못했다. "아니, 신중이라는 말이 귀에 거슬린다면 최소한 더 자연스런……."

"뭐가 어쩌고 어쩐다고? 대체 자연스럽게 뭘 어쩌자는 거야?" 사방에서 외쳐 댔다.

이 가련한 젊은이는 이제 누구에게 자신의 말을 이해시켜야 할지 알 수가 없었다.

"두려워서인가?" 프록터 대령이 물었다.

"제가요? 두려워한다구요? 좋아요, 그렇다고 칩시다. 하지만, 프랑스인이 미국인들만큼이나 미국적이라는 걸 여기서 보여 주겠소."

"승차하십시오! 모두들 승차하십시오!" 차장이 외쳤다.

"좋아! 차에 탑시다! 타자구요!" 파스파르투가 차장의 말을 되풀이했다. "그것도 당장에! 하지만 누구도 내 생각을 막을 순 없어! 사람들이 먼저 걸어서 다리를 건너고, 그다음 기차가 건너는 게 더 자연스러울 거라구!"

그러나 어느 누구도 이 현명한 견해에 귀를 기울이지 않았고, 설령 귀를 기울였다 해도 누구도 그 정당성을 인정하려 들지 않았을 것이다.

승객들은 객차로 다시 모여들었다. 파스파르투는 방금 전 있었던 일은 전혀 말하지 않은 채 자리에 앉았다. 놀이꾼들은 모두 휘스트 게임에 빠져 있었다.

기관차가 힘차게 기적을 울렸다. 기관사는 기관에 제동을 걸며, 마치 육상 선수가 도약하기 위해 뒤로 물러서는 것처럼 열차를 약 1.6킬로미터 정도 후진시켰다.

두 번째 기적 소리와 함께 기차는 앞으로 나아가기 시작했다. 그리고는 가속이 붙더니 곧 엄청난 속도가 되었다. 기관차에서 나오는 날카로운 굉음 이외에는 아무 소리도 들리지 않았다. 피스톤은 초당 20회를 때렸고, 구동차축은 기름통에서 연기를 내뿜었다. 열차 전체가 시속 160킬로미터의 속도로 레일 위를 날고 있는 걸 느낄 수 있었다. 속력이 무게를 잊게 한 것이다.

마침내 해냈다! 마치 번개가 휙 지나간 것 같았다. 다리는 보이지 않았다. 기차는 말 그대로 강 이쪽에서 저쪽으로 펄쩍 뛰었고, 기관사는 건너편 역을 8킬로미터 정도 지난 지점까지 가서야 비로소 기차를 세웠다.

기차가 강을 건너자마자 결국 다리는 무서운 폭음과 함께 메디신보우 급류 속으로 무너져 내렸다.

29
미국 철도에서만 마주칠 수 있는 다양한 사건들을 이야기하다

그날 저녁 기차는 별 장애 없이 순탄하게 달렸다. 샌더스 요새를 지나 샤이엔 고개를 넘어 에반스 고개에 도달했다. 이곳은 해발고도 2,466미터로 전체 노선에서 가장 높은 지점이었다. 여기서부터 대서양까지는 줄곧 내리막길로 자연이 평탄하게 만들어 놓은 끝없는 평원으로 이어졌다.

이곳에선 콜로라도의 주요 도시인 덴버로 가는 대동맥의 지선이 연결되어 있다. 금광과 은광이 풍부한 이 지역에는 5만 명 이상의 주민이 살고 있었다.

기차는 샌프란시스코에서 여기까지 3일 밤낮을 달려 결국 2,240킬로미터를 주파한 셈이다. 예상컨대 뉴욕까지 도달하려면 앞으로 4일 정도면 충분할 것이다. 따라서 필리어스 포그는 여전히 규정된 기일을 엄수하고 있는 것이다.

밤 동안 기차는 왼쪽으로 월바를 끼고 달렸다. 로지폴 강은 콜로라도와 와이오밍 주의 경계를 이루는 직선을 따라 철로와 나란히 흘렀다. 11시에는 네브라스카로 진입했고, 새지윅 근처를 지나 플랫 강 남쪽 지류에 위치한 줄스버그에 닿았다.

1867년 10월 23일 바로 이곳에서 '미연방 태평양 철도'의 개통식이 거행되었다. 이 철도 건설의 책임자는 J. M. 도지 장군이었다. 두 대의 강력한 기관차가 내빈들을 실은 아홉 대의 객차를 이끌고 이곳에서 멈췄다. 내빈들 중에는 철도회사 부사장인 토머스 C. 뒤런트 씨의 모습도 보였다. 그러자 환호성이 터져 나왔다. 수 족과 포니 족이 소규모 인디언 전투 장면을 구경거리로 보여 주었다. 여기저기서 축하의 폭죽이 터졌다. 그리고 마침내 휴대용 인쇄기를 통해 '철도개척자'라는 잡지의 첫 호가 발행되었다. 사막 한가운데를 가로지르며 놓여진 문명과 진보의 상징인 이 대동맥의 개통식은 이처럼 화려했고, 지금까지 알려지지 않은 수많은 마을과 도시들을 연결해 줄 것으로 예상되었다. 암피온(제우스의 아들로 하프를 즐겼다.)의 리라보다 더 힘찬 기관차의 기적이 이 마을과 도시들을 미국이라는 무대에 새롭게 등장시킬 것이다.

아침 8시, 기차는 맥퍼슨 요새를 뒤로한 채 달렸다. 여기서부터 오마하까지는 574킬로미터였다. 철로는 왼쪽으로 사우스플랫 강의 꾸불꾸불한 물길을 따라갔다. 9시에 기차는 대하천의 양팔 사이에 위치한 도시 노스플랫에 도착했다. 이 두 하천은 이 도시 주변에서 합류하여 하나의 물줄기를 이루어 플랫 강이 되며, 이 대하천은 오마하보다 약간 위쪽에서 미주리 강과 합쳐진다.

서경 101도선을 건넜다.

포그 씨와 그 일행은 다시 게임을 시작했다. 이들 중 누구도 심지어 죽은 패가 된 사람조차 길이 멀다고 불평하지 않았다. 픽스가 먼저 몇 기니를 따면서 게임이 시작되었지만 그것을 잃고 있는 중이었다. 그러나 게임에 대한 집착은 포그 씨 못지않았다. 이날 아침 내내 포그 씨에겐 운이 따랐다. 상수패와 으뜸패가 손에 들어왔다. 과감한 수법을 구상한 후 그가 스페이드를 내려는 순간 의자 뒤에서 어떤 목소리가 말했다.

"나라면 다이아몬드를 낼 거요."

포그 씨와 아우다 부인과 픽스, 세 사람은 동시에 고개를 들었다. 프록터 대령이 그들 옆에 서 있었다.

스탬프 프록터 대령과 필리어스 포그는 곧 서로를 알아보았다.

"아니! 당신은, 그 영국인? 스페이드를 내려고 한 사람이 바로 당신이었군!" 프록터 대령이 소리쳤다.

"이걸 낼 수밖에 없소." 포그 씨가 자기 패를 보여 주며 차갑게 말했다.

"할 수 없지. 다이아몬드라야 좋을 텐데." 프록터 대령이 짜증 섞인 목소리로 말했다.

그리고는 바닥에 내려놓은 카드를 집으려는 폼을 잡았다.

"이 게임을 전혀 모르시는군."

"다른 게임은 더 잘 할 테니 두고 보시오." 필리어스 포그는 이렇게 말하고는 자리에서 일어섰다.

"그래, 영국 촌놈이 한판 붙자는 건가?" 그 무뢰한이 대꾸했다.

아우다 부인은 하얗게 질렸다. 온몸의 피가 거꾸로 솟는 것 같았다. 그녀는 필리어스 포그의 팔을 잡았지만 그는 그녀를 살며시 밀어냈다. 파스파르투는 몹시 무례한 눈초리로 포그 씨를 노려보고 있는 이 미국인에게 금방이라도 달려들 듯한 태도를 취했다. 그러자 픽스가 자리에서 일어나 프록터 대령에게 다가가더니 이렇게 말했다.

"당신이 상대할 사람은 바로 나요. 설마 날 모욕하고 구타까지 했던 걸 잊은 건 아니겠지?"

"픽스 씨," 포그 씨가 말했다. "실례지만 이건 나와 관련된 문제요. 스페이드를 낸 건 잘못이라며 대령은 또다시 나를 모욕했소. 그러니 그는 나와 결투를 하게 될 거요."

"언제 어디서라도 상대해 주지. 원한다면 무장을 해도 좋고!" 미국인이 말했다.

아우다 부인은 포그 씨를 말리려고 애썼지만 허사였다. 픽스도 자기 편에서 결투를 신청해 보았지만 소용없었다. 파스파르투는 이 대령을 당장이라도 문밖으로 내던져 버리고 싶은 심정이었다. 하지만 주인은 그러지 말라는 표시를 했다. 필리어스 포그는 객차에서 나갔고 대령이 그를 따라 연결 통로로 나갔다.

포그 씨가 말했다. “이보시오, 난 급히 유럽으로 돌아가야 할 몸이오. 조금이라도 지체하면 큰 손해를 보게 될 거요.”

“거참 잘 됐군! 그런데, 그게 나와 무슨 상관이지?”

“대령님.” 포그 씨가 매우 정중하게 말했다. “샌프란시스코에서 우리가 만난 이후, 난 유럽에서 볼 일들을 급히 마친 후 당신을 찾아 다시 미국으로 돌아올 계획이었소.”

“설마!”

“6개월 후 다시 만나 줄 수 있겠소?”

“왜 6년 후가 아니고?”

“아니, 6개월이오. 난 약속은 꼭 지키는 성격이오.”

“그건 다 핑계에 불과해! 당장 하든가 아니면 깨끗이 포기하지그래.”

“좋소. 그런데 뉴욕으로 가는 거요?”

“아니.”

“시카고?”

“아니.”

“그럼 오마하?”

“당신이 알 바가 아니잖아! 플럼크리크라고 아는가?”

"아니, 모르오." 포그 씨가 대답했다.

"다음 역이지. 한 시간 후면 기차가 거기 서서 10분 동안 머무를 거야. 10분이면 권총 몇 발은 충분히 주고받을 수 있지."

"좋소. 그럼, 나도 플럼크리크에서 내리겠소."

"거기서 영원히 쉴 생각이나 하지그래!" 그 미국인은 더할 수 없이 무례하게 말했다.

"그건 두고 봐야 아는 일 아니겠소?" 포그 씨가 대답했다. 그는 평소처럼 침착한 태도로 객차로 돌아왔다.

객차로 돌아오자 포그 씨는 먼저 허풍쟁이들은 결코 두려워할 필요가 없다며 아우다 부인을 안심시켰다. 그리고는 픽스에게 앞으로 벌어질 결투의 증인이 되어 줄 것을 부탁했다. 픽스는 거절할 수 없었다. 필리어스 포그는 몹시 침착하게 스페이드를 내놓았고, 중단되었던 게임은 조용히 다시 이어졌다.

11시에 기관차의 기적 소리가 플럼크리크 역에 다다랐음을 알렸다. 포그 씨는 자리에서 일어나 픽스를 동반한 채 연결 통로로 향했다. 파스파르투도 권총 한 벌을 들고 그 뒤를 따랐다. 아우다 부인은 마치 죽은 사람처럼 하얗게 질려 객차에 남아 있었다.

이때 또 다른 객차의 문이 열렸다. 프록터 대령이 자기처럼 우람한 증인을 데리고 연결 통로에 모습을 드러냈다. 두 결투자가 철로 위로 내려서려는 순간 차장이 달려와 소리쳤다.

"내리면 안 됩니다."

"이유가 뭐지?" 대령이 물었다.

"앞서 20분 정도 지체했기 때문에 여기선 서지 않을 겁니다."

"하지만 난 이자와 겨뤄야 해."

"유감스럽지만, 기차는 즉시 떠날 겁니다. 보세요, 출발 신호가 울리잖아요."

출발 종이 울렸고 기차는 다시 달리기 시작했다.

그러자 차장이 말했다. "정말 죄송합니다. 다른 경우라면 말리지 않았을 겁니다. 어차피 여기서는 싸울 수 없게 되어버렸으니, 가는 도중에 싸우는 거야 누가 말리겠습니까?"

"그건 이 신사가 마음에 들어하지 않을걸!" 대령이 빈정거리듯 말했다.

"내 맘에 꼭 드는 방법이오." 필리어스 포그가 대답했다.

파스파르투는 속으로 중얼거렸다. '확실히 여기가 미국 땅이 맞긴 맞는 모양이야! 열차 차장이 세상에서 가장 멋진 신사로군!'

그리고는 주인의 뒤를 따랐다.

차장이 앞서고 두 명의 결투자와 이들의 증인이 그 뒤를 따랐다. 이들은 객차에서 객차를 지나 열차의 맨 뒤 칸으로 갔다. 마지막 객차에는 10여 명의 승객들만 타고 있었다. 차장은 이들에게 명예를 걸고 싸울 두 신사에게 잠시 동안 자리를 비워 줄 수 있겠느냐고 물었다.

물론이죠! 승객들은 두 신사에게 호의를 베풀 수 있다는 사실에 무척 기뻐하며 연결 통로로 물러났다.

이 객차는 길이가 15미터 정도로 결투를 벌이기에는 안성맞춤이었다. 두 사람은 의자들 사이로 걸어가며 자기 마음대로 총을 쏠 수 있을 것이다. 이보다 더 결판 짓기 쉬운 결투는 결코 없을 것이다. 포그 씨와 프록터 대령은 각자 6연발 권총 두 자루씩을 들고 객차 안으로 들어갔다. 기관차의 첫 번째 기적소리에 맞춰 총을 발사하기로 되어 있었다. 그리고 2분이 경과된 후 객차에 남아 있는 사람은 밖으로 끌어내질 것이다.

이보다 더 간단한 일은 없었다. 오히려 너무 간단한 일이라서 픽스와 파스파르투는 심장이 두근거려 터질 것만 같았다.

모두 예정된 기적 소리를 기다리고 있을 때, 갑자기 사나운 외침 소리가 들리더니 폭음들이 따라왔다. 하지만 이 소리는 두 결투자가 맞서고 있는 객차에서 나오는 게 아니었다. 이 폭음들은 권총 소리와는 반대로 기차 앞쪽에서 길게 이어졌고 열차 전체로 퍼져 갔다. 열차 중간 부분에서 놀란 비명 소리들이 들려왔다.

프록터 대령과 포그 씨는 손에 권총을 쥔 채 곧바로 객차 밖으로 나가 황급히 기차 앞쪽으로 달려갔다. 그곳에선 더 큰 폭음들과 비명 소리들이 들려오고 있었다.

두 사람은 이 기차가 수 족 무리에게 습격당하고 있음을 알았다.

이 대담한 인디언들의 습격은 이번이 처음은 아니었다. 이미 여러 번 이들은 기차를 세웠었다. 이들은 늘 하던 대로 기차가 정지하는 걸 기다리지도 않고 발판으로 돌진했고 백여 명의 무리가 뛰는 말 위에 올라타는 광대처럼 객차 위로 기어올랐다.

이 수 족 무리는 소총으로 무장하고 있었다. 심한 폭음의 원인은, 이들이 공격하자 거의 모두 무장 상태인 승객들이 권총으로 응수했기 때문이었다. 가장 먼저 이 인디언들은 기관차로 달려들었다. 기관사와 화부는 몽둥이로 맞아 반죽음 상태였다. 수 족 추장은 기차를 세우려고 했지만 제어기의 핸들을 조종할 줄 몰라 증기 배기관 입구를 닫는 대신에 활짝 열어 버렸다. 기관차가 갑자기 움직이더니 무시무시한 속도로 달려 나갔다.

동시에 다른 수 족 무리들은 객차를 점령했다. 이들은 성난 원숭이들처럼 객차 지붕 위를 뛰어다니고 문을 부수고 들어와 승객들과 격렬한 몸싸움을 벌였다. 또한 화물칸을 강제로 부수고 들어가 약탈한 다음 꾸러미들을 철로 위로 내던졌다.

비명 소리와 총탄 소리가 끊이질 않았다.

그러는 사이, 승객들은 용감하게 이들과 맞서고 있었다. 어떤 객차에는 의자들로 바리케이드를 쳐서 출입구를 막는 바람에 남은 의자라곤 단 하나밖에 없었다. 시속 160킬로미터로 달리는, 포위된 진짜 이동 요새처럼 보였다.

인디언들의 공격이 시작되었을 때부터 아우다 부인은 용감하게 나섰다. 손에 권총을 들고 야만인들이 나타날 때마다 깨진 창문으로 총을 쏘며 그녀는 스스로를 영웅적으로 방어하고 있었다. 거의 죽을 정도로 두들겨 맞은 20여 명의 수 족이 철로 위에 쓰러졌다. 열차 바퀴가 연결 통로에서 철로 아래로 떨어진 수 족들을 벌레처럼 깔아뭉갰다.

총알을 맞거나 몽둥이에 맞아 심한 부상을 입은 몇몇 승객들이 의자에 누워 있었다.

어쨌든 이 상황을 해결해야만 했다. 싸움은 벌써 10분째 계속되고 있었고, 만약 기차가 멈추지 않는다면 수 족의 승리로 끝날 수밖에 없었다. 사실 커니 요새 역까지는 3킬로미터가량 남아 있었다. 그곳엔 미국 초소가 있었지만 이 초소를 지나쳐 버린다면 커니 요새 역과 다음 역 사이에서 수 족 무리는 열차를 장악해 버릴 것이다.

차장은 포그 씨 옆에서 싸우고 있었다. 이때 총알이 그를 쓰러뜨렸다. 쓰러지며 그가 소리쳤다.

"기차를 5분 내로 세우지 못하면 우린 패배할 수밖에 없어요!"

"내가 세워 보겠소!" 포그 씨가 말했다. 그리고는 객차 밖으로 뛰어나가려고 했다.

"참으세요, 주인님." 파스파르투가 외쳤다. "그건 제 일이라구요!"

필리어스 포그가 미처 막을 새도 없었다. 이 용감한 젊은이는 인디언들이 눈치 채지 못하게 문을 열고 나가 객차 아래로 슬그머니 숨어들어 갔다. 싸움이 계속되는 동안 총알들이 머리 위로 휙휙 지나갔지만, 그는 광대의 날렵함과 유연함을 되살려 객차 아래로 교묘히 들어갔다. 그리고 쇠사슬에 매달린 채 제동기 손잡이와 차체의 버팀대를 이용해 놀랄 만한 재주로 객차에서 객차로 기어가 마침내 열차의 맨 앞까지 도달했다. 그러나 적들은 전혀 눈치 채지 못했으며 그럴 수도 없었다.

한 손으로 화물칸과 탄수차 사이에 매달린 채 그는 다른 한 손으로는 안전 사슬을 풀었다. 그러나 열차가 달리는 상태라서 그 견인력 때문에 연결봉을 뽑을 수가 없었다. 그런데 다행히도 기관차가 덜커덩 흔들리는 바람에 연결봉이 빠져 버렸다. 그러자 기차는 분리되었고, 객차가 점점 뒤로 처지는 반면 기관차는 새로운 속력을 얻어 멀찌감치 앞으로 달아나 버렸다.

가속받은 힘을 떨어뜨리지 못해 기차는 몇 분 동안 계속해서 나아갔다. 그러나 객차 안에서 제동기가 작동되었고, 마침내 열차는 커니 역을 불과 백 보도 남기지 않은 지점에서 멈춰 섰다.

요새의 병사들이 총소리를 듣고 급히 그곳으로 달려왔다. 수 족 무리는 이들을 기다리지 않았고, 기차가 완전히 멈추기 전에 모두 도주해 버렸다.

그러나 역 승강장에 내려 승객들을 점호했을 때 몇 명이 빠져 있음이 확인되었다. 그중에는 이 승객들을 방금 전 헌신적으로 구해 냈던 그 용감한 프랑스인이 끼어 있었다.

30
필리어스 포그, 자신의 의무를 이행할 뿐이다

파스파르투를 포함해 세 명의 승객이 실종되었다. 싸우다가 죽임을 당한 걸까? 아니면 수 족의 포로로 잡힌 걸까? 지금으로써는 알 도리가 없었다.

부상자들은 꽤 많았지만 어느 누구도 치명상을 입진 않은 것으로 보였다. 가장 심한 상처를 입은 사람 중 한 명이 바로 프록터 대령이었다. 그는 용감히 싸웠고, 사타구니에 총알을 맞은 상태였다. 그는 다른 승객들과 함께 역으로 이송되어 왔고, 응급 치료가 필요한 상황이었다.

아우다 부인은 무사했다. 필리어스 포그는 몸을 사리지 않고 싸웠지만 가벼운 찰과상도 입지 않았다. 픽스는 팔에 총상을 입었지만 대단한 건 아니었다. 그러나 파스파르투는 실종되었다. 젊은 부인은 눈물을 흘렸다.

그러는 사이, 승객들은 모두 열차에서 내렸다. 바퀴들은 피로 얼룩져 있었고, 바퀴 가운데와 바퀴살에는 형체 없는 살점들이 붙어 있었다. 멀리 하얀 평원 위에 붉은 핏자국들이 길게 흩어져 있었다. 마지막 인디언 무리가 남쪽의 리퍼블리컨 강 쪽으로 사라지고 있었다.

필리어스 포그는 팔짱을 낀 채 움직이지 않았다. 그는 마음 속에 중대한 결심을 하고 있었다. 아우다 부인은 그 옆에서 뭔가 하고 싶은 말을 참으며 그를 바라보고 있었다. 그도 그녀의 마음을 알고 있었다. 인디언들의 포로가 된 하인을 구출하기 위해 모든 걸 감수해야 하지 않겠냐는 뜻이었을 것이다.

"죽었든 살았든 간에 반드시 찾아낼 거요." 그가 분명하게 말했다.

그러자 젊은 부인이 포그 씨의 손을 잡으며 말했다. 그의 손은 그녀의 눈물로 덮여 있었다. "아! 포그 선생님!"

"살아 있다면! 일 분도 지체해선 안 돼요!" 포그 씨가 덧붙였다.

이렇게 결심한 후 필리어스 포그는 모든 걸 희생하기로 했다. 결국 그는 막 파산을 선언해 버린 셈이다. 단 하루만 늦어도 뉴욕행 여객선은 놓칠 수밖에 없었고, 그러면 내기에 걸었던 판돈은 영영 잃어버리는 것이다. 그러나 '이건 내 의무야!'라는 생각에 그는 추호도 망설임이 없었다.

커니 요새를 지휘하는 대위가 역에 와 있었다. 수 족 무리가 역을 직접 습격할 경우를 대비해 약 백여 명가량의 병사들이 방어 태세를 갖추고 있었다.

"이보시오, 대위! 승객 세 명이 실종되었소." 포그 씨가 말했다.

"죽었나요?" 대위가 물었다.

"죽었는지 포로가 되었는지 밝혀내야 하오, 수 족을 추격할 생각이오?"

"그럼 문제가 커질 겁니다. 놈들이 아칸소 강 너머로 도주할 가능성이 있거든요. 전 책임지고 있는 이 요새를 떠날 순 없습니다."

"이보게 대위, 이건 세 사람의 목숨이 달린 문제일세."

"그야 그렇죠……. 하지만 단 세 명을 구하려고 50여 명의 목숨을 걸란 말입니까?"

"자네 입장에서는 어떨지 모르지만, 이건 자네의 의무일세."

"여기서 그 누구도 내게 의무를 가르칠 순 없어요."

"좋네! 그럼, 나 혼자라도 가겠네."

"아니, 혼자서 인디언들을 추격하겠다는 말입니까?" 옆에 와 있던 픽스가 소리쳤다.

"그럼 당신은 내가 이 불쌍한 하인을 잃었으면 좋겠소? 더욱이 그는 여기 있는 모든 사람의 생명의 은인이란 말이오. 난 가겠소."

"아니, 혼자 가면 안 됩니다!" 그의 행동에 감동받은 대위가 소리쳤다. "참으로 용감한 분이군요! 지원자 서른 명 앞으로!" 대위가 병사들에게 몸을 돌리며 말했다.

부대 전체가 일제히 앞으로 나왔다. 대위는 이 용감한 병사들 중에서 30명을 뽑아야 했다. 병사들이 모두 지명되고 난 후 나이 든 하사에게 이들을 통솔할 임무가 맡겨졌다.

"고맙소, 대위." 포그 씨가 말했다.

"저도 따라가도 되겠습니까?" 픽스가 물었다.

"좋을 대로 하시오. 하지만 날 돕고 싶은 마음에서라면 아우다 부인 옆에 있어 주시오. 혹 내게 불행한 일이라도 생기면……."

형사의 표정이 별안간 창백해졌다. 지금까지 한걸음도 놓치지 않고 그토록 고집스럽게 뒤쫓아 왔던 이 범인과 떨어져야 하다니! 이 사막에서 그가 위험을 무릅쓰도록 내버려 두어야 하다니! 픽스는 이 신사를 유심히 바라보았다. 선입견과 마음속에서 일고 있는 온갖 갈등에도 불구하고, 그는 침착하고 솔직한 포그 씨의 시선 앞에서 고개를 숙이고 말았다.

"그렇게 하겠습니다."

곧바로, 포그 씨는 젊은 부인과 이별의 악수를 나누었다. 그리고는 그녀에게 소중한 가방을 맡긴 뒤 하사와 작은 부대를 이끌고 길을 나섰다.

떠나기에 앞서 그는 병사들에게 이렇게 말했다.

"여러분! 만약 포로들을 구출하게 되면 천 파운드의 포상금을 주겠소!"

정오가 막 지난 때였다.

아우다 부인은 역 구내의 방에 들어와 있었다. 그녀는 필리어스 포그의 순수하고 한없는 관대함과 침착한 용기를 생각하며 혼자 남아 기다리고 있었다. '포그 씨는 자신의 재산을 희생했어. 이젠 아무런 가식 없이 오직 의무감만으로 자신의 목숨마저 주저 없이 던지려고 하고 있어!' 그녀가 보기에 그는 진정한 영웅이었다.

그러나 픽스 형사는 그렇게 생각하지 않았다. 그는 혼란스런 마음을 주체할 길이 없었다. 그는 맥없이 승강장을 거닐고 있었다. 한순간 마음이 흔들렸다가 곧 제자리로 돌아오곤 했다. 포그를 보내고 나자 그를 가도록 내버려 두었던 게 얼마나 어리석은 행동이었는지를 깨달았다. '이럴 수가! 지금까지 세계를 돌면서도 놓치지 않았던 이자를 내 스스로 놓아주다니!' 그는 본모습을 드러냈다. 그리고는 '순진한' 형사를 훈계하는 수도 경찰국장이라도 된 듯 스스로를 꾸짖고 비난했다.

'내가 어리석었어! 파스파르투가 그에게 내 정체를 말해 버린 거야! 하지만 그는 이미 떠났고 다신 돌아오지 않을 텐데, 어디서 이자를 다시 붙잡지? 하지만 어떻게 내가, 다른 사람도 아닌 이 픽스가, 주머니에 체포 영장까지 갖고 다니면서

뭔가에 홀릴 수가 있었지? 난 정말 바보 천치였어!'

픽스가 이렇게 곰곰이 생각하는 동안 시간은 천천히 흘러갔다. 그는 이제 어떻게 해야 할지 알 수가 없었다. 어쨌든 아우다 부인에게 모든 걸 말하고 싶었지만 이 부인이 어떻게 받아들일지는 뻔한 일이었다. 이 사태를 어떻게 해결해야 할까? 그는 포그를 찾아 이 드넓은 흰 평원으로 나가고 싶은 유혹을 느꼈다. 그를 찾는 일이 불가능해 보이진 않았다. 파견대의 발자국이 아직 눈 위에 남아 있었던 것이다. 그러나 곧 새로운 눈이 쌓여 모든 걸 지워 버렸다.

픽스는 절망에 사로잡혔다. 이 승부를 포기해 버리고 싶은 마음이 간절했다. 그러나 바로 그때 그에게 커니 역을 떠나 실망으로만 가득 찼던 이 여행을 계속할 기회가 주어졌다.

오후 2시경, 함박눈이 내리는 동안 동쪽에서 긴 기적 소리가 들려왔다. 황갈색 빛을 앞세운 거대한 그림자가 안개 때문에 커져 보여 다소 환상적인 분위기를 자아내며 천천히 다가오고 있었다.

그러나 아직은 동쪽에서 기차가 올 만한 상황이 아니었다. 통신으로 요청된 구조대가 그렇게 빨리 도착할 리도 없었고 오마하에서 샌프란시스코까지 가는 기차는 그다음날에야 통과할 예정이었기 때문이다.

느린 속력으로 기적 소리를 크게 울리며 다가오는 이 기관차는 앞서 약탈당한 열차에서 분리된 후, 끔찍한 속도로 달려 나갔던 바로 그 기관차였다. 안에는 실신 상태의 기관사와 화부가 타고 있었다. 이 기관차는 수킬로미터 동안 철로를 따라 달린 후 연료가 떨어져 불이 꺼지고, 증기의 힘도 빠져 버렸다. 한 시간 후 점점 진행 속도가 느려지더니 마침내 커니 역에서 30킬로미터를 지난 지점에 멈춰 섰다.

기관사도 화부도 죽은 게 아니었다. 꽤 오래 기절해 있었지만 이들은 정신을 차렸다.

이때 기관차가 멈췄다. 하얀 벌판에 뒤따르는 객차도 하나 없이 덩그러니 기관차 하나만 있는 걸 보았을 때, 기관사는 그제야 무슨 일이 벌어졌는지를 깨달았다. 어떻게 기관차가 열차에서 떨어져 나왔는지는 짐작할 수 없었지만 뒤에 남겨진 열차가 꼼짝도 못 하고 있을 거라는 건 분명했다.

기관사는 이 순간 자신이 무슨 일을 해야 할지 알았고, 조금도 망설임이 없었다. 오마하 방향으로 계속해서 가는 게 현명했을 것이다. 아직 인디언들의 약탈이 계속되고 있을지도 모르는데 남겨진 열차로 돌아간다는 건 위험했다. '그래도 상관없어!' 기관실 화덕에 많은 양의 석탄과 장작이 채워졌다. 불꽃이 다시 피어올랐고 압력이 올라갔다. 오후 2시경 기관차는 커니 역을 향해 후진해 가고 있었다. 안개 속에서 기적을 울렸던 건 바로 이 기관차였던 것이다.

기관차가 열차 머리와 다시 연결되는 걸 본 승객들은 기뻐 어쩔 줄 몰랐다. 이제 이들은 그처럼 불행하게 중단되었던 여행을 계속할 수 있을 것이다.

기관차가 도착했을 때 아우다 부인은 이미 역에 나와 있었다. 그녀가 차장에게 말을 걸었다.

"금방 떠날 건가요?"

"그렇습니다, 부인."

"하지만 포로로 잡힌 사람들은…… 불쌍한 우리 동료들 말이에요……."

"더 이상 머뭇거릴 시간이 없습니다. 벌써 세 시간이나 지체된걸요."

"샌프란시스코에서 오는 기차는 또 언제 있나요?"

"내일 저녁입니다."

"내일 저녁이요? 그건 너무 늦어요. 기다려야 하는데……."

"그건 안 됩니다. 정말 떠날 생각이라면 열차에 오르십시오."

"전 떠날 수 없어요."

픽스도 이 대화를 들었다. 방금 전, 이동할 방법이 전혀 없었을 때도 그는 커니 역을 떠날 작정이었다. 그런데 지금 기차가 떠날 준비를 하고, 자신은 여기에 있는데 도대체 망설일 게 무언가? 하지만 객차에 다시 오르려 하는 순간 저항할 수 없는 어떤 힘이 그를 땅에 붙들어 맸다. 역 승강장을 내딛은 발이 불타듯 뜨거웠지만 걸음을 뗄 수가 없었다. 그의 마음속에선 치열한 전투가 벌어지고 있었다. 실패에 대한 분노가 숨 막힐 듯 그를 짓눌렀다. 그는 끝까지 싸우고 싶었다.

그러는 사이, 승객들과 몇몇 부상자들이 모두 객차에 자리를 잡았다. 이들 가운데는 프록터 대령도 끼어 있었는데, 그는 중태였다. 연료를 가득 실은 기관의 윙윙거리는 소리가 들렸고 증기가 밸브를 통해 빠져나왔다. 기적이 울리자 기차는 움직이기 시작했다. 그리고는 곧 회오리치는 눈 속에 하얀 연기를 섞으며 사라져 갔다.

픽스 형사는 결국 남았다.

몇 시간이 흘렀다. 날씨는 매우 나빴고 살을 에는 듯한 추위였다. 역 구내 의자에 앉아 픽스는 꼼짝도 않고 있었다. 누군가 보았다면 자고 있다고 생각했을 것이다. 아우다 부인은 돌풍에도 불구하고 매 순간 방을 떠났다가 다시 돌아오곤 했다. 그녀는 승강장 끝까지 갔다. 그리고는 주변의 지평선을 가리고 있는 안개를 뚫고 싶은 심정으로, 어떤 작은 소리라도 들리지 않을까 귀를 기울이며 눈보라 속에 뭔가 보이는 게 있는지 살폈다. 그러나 아무것도 없었다. 그녀는 온몸이 꽁꽁 얼어 돌아왔고, 몇 분 후 다시 나가곤 했다. 하지만 여전히 소용없는 일이었다.

저녁이 되었다. 파견대는 아직 돌아오지 않고 있었다. 이들은 이 순간 어디에 있었을까? 인디언들을 만나지 못했을까? 전투가 있었을까? 아니면 안개 속에 길을 잃은 병사들이 어딘가에서 헤매고 있는 걸까? 커니 요새의 대위는 겉으로 내색은 안 했지만 몹시 초조해하고 있었다.

밤이 되자 눈은 전보다 덜 내렸지만 추위는 더욱 매서워졌다. 아무리 대범한 눈빛이라도 이 거대한 어둠이 두렵지 않다고 생각하진 못했을 것이다. 평원 위엔 완벽한 정적만이 감돌았다. 새의 비상도, 맹수의 움직임도 이 끝없는 정적을 방해하지 않았다.

이날 밤새도록 아우다 부인은 머릿속에 가득 찬 불길한 예감 때문에 가슴이 터질 것 같아 이 벌판 주위를 배회했다. 그녀의 상상력은 꼬리에 꼬리를 물고 이어져 온갖 위험들이 다 떠올랐다. 이 긴 시간 동안 그녀가 겪었던 고통은 말로 다 표현할 순 없을 것이다.

픽스는 여전히 같은 자리에 앉아 움직이지 않고 있었다. 그러나 잠을 못 잔 건 그 역시 마찬가지였다. 잠시 어떤 남자가 다가와 말을 걸었지만 그는 말없이 고개만 저어 그를 돌려보냈다.

밤은 이렇게 흘러가고 있었다. 새벽 무렵 희미한 태양이 안개 낀 지평선 위로 솟아올랐다. 그러는 동안 전방 3킬로미터 정도까지는 볼 수 있게 되었다. 필리어스 포그와 파견대가 떠났던 방향은 남쪽이었다. 그러나 그쪽에선 어떤 기척도 없었다. 완전히 허허벌판이었다. 이때가 아침 7시였다.

대위는 극도로 불안했고, 어떤 조치를 취해야 할지 알 수가 없었다. 파견대를 도울 또 다른 파견대를 보내야 할까? 무엇보다 이미 희생된 사람들을 구출할 가능성이 거의 없는 상황에서 또 다른 사람들을 희생시키는 게 옳은 일일까? 그러나 그의 망설임은 오래가지 않았다. 그는 손짓으로 부관 중 한 명을 부르더니 남쪽에 정찰대를 보내라고 지시했다. 이때 총성이 울려 퍼졌다. 파견대가 보내는 신호일까? 병사들은 요새 밖으로 달려 나왔다. 일 킬로미터쯤 떨어진 지점에 파견대가 질서 정연한 모습으로 돌아오고 있었다.

포그 씨가 선두에 섰고 그 옆에 인디언들로부터 구출된 파스파르투와 다른 두 명의 승객이 걸어오고 있었다.

실은, 커니에서 남쪽으로 16킬로미터 지점에서 전투가 있었다. 파견대가 도착하기 직전에 파스파르투와 두 명의 동료는 자신들을 호위하던 인디언들과 싸우고 있었다. 파스파르투는 주먹으로 이들 중 세 명을 때려눕혔고, 이때 그의 주인과 병사들이 이들을 도우러 황급히 달려왔던 것이다.

구조한 사람들과 구조된 사람들 모두 기쁨의 환호성을 내질렀다. 필리어스 포그는 병사들에게 약속했던 포상금을 나눠 주었다. 이것을 본 파스파르투는 이유 있는 말을 되풀이 했다.

'결국 난 엄청나게 비싼 하인인 셈이로군!'

픽스는 말을 잊은 채 포그 씨를 바라보았다. 분명 이 순간 자신 안에서 싸우고 있는 감정들을 정리하기가 어려웠을 것이다. 한편 아우다 부인은 감격에 겨워 말을 못 하고 그저 포그 씨의 손을 자신의 두 손으로 꼭 감싸 쥐었다.

파스파르투는 도착하자마자 역으로 들어가 기차부터 찾았다. 그는 기차가 오마하를 향해 빠르게 달릴 준비를 하고 있을 거라 믿었다. 그래서 잃어버린 시간을 다시 만회할 수 있기를 바랐다.

"열차! 열차가 어딨죠?" 그가 소리쳤다.

"떠났네." 픽스가 대답했다.

"그럼, 다음 열차는 언제 옵니까?" 필리어스 포그가 물었다.

"바로 오늘 밤이요."

"아! 그렇군." 냉정한 신사의 한 마디 대답이었다.

31
픽스 형사,
필리어스 포그를 매우 진지하게 생각하다

필리어스 포그는 예정보다 20시간이나 뒤처진 상태였다. 의도하진 않았지만 이 지체의 원인 제공자인 파스파르투는 절망감에 빠져 있었다. 결국 그는 주인을 파산시키고 말았던 것이다!

이때 형사가 포그 씨에게 다가와 그를 정면으로 바라보며 말했다.

"포그 씨, 정말로 급한가요?"

"진심이오."

"그러니까, 리버풀행 여객선의 출발 시간인 11일 저녁 9시 전에 뉴욕에 도착해야만 된다는 거죠. 맞나요?"

"그렇소."

"인디언들의 습격으로 중단되지만 않았어도 11일 아침엔 뉴욕에 도착했겠죠?"

"아마 여객선보다 12시간 앞서 도착했을 거요."

"좋습니다. 그러니까 지금 20시간이 뒤처진 거로군요. 20

시간에서 12시간을 빼면 8시간이니까, 앞으로 8시간을 만회해야 하구요. 어떻습니까? 한번 만회해 보시겠어요?"

"걸어서요?"

"아니, 눈썰매로요. 돛이 달린 눈썰매죠. 누군가 제게 타 보라고 권하더군요."

이걸 제안했던 사람은 그날 밤 이 형사에게 말을 걸어왔던 바로 그 남자였다. 그때 픽스는 고개를 흔들어 거절했었다.

필리어스 포그는 아무런 말이 없었다. 그러나 픽스가 역 앞에서 거닐고 있는 문제의 이 남자를 가리키자 그에게로 다가갔다. 잠시 후 필리어스 포그와 머지라는 이 미국인은 커니요새 아래쪽에 있는 한 오두막으로 들어갔다.

거기서 포그 씨는 아주 독특한 탈것 하나를 살펴보았다. 이것은 썰매처럼 앞이 약간 들린 두 개의 긴 들보 위에 넓적한 틀을 올려놓은 것으로 그 위에 대여섯 명이 자리를 잡을 수 있게 되어 있었다. 이 틀의 앞쪽 1/3 지점에 매우 높은 돛대가 세워져 있었고 그 위에 커다란 돛이 활대에 매달려 있었다. 쇠줄로 단단히 묶여 있는 이 돛대는 커다란 크기의 삼각돛을 세우는 데 쓰이는 쇠로 된 버팀줄이 달려 있었다. 뒤쪽에서는 이 썰매를 조종할 수 있는 일종의 방향타가 있었다.

말하자면 이것은 돛단배와 같은 선구를 갖춘 눈썰매라고 할 수 있었다. 겨울 동안 빙판 위에서 기차들이 눈으로 발이

묶였을 때, 이 탈것은 이 역에서 저 역으로 매우 빠른 속도로 사람들을 실어 날랐다. 게다가 이 눈썰매의 돛은 엄청나게 커서 — 뒤집힐 정도로 빨리 질주하는 쾌속선보다도 더 커서 — 뒷바람을 받으면 급행열차와 같거나 오히려 그보다 더 빠른 속도로 평원을 미끄러져 갔다.

잠시 후 포그 씨와 '지상의 쾌속선'의 주인 사이에 거래가 성사되었다. 바람은 딱 알맞은 상태였다. 서쪽에서 큰 바람이 불었던 것이다. 눈은 단단했다. 머지는 포그 씨를 몇 시간 내에 오마하 역까지 인도할 수 있다고 장담했다. 거기서는 시카고나 뉴욕으로 가는 기차들이 빈번히 오갔고 노선도 많았다. 지체한 시간을 만회하는 건 불가능한 일이 아니었다. 따라서 이 모험을 망설일 이유가 전혀 없었다.

포그 씨는 아우다 부인이 아무것도 덮지 않은 썰매를 타고, 게다가 썰매의 가속도 때문에 더욱 춥게 느껴질 이런 날씨에 다음 역까지 가는 걸 원치 않았다. 그래서 그녀에게 파스파르투와 함께 커니 역에 남아 있으라고 권했다. 그리고 파스파르투에게 부인을 더 편안하고 안전한 길을 통해 유럽으로 데려가라고 지시했다.

그러나 아우다 부인은 포그 씨와 헤어지기 싫어 거절했다. 파스파르투는 그녀의 대답을 듣고 속으로 무척 기뻤다. 사실 픽스가 주인과 동행하고 있는 한, 무슨 일이 있어도 주인 곁을 떠나고 싶지 않았던 것이다.

그렇다면 이 형사의 속마음은 어떠했을까? 그건 단정하기가 어렵다. 그의 확신은 필리어스 포그가 파견대를 이끌고 돌아온 후부터 흔들리고 있었기 때문이다. 그는 세계일주를 마친 후에도 분명 영국에 머물게 될 이자를 정말 대단한 악당으로 보아야 할지 혼란스러워하고 있었다. 사실 필리어스 포그에 관한 그의 생각은 변했을 것이다. 그러나 자신의 의무를 잊지 않기로 했고, 누구보다도 초조한 마음으로 포그 씨가 영국으로 돌아가는 데 온 힘을 기울이고 있었다.

8시에 눈썰매는 떠날 준비를 마쳤다. 승객들은 — 통행인이라는 말이 더 어울릴 것이다 — 썰매 위에 자리를 잡고 여행용 모포로 온몸을 단단히 싸맸다. 두 개의 커다란 돛이 올려졌다. 그러자 바람의 힘을 받은 눈썰매는 시속 64킬로미터로 눈 위를 날 듯이 질주했다.

커니 요새에서 오마하까지는 직선거리로 — 미국인들의 표현에 따르면 '꿀벌의 지름길'로 — 기껏해야 320킬로미터 정도였다. 만약 바람이 이렇게만 불어 준다면 이 거리는 다섯 시간이면 주파할 수 있었다. 따라서 아무런 사고도 발생하지 않을 경우 오후 1시면 틀림없이 오마하에 도착할 것이다.

이 얼마나 스릴 넘치는 횡단인가! 서로 밀착되어 있는 승객들은 말이 없었다. 썰매의 속도 때문에 더욱 매서워진 추위가 이들의 입을 얼어붙게 한 것이다. 눈썰매는 파도를 제외한다면 마치 쾌속선이 바다 표면을 질주하듯 가볍게 눈 위를 미끄러져 갔다. 바람이 땅을 스치고 거세게 불어오면 눈썰매는 활짝 편 거대한 날개 같은 돛을 타고 땅 위로 솟아올랐다. 방향타를 잡고 있는 머지는 직선거리를 유지했고, 침로를 이탈했을 때는 노를 저어 방향을 바로잡았다. 모든 돛들이 바람을 가득 안고 있었다. 삼각돛 역시 더 이상 뒷돛 밑에 가려져 있지 않고 활짝 펴졌다. 장루 돛대가 세워졌고 바람에 쫙 펴진 윗돛이 다른 돛들에 힘을 보탰다. 숫자상으로 측정하기 어렵지만, 돛의 속도는 분명 최소한 시속 64킬로미터는 되었을 것이다.

"이대로만 간다면 제시간에 도착할 겁니다." 머지가 말했다.

머지는 합의된 시간에 도착하려고 애썼다. 왜냐하면 언제나 일정을 맞추는 데 충실한 포그 씨가 이번에도 많은 상금으로 그를 유혹했기 때문이다.

눈썰매가 직선으로 가르고 있는 평원은 바다처럼 평탄했다. 얼음이 얼어 있는 거대한 호수라 해도 좋을 것이다. 이 지역을 통과하는 철도는 남서쪽에서 북서쪽으로 올라가 그랜드 아일랜드, 네브라스카의 주요 도시인 콜럼버스, 슈이럴, 프리몬트를 거쳐 오마하에 이르렀다. 이 코스 내내 기차는 플랫강의 오른쪽 기슭을 따라 달렸다. 그러나 눈썰매는 철로가 그

리는 반원형 노선을 직선으로 줄이며 질주했다. 머지는 프리몬트 앞에서 작은 굴곡을 이루는 플랫 강 때문에 멈추게 될까 두려워하지 않았다. 물이 얼어 있었기 때문이다. 눈썰매가 지나는 길엔 장애물들이 완전히 치워진 상태였다. 따라서 필리어스 포그의 걱정거리는 단 두 가지뿐이었다. 하나는 기계의 손상이고 다른 하나는 바람의 방향이 바뀌거나 바람의 세기가 약해지는 거였다.

바람은 약하지 않았고, 오히려 그 반대였다. 쇠줄로 단단히 붙들어 맨 돛대를 휘게 할 정도로 바람은 심하게 불었다. 이 쇠줄은 현악기의 줄처럼 마치 활이 떨리는 것 같은 소리를 냈다. 눈썰매는 이 모든 강렬한 것들의 애처로운 떨림 속에 위로 솟아올랐다.

"줄들의 연주가 대단하군." 포그 씨가 말했다.

눈썰매를 타고 횡단하는 동안 포그 씨가 내뱉은 유일한 한 마디였다. 아우다 부인은 여행용 모포와 모피를 둘둘 감은 채 할 수 있는 모든 방법으로 추위와 맞서고 있었다.

파스파르투는 안개 속에 저무는 태양처럼 새빨개진 얼굴로 살을 에는 듯한 공기를 들이마시고 있었다. 그는 결코 변치 않는 믿음으로 다시 희망을 품기 시작했다. 눈썰매는 아침이 아닌 저녁에 뉴욕에 도착할 것이다. 하지만 리버풀 행 여객선이 떠나기 전에 도착할 수 있는 가능성은 아직 남아 있었다.

파스파르투는 동지인 픽스의 손을 꽉 잡아 주고 싶은 마음까지 들었다. 그는 눈썰매를 소개해 준 사람이 바로 이 형사라는 걸 잊지 않았고, 이 눈썰매는 유효한 시간 내에 오마하까지 닿을 수 있는 유일한 수단이었다. 그러나 알 수 없는 어떤 예감 때문에 그는 계속해서 과묵함을 지키고 있었다.

어쨌든 파스파르투가 결코 잊지 못할 것은, 한 치의 망설임도 없이 자신을 인디언들의 손에서 구출하기 위해 보여 주었던 포그 씨의 희생일 것이다. '주인님은 날 위해 자신의 재산은 물론이고 목숨까지도 내놓았어……. 이걸 잊어선 안 돼! 결코!'

승객들 모두 각자 다양한 생각에 빠져 있는 동안, 눈썰매는 계속해서 거대한 눈 양탄자 위를 날았다. 눈썰매가 리틀블루강의 지류인 몇 개의 시내를 건넜다 해도 이들의 눈에는 이 강들이 보이지 않았을 것이다. 들판과 하천들은 모두 형체 없는 흰색 아래 묻혀 버리고 없었다. 평원은 허허벌판 그 자체였다. '유니언퍼시픽' 철도의 간선과 커니와 세인트조지프가 합쳐지는 지선 사이에 포함된 이 평원은 거대한 무인도처럼 보였다. 마을도 없고, 역도 없고 요새조차 없었다. 때때로 보기 흉한 몇 그루의 나무가 번개처럼 스쳐 지나가곤 했는데, 앙상한 흰 가지가 바람에 휘어지곤 했다. 기러기 무리들이 눈썰매와 나란히 하늘을 날기도 했고, 이따금 무리를 지은 늑대

몇 마리가 야위고 허기진 모습으로 거센 생존 본능에 밀려 눈썰매를 따라잡으려고 기를 쓰기도 했다. 그러자 권총을 쥐고 있던 파스파르투는 이 무리가 가장 가까이 근접했을 때 총을 쏠 태세를 갖추고 있었다. 만약 이때 어떤 사고로 눈썰매가 멈추기라도 했다면 승객들은 이 사나운 포식자들의 공격을 피할 수 없었을 것이다. 그러나 눈썰매는 튼튼했으며, 거침없이 앞으로 질주해 나갔고, 으르렁거리던 무리도 곧 뒤처지고 말았다.

정오에 머지는 몇 가지 조짐을 통해 얼어붙은 플랫 강을 지나고 있음을 알았다. 아무 말도 하지 않았지만 30킬로미터 정도만 더 가면 오마하 역에 도달할 거라는 걸 그는 확신하고 있었다.

한 시가 채 되지 않았을 무렵, 이 능숙한 안내인은 키를 놓고 돛의 마룻줄로 달려가 이것을 급히 끌어내렸다. 하지만 그동안 붙은 가속도 때문에 썰매는 돛을 달지 않고도 일 킬로미터를 달렸다. 마침내 눈썰매가 멈춰 섰다. 머지는 눈으로 덮인 한 무더기의 흰 지붕들을 가리키며 말했다.

"드디어 다 왔습니다."

도착이다! 수많은 기차들이 미국의 동부와 연결되어 있는 오마하 역에 마침내 도착한 것이다!

파스파르투와 픽스는 땅으로 뛰어내렸고 잠든 나머지 일행을 흔들어 깨웠다. 이들은 포그 씨와 젊은 부인이 눈썰매에서 내리는 걸 도와주었다. 필리어스 포그는 머지에게 후한 값을 치렀고 파스파르투는 친구처럼 그와 악수를 나눴다. 그리고는 모두들 황급히 오마하 역을 향해 뛰었다.

미시시피 강 유역을 거대한 태평양과 연결시켜 주는 '퍼시픽 철도'가 끝나는 곳이 바로 네브라스카의 중심 도시인 오마하이다. 오마하에서 시카고까지 '시카고 — 록아일랜드 — 로드'라는 이름의 철도가 몇 개의 역을 거치며 직접 동부로 이어져 있다.

기차는 곧 떠날 태세였다. 필리어스 포그와 그 일행은 곧장 객차로 뛰어들어야만 했다. 이들은 오마하에 관한 어떤 것도 보지 못했지만 파스파르투는 그걸 유감스러워할 이유가 없으며 그다지 볼 만한 구경거리가 없을 거라고 스스로를 달랬다.

기차는 몹시 빠른 속도로 아이오와 주의 카운실블러프스, 디모인, 아이오와 시티 등을 지났다. 밤새 기차는 대번포트에서 미시시피 강을 지났고 록아일랜드를 거쳐 일리노이 주로 들어갔다. 다음날인 10일 오후 4시에 기차는 대화재(1871년 발생해 하루 종일 타들어 가면서 300여 명의 사상자를 냈고, 상업 구역을 폐허로 만들었다.)로 유명해진 시카고에 도착했다. 이 도시는 아름다운 미시간 호 연안에 자리 잡아 이전보다 더욱 안전해 보였다.

이로써 시카고와 뉴욕 사이의 1,440킬로미터를 주파한 것이다. 시카고에선 기차가 많았다. 포그 씨는 즉각 또 다른 기차로 갈아탔다. '피츠버그 — 포트웨인 — 시카고 철도'의 경쾌한 기관차는 마치 존경할 만한 이 신사가 더 이상 낭비할 시간이 없다는 걸 알기라도 하듯 전속력으로 달렸다. 기차는 옛 이름을 가진 몇몇 도시들을 통과하며 인디애나, 오하이오, 펜실베이니아, 뉴저지 주들을 번개처럼 지났다. 이중 몇몇 도시들은 도로와 전차는 있었지만 집은 한 채도 보이질 않았다. 마지막으로 허드슨 강이 나타났고, 12월 11일 저녁 11시 15분에 기차는 이 강의 오른쪽 기슭에 위치한 역에 도착했다. 역은 큐나드 해운, 즉 '영미왕립정기운송회사'의 기선들이 정박해 있는 부두 바로 앞에 있었다.

리버풀이 목적지인 차이나호가 45분 전 이미 떠나 버린 뒤였다!

32

필리어스 포그, 불운에 정면으로 맞서다

차이나호는 떠나면서 필리어스 포그의 마지막 희망도 함께 가져가 버린 것 같았다.

사실, 미국과 유럽 사이를 직접 운항하는 다른 정기여객선은 전혀 없었고, 프랑스 국적의 대서양을 횡단하는 배도, '화이트스타 해운'의 선박들도, '인먼' 사의 기선들도, '함부르크' 회사의 배들도, 그밖에 또 다른 것들도 이 신사에겐 도움이 되지 않았다.

'프랑스-대서양 해운' 회사의 '페레르'는 — 이 회사 선박들은 속력은 다른 회사와 같지만 편안하기로는 단연 으뜸이었다 — 이틀 뒤인 12월 14일에야 떠날 예정이었다. 게다가 이 배는 함부르크사의 배들과 마찬가지로 리버풀이나 런던으로 직접 가는 게 아니라 르아브르로 가는 배였다. 르아브르에서 사우샘프턴이라는 추가 노선은 결국 시간을 끌어서 필리어스 포그의 마지막 노력을 수포로 돌아가게 할 수도 있었다. 인먼사의 정기여객선인 '시티오브파리스' 호는 그다음날 출항할 예정이었지만 고려할 가치가 없었다. 이 선박은 주로 이민자들의 수송을 위한 거였고, 기관은 약하고 증기와 돛을 동시에 이용했기 때문에 속력이 매우 느린 상태였다. 이 배들은 모두 뉴욕에서 영국까지의 여정에서 필리어스 포그에게 남아 있는 시간보다 훨씬 많은 시간을 필요로 하는 배들이었다.

포그 씨는 매일 대양 항해의 진로를 알려 주었던 브래드쇼의 안내서를 참고로 이 모든 걸 알고 있었다.

파스파르투는 허탈감에 빠져 있었다. 45분 차이로 여객선을 놓쳤다는 것이 그를 더욱 참을 수 없게 했다. '이건 모두 내 잘못이야! 주인님을 돕지는 못할망정 가는 길마다 끊임없이 장애물만 던져 놓고 있으니!' 파스파르투는 정신을 차리고 이번 여행 중 생긴 모든 사건들을 돌이켜 보며, 지출된 총액의 손익이며 엄청난 판돈에다 이젠 허사가 되어 버린 여행의 상당한 경비를 계산하면서 포그 씨를 파산시킨 주범인 자신에게 욕설을 퍼부으며 괴로워했다.

그럼에도 불구하고 포그 씨는 그에게 어떠한 질책도 하지 않았고, 대서양 횡단 여객선이 드나드는 부두를 떠나며 이렇게 말했다.

"내일 가서 또 생각해 보지. 가세."

포그 씨, 아우다 부인, 픽스, 파스파르투 네 사람은 보트로 허드슨 강을 건너 브로드웨이에 있는 세인트니콜라스 호텔까지 인도해 줄 삯마차에 올랐다. 호텔에 도착한 네 사람은 각자의 방으로 들어갔다. 밤이 지났다. 숙면을 취했던 필리어스 포그에게는 짧은 밤이었지만 나머지 세 사람은 불안과 초조함으로 편히 쉴 수가 없었다.

그다음날은 12월 12일이었다. 12일 아침 7시부터 21일 저녁 8시 45분까지, 이제 9일 13시간 45분만이 남아 있었다. 필리어스 포그가 그 전날 '큐나드 해운' 회사의 가장 좋은 배들 중 하나인 차이나호로 출발했더라면 예정된 시간에 순조롭게 리버풀에 이어 런던에도 도착했을 것이다.

포그 씨는 하인에게 기다리라고 말하고, 아우다 부인에게는 언제라도 떠날 준비를 해 두라고 알려 준 다음 혼자 호텔을 나갔다.

포그 씨는 허드슨 강변으로 갔다. 그리고는 부두에 정박해 있거나 강에 닻을 내리고 있는 배들 중에서 떠날 준비가 되어 있는 배들을 열심히 찾아다녔다. 몇몇 선박들이 출항을 표시하는 기를 달고 아침 만조에 맞춰 바다로 나갈 준비를 하고 있었다. 이 거대하고 경이로운 뉴욕항에서 백여 척의 배들이 전 세계의 모든 항구를 향해 떠나지 않는 날이 없었다. 그러나 이 배들은 대부분 범선들로 필리어스 포그가 찾는 배가 아니었다.

이 신사는 마지막 시도마저 실패할 것처럼 보였다. 이때 포대 앞에 정박해 있는 기껏해야 1연(약 185.2m) 정도밖에 안 되는 스크루를 단 가느다란 모양의 상선이 눈에 띄었다. 배의 굴뚝에서 굵은 연기가 빠져나오고 있는 것으로 보아 곧 출항할 예정임을 알 수 있었다.

필리어스 포그는 거룻배를 소리쳐 불러 배에 올라탔다. 그리고는 사공이 노를 몇 번 젓자, 어느새 그는 헨리에타호의 사다리를 오르고 있었다. 이 배는 동체는 쇠로 되어 있지만 윗부분은 나무로 된 기선이었다.

헨리에타호의 선장은 뱃전에 있었다. 필리어스 포그가 갑판 위로 올라 선장에게 인사말을 건네자 선장도 자신을 소개했다.

선장은 50세가량 되어 보였는데, 이를테면 '바다의 늑대'처럼 상대하기가 만만찮은 불평꾼으로 보였다. 부리부리한 눈, 구릿빛 피부, 붉은 머리카락, 강인한 목 등 사교계의 신사다운 모습은 전혀 찾아볼 수 없었다.

"선장이오?" 포그 씨가 물었다.

"그렇소."

"난 필리어스 포그라고 하오. 런던 출신이죠."

"카디프의 앤드류 스피디라고 하오."

"곧 떠날 건가요?"

"한 시간 후 출항이오."

"혹시 어디까지 가는지?"

"보르도요."

"화물은요?"

"바닥에 실은 돌들뿐이오. 화물은 없소. 바닥짐만 싣고 떠날 거요."

"다른 승객은 없나요?"

"없소. 전혀 없소. 거추장스럽고 따지길 좋아하는 물건들은 사양이오."

"배는 빨리 가나요?"

"11 내지 12노트요. 빠르기라면 또 헨리에타호를 따를 배가 없죠."

"나와 세 사람이 더 있는데, 리버풀까지 데려다 주겠소?"

"리버풀? 아예 중국까지 가지 그러쇼?"

"아니, 리버풀이오."

"싫소!"

"싫다구요?"

"그렇소. 난 보르도로 떠날 거요. 보르도란 말이오."

"원하는 만큼 준다면요?"

"얼마를 준대도 싫소."

선장은 어떤 대꾸도 듣기 싫다는 투로 말했다.

"그런데 헨리에타호의 선주가……." 필리어스 포그가 말을 이었다.

"선주는 바로 나요. 이 배는 내 거니까."

"배를 세내면 안 되겠소?"

"싫소."

"아예 사겠다면?"

"그것도 싫소."

필리어스 포그는 눈썹 하나 까딱하지 않았다. 그러나 상황은 심각했다. 뉴욕의 헨리에타호 선장은 홍콩의 탕카데르호 선장과는 사뭇 달랐기 때문이다. 지금까지 이 신사의 돈은 항상 장애물들을 해결하는 수단이었다. 그런데 이번에는 이 돈도 통하지 않았다.

그렇지만 기구를 타지 않는 한, 배로 대서양을 횡단할 방법을 찾아야 했다. 기구를 탄다면 무모한 모험이 될 테지만, 어쨌든 이건 현실적으로 불가능한 일이었다.

하지만 필리어스 포그에겐 뭔가 생각이 있는 듯 보였다. 그가 선장에게 말했다.

"좋소, 그럼 보르도까진 데려다 주겠소?"

"싫소. 당신이 2백 달러를 준다 해도 안 되오."

"그럼, 2천 달러를 주겠소."

"한 사람당 말이오?"

"예, 한 사람당."

"네 사람이오?"

"그렇소."

스피디 선장은 마치 살점을 쥐어뜯기라도 할 듯 이마를 긁어 댔다. 여행 목적지를 바꾸지 않고 8천 달러를 얻을 수 있다는 건 온갖 승객들에 대한 거부감을 잊게 할 만큼 가치 있는 거래였다. 게다가 2천 달러의 승객이라면, 이건 승객들이 아니라 귀중품이나 다름없었다.

"9시에 떠나겠소." 스피디 선장이 퉁명스럽게 말했다. "헌데, 당신과 일행들은 어디에?"

"9시에 모두 배에 오를 것이오!" 포그 씨의 대답도 그 못지않게 퉁명스러웠다.

시간은 8시 반이었다. 헨리에타호에서 내려 마차를 타고 세인트니콜라스 호텔로 돌아와 아우다 부인과 파스파르투와 찰거머리 형사 픽스까지 데리고, 헨리에타호까지 인도하는 모든 과정에서 포그 씨는 단 한순간도 침착함을 잃지 않았다. 픽스는 포그 씨가 배를 무료로 태워 주겠다고 했으니 이번에도 역시 동행하게 된 셈이다.

헨리에타호가 막 떠나려고 할 때 네 사람은 모두 뱃전에 올라 있었다.

파스파르투는 이 마지막 항해에 얼마나 비싼 값을 치렀는지 알았을 때 이렇게 외치고 말았다. "오오!" 이 소리는 반음계의 간격에 맞춰 내려오며 길게 이어졌다.

한편, 픽스 형사는 결국 영국은행이 이 사건으로 손해를 볼 거라고 생각했다. 포그 씨가 런던에 도착하기까지 또다시 많은 돈을 바다에 내던지지 않는다 해도 이미 그의 가방에선 7천 파운드 이상이 사라졌을 것이기 때문이다.

33
필리어스 포그, 탁월한 기지로 난관을 극복해 내다

한 시간 후, 기선 헨리에타호는 허드슨 강의 입구를 표시하는 라이트보트를 지나 샌디후크 곶을 돌아 바다로 나왔다. 낮 동안 배는 롱아일랜드를 따라 파이어아일랜드 등대에서부터 먼 바다까지 나온 다음 빠르게 동쪽을 향해 달렸다.

이튿날인 12월 13일 정오, 한 남자가 위치를 확인하러 트랩 위로 올라왔다. 모두들 당연히 스피디 선장이라고 생각했을 테지만, 결코 아니었다. 바로 필리어스 포그 경이었다.

이때, 스피디 선장은 잠겨진 선실에 갇혀 극도의 분노를 참지 못하고 그저 괴성만 질러 대고 있었다.

사건의 경위는 아주 간단했다. 필리어스 포그는 리버풀까지 가길 원했고, 스피디 선장은 그럴 수 없다고 했다. 그래서 필리어스 포그는 선장이 말한 보르도행을 받아들였다. 그리고 배를 탄 지 30분이 지난 후 역시 돈을 이용해 배의 승무원, 즉 선원들과 화부들을 멋지게 자기편으로 끌어들였다. 사실 이들은 다소 불법적인 승무원들로 선장과는 사이가 좋지 않았다. 이렇게 해서 필리어스 포그가 스피디 선장을 대신하게 되었고, 선장은 자신의 선실에 갇히는 신세가 되었으며, 헨리에타호는 결국 리버풀로 향하게 된 것이다. 배를 다루는 솜씨로 보아 포그 씨는 적어도 항해술에 능한 사람임에 틀림없었다.

이제, 이 모험은 어떻게 끝날 것인가? 잠시 후 알게 될 것이다. 하지만 아우다 부인은 겉으로 말하진 않았지만 내심 걱정스러워하고 있었다. 픽스는 이 사실을 알고 깜짝 놀랐고, 파스파르투는 아주 근사한 일거리를 발견한 듯 즐거워 보였다.

스피디 선장은 '11 내지 12노트'라고 말했었고 실제로 헨리에타호는 이 속도를 유지하고 있었다.

만약 — 만약이 얼마나 많은지! — 날씨가 아주 나쁘지 않다면, 바람이 동풍으로 바뀌지 않는다면, 배가 어떤 손상도 입지 않는다면, 어떤 기관사고도 일어나지 않는다면, 헨리에타호는 12월 12일부터 12월 21일까지 9일 내에 뉴욕에서 리버풀까지 4천8백 킬로미터를 주파할 수 있을 것이다. 일단 리버풀에 도착하면 영국은행 건에다가 가지를 친 헨리에타호 사건까지 겹쳐 상황은 이 신사가 원했던 것과는 딴판으로 진행될 수도 있었다.

처음 며칠 동안 항해는 더할 수 없이 좋은 상태에서 이루어졌다. 바다는 지나치게 거칠지도 않았고 바람은 북동풍으로 굳어져 버린 것처럼 보였다. 모든 돛들을 활짝 편 헨리에타호는 진짜 대양을 횡단하는 정기여객선처럼 빠르게 나아갔다.

파스파르투는 매우 만족스러웠다. 주인의 마지막 탐험이 그를 흥분시키고 있었다. 그는 가슴이 떨려 차마 그 결과를 볼 수 없을 것 같았다. 그가 지금보다 더 유쾌하고 명랑해 보인 적은 없었다. 선원들에게도 더할 나위 없이 친절했으며 공중제비를 돌아 즐겁게 해 주기도 했다. 아주 다정스럽게 이름을 부르기도 하고 가장 좋은 술을 아낌없이 주기도 했다. 그 역시 주인을 닮아 수완이 무척 좋았다. 화부들은 더욱 신명이 나서 불을 지폈다. 그는 기분이 좋아 몹시 말이 많아졌고, 모든 이들에게 말을 붙이고 호의를 베풀었다. 여행을 힘들게 했던 방해꾼들이나 위험한 장애물 같은 과거는 잊어버린 지 오래였다. 너무도 가까이 와 있는 목표만을 생각할 뿐이었다. 이따금 초조함으로 헨리에타호의 화덕에 덴 것처럼 화끈 달아오르기도 했다. 이 용감한 하인은 픽스 주변을 빈번히 돌곤 했다. 그는 이 형사를 소위 '감시의 눈초리'로 바라보았지만 말을 걸진 않았다. 옛 동지였던 두 사람 사이에는 더 이상 어떤 친밀감도 남아 있지 않았다.

사실, 픽스 입장에서는 뭐가 뭔지 도무지 알 수가 없었다. 포그 씨는 헨리에타호의 정복과 승무원의 매수라는 두 가지 일을 완벽한 선원처럼 해냄으로써 다시 한 번 픽스를 어리둥절하게 만들었다. 이제 픽스는 정말 그를 어떻게 생각해야 할

지 알 수가 없었다. '어쨌든 이자는 5만 5천 파운드를 훔친 것으로 시작해서 배를 훔치는 걸로 끝을 맺었군. 그러니 이자가 헨리에타호를 이끌고 리버풀로 갈 리가 없어. 당연한 거야. 해적으로 돌변한 이자는 어디론가 도망가 안전하게 숨어 살겠지!' 하지만 이 가정은 더 이상 그럴듯해 보이지 않았다. 픽스는 처음으로 이 사건에 손을 댄 걸 심각하게 후회하기 시작했다.

한편 스피디 선장은 선실에 갇혀 계속해서 고함을 질렀다. 그에게 음식을 가져다줄 임무를 맡은 파스파르투는 힘으로 하는 건 뭐든 자신이 있었지만, 그래도 이 임무를 수행하기 위해선 극도로 조심해야 했다. 포그 씨는 이제 자신이 이 배의 선장이라는 걸 더 이상 의심조차 하지 않는 기색이었다.

13일, 배는 테르네브 제방의 끄트머리를 지나쳐 갔다. 이 근방은 특히 겨울 동안 안개가 자주 끼고 광풍이 몰아쳤기 때문에 배가 운항하기에 아주 나쁜 해역이었다. 전날 밤부터 갑자기 뚝 떨어지기 시작한 기압계는 대기 상태가 곧 변할 것임을 예고하고 있었다. 사실 밤 동안 기온이 떨어지면서 추위도 더욱 매서워졌다. 게다가 바람마저 남동풍으로 변해 있었다.

또다시 난관이었다. 포그 씨는 항로를 이탈하지 않기 위해 돛들을 꽉 조여 매고 기관을 더욱 힘차게 돌렸다. 그럼에도 불구하고 배의 속도는 바다 상태로 인해 계속 느려지고 있었다. 바다는 긴 파랑을 몰고 와 뱃머리에 세차게 부딪히곤 했다. 그럴 때마다 배는 격렬하게 흔들렸고, 이것이 속도를 방해하고 있었다. 바람은 점차 폭풍우로 변했고 사람들은 헨리에타호가 이 파도에 더 이상 견딜 수 없을 거라고 예측했다. 그러나 어디론가 도망가야만 한다 해도 또 어떤 불운이 닥칠지 알 수 없긴 마찬가지였다.

파스파르투의 표정 또한 하늘만큼이나 흐려졌다. 이틀 동안 이 성실한 젊은이는 극심한 불안에 시달렸다. 그러나 필리어스 포그는 대담무쌍한 선장으로 당당히 바다와 맞서고 있었다. 그는 조금도 증기압을 낮추지 않고 여전히 속도를 내고 있었다. 헨리에타호는 파도가 솟아오르지 않을 때를 틈타 앞으로 나아갔고, 갑판이 온통 물바다가 되어도 개의치 않았다. 산더미 같은 파도가 배 뒤쪽을 들어 올려 스크루가 물 밖으로 솟아오르고 그 날개가 공중에서 헛돌기도 했다. 하지만 배는 여전히 전진하고 있었다.

바람은 공포스럽게 느껴질 정도로 차가운 건 아니었다. 이 바람은 시속 150킬로미터로 몰아치는 강력한 폭풍우는 아니었다. 이 바람은 큰 피해를 남긴 후에야 비로소 잠잠해졌지만 불행히도 계속 남동풍이어서 돛을 펼 수가 없었다. 바람이 증기를 도와주었다면 좋았을 것이다.

12월 16일, 런던을 떠난 지 71일이 흘렀다. 마침내 헨리에타호는 불안한 지체 구역을 벗어났고, 이렇게 해서 목적지까지는 절반 정도가 남은 셈이었다. 가장 위험한 지역은 이미 지나왔다. 여름철이었다면 거의 성공했다고 말했을 테지만 겨울에는 성공 여부가 기상 조건에 따라 좌우되었다. 파스파르투는 아무런 말도 입 밖에 내지 않았지만 속으로는 희망을 갖고 있었다. 바람이 불지 않는다 해도 최소한 증기기관에 기대를 걸 수 있었으니까.

그러나 바로 이날 기관사는 갑판 위로 올라와 포그 씨와 심각한 대화를 나누었다.

까닭은 잘 모르겠지만, 어떤 예감 때문에 파스파르투는 막연한 불안감을 느꼈다. 그는 이들의 대화를 들으려고 귀를 기울였다. 그러나 몇 마디만 포착될 뿐이었다. 특히 그의 주인의 말이 귀에 들어왔다.

"당신이 주장하는 걸 확신할 수 있소?"

"물론이죠." 기관사가 대답했다. "배가 출발한 이후, 모든 화덕을 동원해서 불을 지폈다는 점을 잊지 마세요. 우리가 가진 석탄이 뉴욕에서 보르도까지 작은 속력으로 가기에는 충분할지 몰라도 뉴욕에서 리버풀까지 전속력으로 가다니, 그건 불가능하다구요!"

"생각해 보지." 포그 씨가 대답했다.

파스파르투는 이들이 무슨 말을 하는지 알았다. 극도의 불안감이 몰려왔다.

'석탄이 부족할 거라고? 만약 주인님이 이것마저 대비해 두었다면 분명 유명인사가 될 거야!'

픽스와 마주치자 그는 이 사실을 알리지 않을 수가 없었다.

"그럼, 자넨 우리가 리버풀로 간다고 믿었단 말인가?" 픽스가 이를 악물며 대답했다.

"물론이죠!"

"멍청하긴!" 형사는 어깨를 으쓱해 보이며 가 버렸다.

파스파르투가 이 욕설에 거칠게 대꾸하려고 했다. 사실 그는 이 말의 진짜 의미를 알지 못하고 있었다. 그러나 이 불운한 형사가 지금까지 범인을 쫓아 세계 주위를 미행했지만, 그것이 잘못되었음을 알고 몹시 낙담해 있으며 분명 자존심에 큰 상처를 입었을 거라고 생각했다. 그래서 그냥 참기로 했다.

그렇다면 필리어스 포그는 이 문제를 어떻게 해결할 것인가? 그걸 상상하는 건 그리 어렵지 않았다. 그동안 이 침착한 신사는 여러 방법들 중 하나를 결정한 듯 보였다. 그날 저녁 기관사를 부르더니 그가 말했다.

"불을 계속해서 지피고 연료가 완전히 소진될 때까지 앞으로 전진하게."

잠시 후, 헨리에타호의 배출구에선 연기가 폭포처럼 뿜어져 나왔다.

배는 계속해서 전속력으로 앞으로 나아갔다. 그러나 이틀 후 18일, 기관사는 이미 경고했듯이 석탄이 이날 안으로 떨어질 것이라고 말했다.

그러자 포그 씨가 대답했다. "화력을 낮춰선 안 되네. 계속해서 배기관을 채우도록 하게."

정오 무렵, 높은 곳에 올라 배의 위치를 확인한 후 필리어스 포그는 파스파르투를 불렀다. 그리고는 스피디 선장을 데려오라고 지시했다. 이건 호랑이를 사슬에서 풀어 주라는 명령이나 다름없었다. 그는 배 뒤쪽 갑판으로 내려와서 이렇게 중얼거렸다.

"분명 선장은 화가 나서 잡아먹을 듯 날뛸 거야!"

실제로, 몇 분 후 고함과 욕설이 터져 나오고 그 폭탄이 뒤쪽 갑판에 나타났다. 스피디 선장이었다. 그는 폭발 직전이었다.

"여기가 어딘가?" 화가 치밀어 숨이 넘어갈 듯하면서 그가 내뱉은 첫마디였다. 물론 여기서 그가 분노를 이기지 못해 쓰러지기라도 했다면 결코 회복되지 못했을 것이다.

"여기가 어디냔 말야!" 그가 얼굴이 시뻘개져서 다시 물었다.

"리버풀에서 1,240킬로미터 떨어진 지점이요." 필리어스 포그가 전혀 동요하지 않고 침착하게 대답했다.

"이 해적 놈!" 앤드류 스피디가 외쳤다.

"실은, 당신을 오게 한 이유는……."

"천하에 모리배 같은 놈아!"

"이보시오, 선장, 이 배를 파시오."

"안 돼! 무슨 일이 있어도 못 판다고 했잖아!"

"그럼 이 배를 몽땅 태워 버리겠소."

"내 배를 태운다고?"

"그렇소. 연료가 부족하니 윗부분이라도 태울 수밖엔 없소."

"감히 내 배를 태워?" 선장은 격노해서 미처 말을 제대로 잇지도 못했다. "그것도 5만 달러짜리 내 배를."

"여기 6만 달러요!" 선장에게 지폐 꾸러미를 건네주며 포그 씨가 말했다.

역시 돈의 효과는 놀라웠다. 6만 달러를 보고도 초연할 수 있다면 그는 미국인이 아닐 것이다. 선장은 잠시 동안 분노도, 감금되었던 사실도, 이 못된 해적에 대한 반감도 모두 잊어버린 듯했다. 그의 배는 20년이나 된 배였다. 이것이 노다지로 돌변할 줄이야! 폭탄은 더 이상 터질 수가 없었다. 포그 씨가 이미 도화선을 뽑아 버렸으니까!

"그래도 동체는 안 팔 거요." 선장이 몹시 누그러진 목소리

로 말했다.

"동체와 기관, 모두 당신 거요. 이제 됐소?"

"좋소."

앤드류 스피디는 돈다발을 움켜진 채 세어 보더니 얼른 주머니 속에 집어넣었다.

이 장면을 보고 있던 파스파르투는 하얗게 질려 있었다. 픽스 역시 마찬가지로 기절할 지경이었다. 지금까지 거의 2만 파운드를 써 버렸는데, 이 포그란 자는 또다시 배를 판 사람에게 동체와 기관까지 주면서 거의 배 전체 값에 해당하는 돈을 뿌리고 있다니! 영국 은행에서 도둑맞은 돈이 5만 5천 파운드라는 말이 맞는 모양이군!

앤드류 스피디가 그 돈을 주머니에 넣자 포그 씨가 말했다.

"선장, 놀라지 마시오. 만약 12월 21일 저녁 8시 45분까지 런던에 당도하지 못하면 난 2만 파운드를 잃게 되어 있소. 그런데 난 이미 뉴욕행 배를 놓쳐 버렸고 당신은 또 리버풀까지 갈 수 없다고 하니, 어쩌겠소? 부득이 이렇게 된 거요."

"내게도 잘 된 일이오. 5만 달러라면 지옥에 가서나 만져볼 돈인데, 그 때문에 적어도 4만 달러는 번 셈이니까." 그리고는 더욱 침착하게 덧붙였다. "그런데 말이오, 성함이……."

"포그요."

"포그 선장. 당신에게도 미국인의 기질이 있다는 거 아시오?"

그가 포그 씨에게 칭찬을 한답시고 몇 마디를 건넨 후 가려고 하는 순간 필리어스 포그가 말했다.

"이제 이 배는 내 것이 맞소?"

"물론, 용골에서부터 돛대 꼭대기까지 나무로 된 건 모두 당신 거요!"

"좋소. 내부의 비품들을 부수게 하고 이 조각들과 함께 태우시오."

기관에 충분한 압력을 주려면 이 마른 나무들을 얼마나 태워야 할지, 짐작 가는 일이다. 이날 뒷갑판, 상갑판, 선실들, 합숙소, 아래갑판 등 모든 것이 사라져 버렸다.

그다음날인 12월 19일 돛대들과 활대들, 예비부품들이 태워졌다. 사람들은 돛들을 쓰러뜨리고 도끼로 찍어 작게 부수었다. 승무원들은 신들린 사람들처럼 이 일에 매달려 있었다. 파스파르투도 톱으로 베고 자르면서 열 명의 몫을 거뜬히 해냈다. 그것은 파괴 본능의 폭발이었다.

이튿날인 20일, 난간과 칸막이, 건현 등 갑판의 대부분이 불길 속으로 사라져 갔다. 헨리에타호는 이제 폐선처럼 밋밋한 건조물에 불과했다.

바로 이날, 아일랜드 해안과 패스닛 등대가 보였다.

그러나 저녁 10시 배는 여전히 퀸즈타운을 벗어나지 못하고 있었다. 필리어스 포그에게는 불과 24시간 정도밖에 남아 있지 않았다. 그런데 헨리에타호가 리버풀에 닿기 위해선 전속력으로 달린다 해도 우선 절대적인 시간이 필요했다. 그러나 이 대담한 신사도 결국 기력이 떨어져 가고 있었다!

결국 포그 씨의 계획에 관심을 갖게 된 스피디 선장이 말했다. "모든 게 당신 뜻과는 반대로만 되어 가니, 참으로 유감스럽소. 아직도 퀸즈타운 앞이니……."

"아! 저기 보이는 불빛들이 바로 퀸즈타운이란 말이죠?"

"그렇소."

"항구로 들어갈 수 있을까요?"

"3시 전에는 안 되오. 만조 때가 되어야 가능하오."

"그럼, 기다립시다!" 필리어스 포그가 표정을 드러내지 않은 채 조용히 대답했다. 기발한 영감을 가지고 그는 이번에도 다시 한 번 이 불운을 꺾어 볼 작정이었다.

사실 퀸즈타운은 아일랜드 해안의 항구로서, 미국에서 오는 정기 여객선들이 건네주는 우편물들을 보관하는 곳이다. 우편물들은 언제라도 떠날 준비가 된 급행열차에 실려 더블린으로 운반된다. 그런 다음 쾌속선으로 더블린에서 리버풀까지 운송된다. 그렇게 되면 해운 회사들 중 가장 빠른 배들보다 12시간이나 앞서는 것이다.

이렇게 해서 미 우편선이 얻은 12시간은 고스란히 필리어스 포그의 것이 될 것이다. 헨리에타호를 타고 그다음날 저녁 리버풀에 도착하는 대신, 이 방법을 쓰면 정오 무렵 도착하게 될 것이다. 결과적으로 그는 저녁 8시 45분 런던에 도착할 시간을 번 셈이다.

새벽 1시경, 헨리에타호는 만조를 틈타 퀸즈타운항으로 진입했다. 필리어스 포그는 스피디 선장과 악수를 나눈 뒤 골격만 남은 채 벌거벗은 배 위에서 그와 헤어졌다. 하지만 이 배는 아직도 팔렸던 값의 절반 정도의 가치가 있었다.

승객들은 즉시 배에서 내렸다. 픽스는 순간적으로 포그 씨를 체포해 버리고 싶은 마음이 굴뚝같았지만 그러지 않았다. 왜? 대체 그의 마음속엔 어떤 싸움이 벌어지고 있었던 걸까? 포그 씨에 관해 처음부터 다시 생각하고 있었을까? 결국 자신이 틀렸다는 걸 깨달았을까? 그러나 픽스는 포그 씨를 포기하지 않았다. 숨 고를 시간조차 없이 포그 씨, 아우다 부인과 함께 픽스는 새벽 1시 30분에 퀸즈타운을 떠나는 기차에 몸을 실었다. 동틀 무렵 더블린에 도착하자마자 곧 기선에 올라탔다. 이 기선은 진짜 강철로 된 방추에 모든 것이 기계식으로 작동하는 것으로 파도에도 흔들림 없이 물살을 가르며 질주했다.

12월 21일 오전 11시 40분, 필리어스 포그는 마침내 리버풀항 부두에 발을 디뎌 놓았다. 이제 정해진 시간까지는 불과 여섯 시간밖에 남지 않았다.

그러나 바로 이 순간, 픽스가 다가와 그의 어깨에 손을 얹더니 영장을 보여 주며 말했다.

"필리어스 포그 경이죠?"

"그렇소만."

"여왕의 이름으로 당신을 체포하겠소!"

34
파스파르투, 독설을 퍼부어 줄 절호의 기회를 얻다

필리어스 포그는 감금되었다. 리버풀 세관은 그를 쿠스톰 하우스 경찰서에 가두었고, 그는 런던으로 이송되길 기다리며 거기서 밤을 지새웠다.

그가 체포되던 순간, 파스파르투는 형사에게 달려들려고 했었지만 경찰들이 그를 저지했다. 갑작스런 상황에 깜짝 놀란 아우다 부인은 영문을 모른 채 몹시 당황스러워했다. 파스파르투가 그녀에게 상황을 설명해 주었다. 그녀의 생명의 은인이며 정직하고 용감한 이 신사가 도둑 누명을 쓰고 체포된 것이라고! 젊은 부인은 이것을 반박했고 끓어오르는 분노를 참을 길이 없었다. 그러나 막상 이 상황에서 은인을 구출하기 위해 자신이 할 수 있는 게 아무것도 없음을 알게 되자 하염없는 눈물만 흘러내렸다.

한편, 픽스는 포그 씨가 범인이든 아니든 그를 체포하는 것은 자신의 의무이고, 자신은 그 의무를 충실히 이행했을 뿐이라고 생각했다. 나머지 그의 유죄 여부는 법정에서 가려질 일이었다.

그러나 이때 파스파르투에게 한 가지 생각이 떠올랐다. 이 모든 불행은 결국 자기 자신으로부터 비롯되었다는 자책감이었다. '왜 주인님께 픽스의 계략을 숨겼을까? 픽스가 형사라는 신분과 자신이 맡은 임무를 고백했을 때 왜 주인님께 알리지 않았을까? 주인님이 알았더라면 틀림없이 픽스에게 자신의 결백을 증명해 보이고 그의 잘못을 일깨워 주었을 텐데. 그랬더라면 주인님은 이 배은망덕한 형사를 자기 비용과 노력을 들여 애써 배에 태우지도 않았을 텐데. 이자의 관심은 오직 주인님이 영국 땅에 발을 내려놓자마자 체포하려는 생각뿐이었어.' 자신의 실수와 경솔함에 대해 생각하며 이 불쌍

한 젊은이는 어찌할 수 없는 후회스러움에 사로잡혔다. 그는 보기에도 애처로울 정도로 눈물을 흘렸다. 아마 자신의 머리통을 부숴 버리고 싶은 심정이었을 것이다.

아우다 부인과 그는 추위에도 불구하고 세관 복도에 남아 있었다. 둘 중 어느 누구도 자리를 뜨려 하질 않았다. 이들은 다시 한 번 포그 씨를 보길 원했다.

포그 씨는 이번에야말로 확실히 파산하고 말았다. 이때쯤 그는 목적지에 도달해 있어야 할 몸이었다. 이렇게 체포됨으로써 그는 영영 패배하고 만 것이다. 12월 21일 오전 11시 40분, 리버풀에 도착한 그에게는 리폼클럽에 모습을 드러낼 저녁 8시 45분까지 9시간 15분이 남아 있었다. 하지만 리버풀에서 런던까지는 단 여섯 시간이면 갈 수 있었다.

이 순간 누군가 세관 경찰서에 들어왔더라면 포그 씨가 화도 내지 않고 침착한 모습으로 나무 의자에 앉아 꼼짝도 하지 않는 모습을 보았을 것이다. 모든 걸 체념한 듯 보였지만 이 마지막 타격도 적어도 겉으로 보기엔 그를 흔들어 놓을 수 없었던 것 같다. 그의 마음속에 은밀한 분노가 일었던 걸까? 그렇다면 이 분노는 억눌려 있다가 마지막 순간에 와서야 저항할 수 없는 힘으로 폭발한 것이므로 더욱 끔찍했을 것이다. 그건 누구도 모를 일이다. 조용히 앉아 대체 그는 뭘 기다리고 있었을까? 어떤 희망을 품고 있었을까? 이렇게 감옥에 간

혀서도 자신의 성공을 확신하고 있었을까?

그의 속내야 어찌 됐건, 포그 씨는 아주 조심스럽게 자신의 시계를 탁자 위에 놓은 다음 시곗바늘이 가는 모습을 지켜보고 있었다. 그는 단 한 마디도 하지 않았지만 시선은 뭔가를 뚫어지게 응시하고 있었다.

어쨌든, 상황은 몹시 좋지 않았다. 그의 속마음을 읽지 못하는 사람들은 상황을 다음과 같이 정리할 것이다.

정직한 인간 필리어스 포그는 파산했고, 부정직한 인간 필리어스 포그가 체포되었다.

이때 그는 자신을 구제할 방법이 있었을까? 이 경찰서에서 빠져나갈 만한 어떤 출구를 찾으려고 했을까? 도주할 작정이었을까? 누구나 그렇게 믿고 싶을 것이다. 실제로 어떤 때는 방을 한 바퀴 빙 돌곤 했다. 그러나 문은 단단히 닫혀 있고 창문은 철책으로 막혀 있었다. 그래서 다시 제자리로 돌아와 앉아 여행 일지를 꺼내 이렇게 적었다 : '12월 21일, 토요일, 리버풀, 80일째, 오전 11시 40분'. 그리고는 잠자코 기다렸다.

쿠스톰하우스의 괘종시계가 1시를 울렸다. 포그 씨는 자신의 시계가 이 시계보다 2분이 빠르다는 걸 알았다.

2분이 되었다! 만약 이 순간 고속열차를 탔다면 런던에 도착할 수 있을 것이고, 저녁 8시 45분 전에 리폼클럽에 도착할 수 있을 것이다. 그의 이마에 가볍게 주름이 잡혔다.

2시 33분, 밖에서 요란한 소리가 들렸다. 문들이 열리느라 소음이 진동을 했다. 파스파르투의 목소리가 들리고, 픽스의 목소리도 들렸다.

순간, 필리어스 포그의 눈빛이 빛났다.

경찰서 문이 열렸고, 아우다 부인과 파스파르투와 픽스의 모습이 보였다. 이들은 그를 보자마자 급히 달려왔다.

가쁜 숨을 몰아쉬고 있는 픽스는 머리가 온통 헝클어져 있었다. 그는 무슨 말을 해야 할지 몰랐다.

"선생님," 그는 말을 더듬었다. "저, 선생님…… 용서하십시오……. 너무도 똑같은 바람에 그만……. 3일 전 범인이 체포되었답니다……. 당신은…… 석방입니다!"

이렇게 필리어스 포그는 자유인이 되었다! 그는 형사에게로 다가갔다. 그리고는 똑바로 쳐다보더니, 이전에도 한 적이 없고 앞으로도 두 번 다시 하지 않을 그런 신속한 동작으로 두 팔을 뒤로 빼더니 로봇처럼 정확하게 이 불운한 형사를 주먹으로 내리쳤다.

"그것 참, 쌤통이군!" 파스파르투는 프랑스인답게 독설을 내뱉으며 이렇게 덧붙였다. "맞아도 싸지! 바로 이런 걸 두고 '영국 주먹의 멋진 한 방' 이라고 하는 거야!"

넘어진 픽스는 한 마디 말도 없었다. 마땅히 맞을 걸 맞았을 뿐이니까. 그러나 포그 씨, 아우다 부인, 파스파르투 세 사람은 곧 세관을 나섰다. 이들은 지나가는 마차로 뛰어들었고 몇 분 후 리버풀 역에 도착했다.

필리어스 포그는 런던행 고속열차가 있는지를 물었다.

시간은 2시 40분을 가리키고 있었다. 고속열차는 35분 전에 떠나 버린 후였다.

그러자 필리어스 포그는 특별 열차를 주문했다.

막 떠나려고 하는 고속 열차가 몇 대 있었다. 그러나 의무적인 배차 간격 때문에 특별 열차는 3시 이전에는 역을 떠날 수가 없었다.

3시에 필리어스 포그는 얼마간의 상금을 주겠다는 말로 기관사를 구슬린 뒤, 젊은 부인과 충실한 하인을 데리고 런던을 향해 전속력으로 달렸다.

5시간 30분 만에 리버풀과 런던 사이를 달려야 했다. 전 구간의 선로가 비어 있을 때라면 가능했을 것이다. 그러나 불가피한 지체가 몇 차례 있었고, 이 신사가 역에 도착했을 때 런던의 모든 시계들은 8시 50분을 가리키고 있었다.

필리어스 포그는 이렇게 세계일주를 완수해 냈다! 하지만 5분 늦게…….

결국 그는 패배했던 것이다.

35
파스파르투,
주인의 지시가 다시 되풀이되지 않도록 하다

이튿날, 포그 씨가 이 집으로 다시 돌아왔다는 걸 알았다면 새빌로 가의 사람들은 무척 놀랐을 것이다. 그러나 문도 창문도 모든 것이 닫혀 있었다. 밖에서 볼 땐 어떤 변화도 감지할 수 없었다.

런던 역을 떠나 필리어스 포그는 하인에게 약간의 식량을 사라는 지시를 내리고는 집으로 돌아왔다.

이 신사는 평소와 다름없이 냉정하게 자신이 처한 이 상황을 받아들였다. 그는 파산했다! 그 어설픈 형사의 실수로! 이 긴 여행의 첫 걸음을 떼어 놓은 후, 무수한 장애에 부딪혔고, 수많은 위험에 용감히 맞섰고, 도중에 약간의 선행을 베풀기도 하면서 헤쳐 나왔는데, 예상치 못한 가혹한 현실 앞에서 무장 해제를 당하며 항구 문턱에서 좌초되다니! 처음 출발할 때 가지고 갔던 거액은 이제 하찮은 잔돈 몇 푼만 남았다. 베어링 형제 은행에 예치된 2만 파운드는 더 이상 그의 재산이 아니라 리폼클럽의 동료들의 것이 되어 버렸다. 물론 이미 너무 많은 비용을 지출한 터라 이 판돈을 땄다 해도 부자가 되진 못했을 것이다. 또한 명예를 위한 내기였으므로 부자가 될 생각도 없었을 것이다. 그러나 판돈마저 날림으로써 완전히 알거지가 되고 말았다. 게다가 이걸 감수해야만 했다. 이제 남은 일이 무엇인지 그는 알고 있었다.

그는 새빌로 집의 방 하나를 아우다 부인에게 내주었다. 젊은 부인은 낙심해 있었다. 포그 씨가 던진 몇 마디를 통해 그녀는 그가 다소 불길한 생각을 하고 있음을 알았다.

고정관념에 빠져 있는 편집광적인 영국인들이 자포자기 상태에서 얼마나 통탄할 만한 결말로 치닫는지는 잘 알려져 있다. 파스파르투는 내색하진 않았지만 주인의 눈치를 줄곧 살피고 있었다.

그러나 무엇보다도 이 정직한 젊은이는 자신의 방으로 뛰어올라가 80일 전부터 타고 있었던 가스등부터 껐다. 우편함에서 가스 회사의 통지서를 발견하고는 자신이 물어야 할 요금을 중지시키는 것이 급선무라고 생각했기 때문이다.

밤이 지났다. 포그 씨는 잠자리에 들긴 했지만 잠을 잤을까? 아우다 부인은 단 한순간도 마음을 놓지 못했고 파스파르투 역시 주인의 문 앞에서 불침번을 섰다.

이튿날, 포그 씨는 파스파르투를 불러 아주 간략한 말로 아우다 부인에게 식사를 가져다주라고 말한 다음 자신은 커피한 잔과 토스트 한 쪽이면 될 거라고 했다. 그는 모든 시간을 주변 일들을 정리하는 데 써야 하므로 점심과 저녁을 같이 할 수 없다며 부인께 양해를 구했다. 그는 내려오지 않았다. 그리고는 그날 저녁 그는 아우다 부인에게 잠시 대화를 나눌 수 있겠느냐고 물었다.

파스파르투는 그날의 일정을 숙지한 후 이 일정에 맞추어 움직일 뿐이었다. 그는 여전히 냉정한 주인을 바라보았다. 하지만 자신의 방을 떠날 결심이 쉽게 서질 않았다. 그는 이 돌이킬 수 없는 재난이 모두 자신의 탓인 양 심한 자책에 시달리고 있었다. 후회로 가슴이 터질 것 같았다. 그렇다! 만약 그가 포그 씨에게 모든 사실을 미리 알렸더라면, 픽스 형사의 계획을 밝혔더라면, 포그 씨는 분명 리버풀까지 이 형사를 데리고 오지 않았을 거고, 그랬다면…….

파스파르투는 더 이상 견딜 수가 없었다.

"주인님! 주인님! 제게 벌을 내려 주십시오. 모든 게 제 잘못으로……."

"난 누구도 원망하지 않네. 가 보게." 필리어스 포그가 더욱 차분한 어조로 말했다.

파스파르투는 주인의 방을 나와 아우다 부인을 보러 갔다. 그녀에게 주인의 뜻을 말해 주려는 것이었다.

"부인, 전 더 이상 아무것도 할 수가 없습니다. 주인님은 이제 제 말이라면 눈도 하나 깜빡하지 않을 테니까요…….”

“제가 무슨 힘이 되겠어요? 포그 씨는 어떤 것에도 전혀 흔들림이 없는 분이잖아요. 그분을 향한 제 마음이 단순한 감사가 아니라는 걸 그분은 알고나 계실까요? 아마 제 마음을 결코 읽지 못했을걸요! 그러니 제발, 그분을 떠나지 말아 주세요. 단 한순간이라도요. 오늘 밤 그분이 내게 뭔가 할 말이 있다고 했나요?”

“그렇습니다. 부인. 아마도 영국에서 당신의 안전을 보호하는 것과 관련된 문제일 겁니다.”

“그럼, 기다려 보기로 하죠.” 젊은 부인은 생각에 잠겨 있었다.

이렇게, 이날 일요일 하루 동안 새빌로의 집은 마치 아무도 살지 않는 듯했다. 필리어스 포그가 리폼클럽에 나가지 않은 것은 이 집에 머물게 된 후 처음 있는 일이었다. 이때 국회의사당의 종이 11시 30분을 알렸다.

이 신사가 무엇 때문에 리폼클럽에 나타나겠는가? 그의 동료들이 더 이상 그를 기다리지도 않을 텐데. 어제 저녁, 12월 21일 토요일 8시 45분, 필리어스 포그는 리폼클럽의 휴게실에 나타나지 못했다. 판돈은 날아간 것이다. 이젠 2만 파운드라는 돈을 찾으러 은행에 갈 필요조차 없었다. 그의 동료들은 그가 서명한 수표를 손에 쥐고 있었고, 베어링 형제 은행에서

2만 파운드를 이들의 계좌로 넣기 위해선 서명 하나면 충분했기 때문이다.

포그 씨는 나갈 필요도 없었고 나가지도 않았다. 그는 방에 틀어박혀 자신의 일들을 차분히 정리하고 있었다. 파스파르투는 새벽로 집의 계단을 오르내리는 일을 멈추지 않았다. 이 가련한 젊은이에게 시간은 멈춰 버린 듯했다. 그는 주인의 문 앞에서 기척이 있는지 귀를 기울여 들으면서도 이것이 무례한 짓이라곤 꿈에도 생각지 않았다! 열쇠 구멍으로 방을 들여다보기도 했으며, 그만한 권리는 있다고 자부했다! 파스파르투는 매 순간 어떤 끔찍한 일이 일어나지나 않을까 걱정했다. 이따금 픽스가 생각나기도 했지만 곧 제자리로 다시 돌아오곤 했다. 그 형사라면 더 이상 생각하기도 싫었던 것이다. '픽스는 다른 사람들처럼 주인님을 오해하고 있었어. 그래서 주인님을 미행하고 체포했지만 그는 자신의 의무에 충실했을 뿐이야. 하지만…….' 이런 생각으로 파스파르투는 괴로워했고, 이 세상에서 자기보다 더 비참한 사람은 없는 듯 보였다.

이런 생각으로 결국 혼자 있는 자신이 너무 불행하다고 느껴지면 아우다 부인의 방문을 두드렸다. 그리고는 안으로 들어가 말없이 한쪽 모퉁이에 앉아 여전히 생각에 잠겨 있는 젊은 부인을 바라보았다.

저녁 7시 30분경, 포그 씨는 아우다 부인에게 들어가도 괜찮은지를 물었다. 잠시 후 방에는 젊은 부인과 포그 씨 단둘만 남게 되었다.

필리어스 포그는 의자를 가져가 벽난로 근처에 아우다 부인을 마주 보며 앉았다. 그의 얼굴엔 어떠한 감정도 찾아볼 수 없었다. 포그 씨는 떠날 때의 그 모습 그대로 돌아와 있었다. 심지어 더 차분하고 더 냉정해진 것 같았다.

그는 5분 동안 말없이 앉아 있었다. 그리고는 고개를 들고 아우다 부인을 바라보며 말했다.

"부인, 당신을 영국으로 데려온 걸 용서해 주시겠습니까?"

"아니, 그 무슨 말씀을!" 아우다 부인은 심장이 두근거리는 걸 참았다.

"마저 제 얘기를 들어 주십시오. 너무도 위험한 이 먼 곳까지 부인을 데려오려고 생각했을 땐 제가 부자였습니다. 그래서 제 재산의 일부를 부인께서 마음대로 쓰도록 해 놓을 생각이었죠. 그러면 부인께선 행복하고 자유로웠을 겁니다. 하지만 전 지금 파산한 상태랍니다."

"알고 있어요. 이번엔 제가 묻겠습니다. 지금까지 줄곧 당신을 따라오며 어쩌면 저 때문에 지체되고 파산하게 되었는지도 모르는데, 이런 절 용서해 주시겠어요?"

"부인께선 인도에 머무를 수 없었어요. 또 그 광신도들로부터 멀리 달아나는 방법만이 안전을 보장할 수 있는 길이었

구요.”

“그래서 당신은 날 끔찍한 죽음에서 구해 준 걸로도 모자라, 이 외국에서까지 제 안전을 걱정하시는 건가요?”

“그렇습니다. 제 상황이 여러모로 나빠지긴 했습니다만 조금이라도 남은 재산이 있다면 그걸 부인을 위해 쓰고 싶습니다. 허락해 주시겠습니까?”

“그럼, 당신은 어떻게 되는 건가요?”

“저야, 뭐, 아무것도 필요치 않습니다.”

“그럼, 앞으로 어떻게 하실 작정이세요?”

“늘 하던 대로죠.”

“어찌 됐건 당신 같은 분께 불행이 찾아올 순 없을 거예요. 친구 분들이…….”

“난 친구가 없소.”

“그럼 친척들은…….”

“그분들도 이젠 계시지 않소.”

“정말 유감이로군요. 혼자라는 건 슬픈 일이죠. 아! 괜한 이야기를 했군요. 마음을 상하게 하려는 뜻은 아니었어요. 슬픔은 둘이 나누면 반으로 준다고들 하잖아요.”

“네, 그렇게들 말하죠.”

이때 아우다 부인이 자리에서 일어나 포그 씨에게 손을 내밀며 말했다. “포그 씨, 제가 친구도 가족도 되어 드리고 싶은

데, 절 부인으로 받아 주시겠어요?"

그녀의 말이 떨어지자마자 이번엔 포그 씨가 벌떡 일어섰다. 그의 눈엔 평소와는 다른 빛이 보였고 입술도 약간 떨렸다. 아우다 부인은 그를 바라보았다. 이 고귀한 부인의 눈빛엔 자신의 은인을 구할 만한 진실함과 정직함과 단호함과 온화함이 서려 있었다. 이것이 무엇보다 그를 놀라게 했고, 그의 마음을 파고들었다. 그는 이 시선이 더 깊어지는 걸 피하기라도 하듯 잠시 눈을 감았다. 다시 눈을 뜨며 그가 말했다.

"당신을 사랑합니다! 예, 사실입니다. 세상에서 가장 신성한 것을 걸고 고백하건대, 당신은 나의 전부입니다."

"아!" 아우다 부인은 포그 씨의 목을 껴안았다.

주인의 호출 소리에 파스파르투가 즉시 올라왔다. 포그 씨는 여전히 아우다 부인의 손을 잡고 있었다. 파스파르투는 그동안의 사정을 알 수 있었다. 그의 커다란 얼굴이 열대 지방의 하늘에 뜬 태양처럼 환히 빛났다.

포그 씨는 메리르본 구역의 사무엘 윌슨 목사에게 이 사실을 알리려면 너무 늦은 게 아닐지 물었다.

파스파르투는 매우 환한 미소를 지어 보였다.

"결코 늦지 않았습니다."

시간은 겨우 8시 5분을 가리키고 있었다.

"그럼, 결혼식은 내일, 월요일이 어떨까요?" 파스파르투가 말했다.

"내일 괜찮겠소?" 포그 씨가 아우다 부인을 바라보며 물었다.

"좋아요! 그렇게 하기로 하죠."

파스파르투는 집에서 나가 온 힘을 다해 달렸다.

36
필리어스 포그, 다시 주가를 올리다

이 시점에서 지적해 두고 싶은 건, 지난 12월 17일 영국 은행 절도사건의 진범인 제임스 스트랜드라는 자가 에든버러에서 체포되었다는 사실이 알려졌을 때 영국 내 여론의 방향이 급변했다는 것이다.

3일 전만 해도 필리어스 포그는 경찰이 최후까지 추격했던 범죄자로 알려져 있었다. 그러나 이제 별난 세계일주를 수학적으로 수행하고 있는 가장 정직한 신사로 통하게 되었다.

언론의 영향력과 파급력은 참으로 대단했다! 이미 이 사건을 잊어버렸던 모든 내기꾼들이 마법에서 풀린 듯 모두 되살아났다. 필리어스 포그의 거래도 다시 활발해졌다. 투자자들의 매수가 이어졌고 주가는 새로운 힘을 얻어 상승하기 시작했다. 주식 시장에서 필리어스 포그의 이름은 다시 프리미엄이 붙기 시작했다.

리폼클럽의 다섯 동료들은 불안한 마음으로 3일을 보냈다. 그동안 잊고 있었던 필리어스 포그가 이들의 눈앞에 다시 나타났던 것이다! 이 순간 그는 어디에 있을까? 제임스 스트랜드가 체포되던 12월 17일은 필리어스 포그가 런던을 떠난 지 76일째 되는 날이었다. 하지만 그는 깜깜무소식이었다! 쓰러진 걸까? 내기를 포기한 걸까? 아니면 예정된 일정에 맞추려고 계속해서 오고 있는 중일까? 12월 21일 토요일 저녁 8시 45분, 정확성의 귀재인 그가 과연 리폼클럽의 휴게실 문 앞에 나타날까?

3일 동안 이 클럽의 모든 사람들이 겪었던 걱정과 초조함은 말로 다 표현할 수 없을 것이다. 영국의 모든 단체들이 필리어스 포그의 소식을 알아내기 위해 미국과 아시아에 급보를 띄웠고, 아침저녁으로 사람을 보내 새빌로의 집을 살펴보게 했다. 그러나 모두 허사였다. 경찰도 잘못된 미행 사건에 공교롭게 말려든 픽스 형사의 행방을 파악하지 못하고 있었다. 전보다 더 거센 기세로 불어나는 내기들을 막을 수 없는 이유가 바로 여기에 있었다. 필리어스 포그는 경주마처럼 달려 마지막 반환점에 도달했다. 그의 시세는 더 이상 100대 1, 20대 1, 10대 1, 5대 1이 아니었고, 중풍에 걸린 알베르말 경은 1대 1의 값을 제시했다.

토요일 저녁 팰맬 가와 근처 거리에는 엄청난 인파가 모여들었다. 영문을 모르는 사람들이 보았다면 거대한 주식시장이 리폼클럽 근처에 아예 자리를 잡은 줄 알았을 것이다. 통행이 불가능할 정도였다. 곳곳에서 논쟁이나 말다툼이 벌어졌고, 국채의 주가라도 되는 듯 '필리어스 포그'의 주가를 불러 댔다. 필리어스 포그가 도착할 시간이 다가올수록 군중들은 극도의 흥분 상태에 휩싸였고, 경찰들은 이 군중들을 통제하느라 무척 애를 먹고 있었다.

바로 이날 저녁 다섯 명의 동료들은 리폼클럽의 대휴게실에 9시간 전부터 모여 있었다. 은행가인 존 설리번과 새뮤얼 폴런틴, 엔지니어 앤드류 스튜어트, 영국은행 이사인 고티에 랠프, 양조업자 토머스 플래너건 등 모두들 초조하게 기다리고 있었다.

대휴게실의 괘종시계가 8시 25분을 가리키는 순간 앤드류 스튜어트가 자리에서 일어나며 말했다.

"20분이 지나면 필리어스 포그와 우리 사이에 합의된 시간은 효력을 잃게 됩니다."

"리버풀에서 오는 마지막 기차가 몇 시에 도착하죠?" 토머스 플래너건이 물었다.

"7시 23분이오. 다음 기차는 밤 12시 10분에나 도착할 거요." 고티에 랠프가 대답했다.

"좋소. 하지만 필리어스 포그가 7시 23분 기차로 도착했다면 벌써 여기 왔을 거요. 그러니까 우리가 이긴 거나 마찬가지요."

"기다립시다. 아무 말도 하지 말고." 새뮤얼 폴런틴의 말이었다. "모두 알다시피 정확성으로 말하자면 그는 둘째가라면 서러워할 사람이오. 모든 면에서 그가 얼마나 정확한지는 이미 유명한 사실이고. 또다시 그걸 확인하며 놀라고 싶진 않지만 그는 늦지도 빠르지도 않은 마지막 순간에야 도착할 거요."

"두고 보면 알 테지만 난 그가 도착하지 못할 거라 생각하오." 여느 때처럼 몹시 신경질적인 앤드류 스튜어트가 말했다.

"사실, 필리어스 포그의 계획은 무모하기 짝이 없는 짓이었소." 토머스 플래너건이 말을 받았다. "그가 아무리 정확하다 해도 여행 중 발생하는 불가피한 지체들을 막을 순 없었을 거요. 게다가 단 이삼 일만 지체되어도 여행은 실패로 끝나기 십상이겠지."

"한 가지 주목할 건 그에 대한 소식을 전혀 못 들었다는 거요." 존 설리번이 덧붙여 말했다. "그동안 우린 전보를 통해 그의 여정을 줄곧 추적했었소."

"그는 졌소! 완전히 진 거요!" 앤드류 스튜어트가 말했다. "알다시피 그가 유효한 시간 내에 리버풀에 닿기 위해선 어제 도착한 그 차이나호를 탔어야만 했소. 그런데 〈쉽핑가제트〉가 발표한 여기 이 승객 명부를 좀 보시오. 필리어스 포그의 이름은 그 어디에도 보이질 않소. 아무리 순탄하게 여행을 했다

해도 지금쯤 미국에나 간신히 도착했을 거요! 내가 보기엔 합의된 날짜보다 최소한 20일은 더 지체될 것 같소. 그럼, 알베르말 경 역시 7백 파운드를 잃게 되겠지!"

"분명한 건, 내일 베어링 형제 은행에 가서 포그 씨의 수표를 제시하는 일만 남은 거라는 거요." 고티에 랠프가 말했다.

이때 휴게실의 시계가 8시 40분을 가리켰다.

"5분만 더 기다리면 되겠군." 앤드류 스튜어트가 말했다.

다섯 명 모두 서로의 얼굴을 바라보았다. 이들의 가슴이 얼마나 두근거렸을지 상상할 수 있을 것이다. 이처럼 큰 놀이꾼들에게도 이번 내기의 판돈은 워낙 컸던 것이다. 그러나 이들은 불안한 내색을 드러내지 않으려고 토머스 플래너건의 제안에 따라 게임판 주변으로 모여들었다.

"누군가 내게 3,999파운드를 준다 해도 이번 내기에서 내 몫인 4천 파운드는 내주지 않을 거요!" 앤드류 스튜어트가 앉으며 말했다.

이때 시곗바늘이 8시 42분을 가리켰다.

게임꾼들은 카드를 쥐고 있었지만 매 순간 시선은 시계에 고정되어 있었다. 이겼다는 걸 거의 확신하고 있었지만 이들에겐 몇 분이라는 이 시간이 너무도 길게만 느껴졌다.

"8시 43분이야." 토머스 플래너건이 고티에 랠프가 내놓은 카드를 떼며 말했다.

잠시 침묵이 흘렀다. 클럽 안의 넓은 휴게실은 고요했다. 그러나 밖에서는 군중들의 웅성거리는 소리가 들려왔고, 이따금 날카로운 고함 소리가 이 소리들을 제압하곤 했다. 시계추는 매우 규칙적으로 매초마다 똑딱거렸다. 일분을 남겨 두고 군중들은 큰 소리로 카운트다운에 들어갔고, 이걸 듣고 있는 게임꾼들도 속으로 세고 있었다.

"8시 45분이다!" 존 설리번이 말했다. 이 말이 거의 반사적으로 튀어나온 것이라는 걸 모두 느낄 수 있었다.

일분만 더 있으면 내기는 이긴 것이다. 앤드류 스튜어트와 그의 동료들은 더 이상 게임을 하지 않았다. 카드는 이미 버려진 상태였다! 이들은 또다시 60초를 세고 있었다.

55초를 세었을 때 밖에서 천둥소리 같은 박수갈채와 만세 소리가 들렸고, 심지어 욕설들까지 이 소란에 가세했다.

게임꾼들은 모두 일어섰다.

57초에 휴게실의 문이 열렸고, 시계추가 아직 60초를 치지 않았다. 이때 필리어스 포그가 나타났고, 클럽 입구까지 떠밀려 들어온 기뻐 날뛰는 군중들이 그를 뒤따랐다. 차분한 목소리로 그가 말했다.

"여러분! 내가 돌아왔소."

37
필리어스 포그, 즐겁지 않았다면 세계일주를 완수하지 못했을 것이다

사실이었다! 바로 그 필리어스 포그였다.

그러니까 필리어스 포그 일행이 런던에 도착한 이후 약 25 시간이 지난 저녁 8시 5분, 파스파르투가 바로 다음날 치러져야 할 결혼식에 관한 일을 사무엘 윌슨 목사에게 알리기 위해 주인의 지시를 받고 떠났다는 걸 기억하고 있다.

파스파르투는 몹시 기뻐하며 그렇게 떠났다. 그는 빠른 걸음으로 사무엘 윌슨 목사의 사택에 당도했다. 하지만 목사는 아직 돌아오지 않은 상태였다. 당연히 파스파르투는 그를 기다렸고, 적어도 20여 분은 족히 기다렸을 것이다.

말하자면, 그가 목사의 집을 떠난 건 8시 35분이었다. 하지만 어떤 몰골로? 머리는 헝클어지고 모자는 어디론가 날아가 버렸지만 그는 달리고 또 달렸다. 지나가는 사람들을 쓰러뜨리면서까지 회오리처럼 빠르게 질주했다. 인류 역사상 이보다 더 빨리 달린 사람은 아마 없었을 것이다.

3분 만에 그는 새빌로의 집으로 돌아왔고, 포그 씨의 방에 쓰러져 가쁜 숨을 몰아쉬었다.

그는 아무 말도 할 수 없었다.

"무슨 일인가?" 포그 씨가 물었다.

"주인님……." 그가 더듬거리며 말했다. "……결혼식이…… 불가능합니다."

"불가능하다고?"

"예……. 내일은요."

"왜지?"

"내일이…… 일요일이거든요!"

"월요일이네."

"아니…… 오늘이…… 토요일이에요."

"토요일이라고? 말도 안 돼!"

"아니에요! 토요일이 맞아요! 맞다구요, 맞아! 주인님께서 날짜를 잘못 알고 계신 거라니까요! 그러니까 우린 24시간이나 앞서 도착했던 거예요. 하지만 지금 이러고 있을 시간이 없어요. 정말 10분밖에 안 남았거든요!"

파스파르투는 포그 씨의 옷깃을 잡고는 꼼짝할 수 없을 만큼 센 힘으로 그를 이끌고 나갔다.

필리어스 포그는 이렇게 하인에게 들려 거의 생각할 겨를도 없이 방을 나와 택시에 뛰어올랐고, 운전사에게 백 파운드를 약속했다. 두 마리의 개가 깔려 죽고 다섯 대의 마차와 충돌한 후에야 그는 리폼클럽에 도착했다.

시계가 8시 45분을 가리켰을 때, 드디어 그가 대휴게실에 모습을 드러냈던 것이다.

마침내 필리어스 포그는 이 세계일주를 80일 만에 끝낸 것이다!

이렇게 해서 필리어스 포그는 2만 파운드의 판돈을 거머쥐게 되었다!

그렇다면, 그토록 정확하고 용의주도한 그가 어떻게 날짜를 착각하는 실수를 하게 되었을까? 그가 배에서 내려 런던에 도착했을 때는 처음 이곳을 떠난 지 79일째 되는 12월 20일 금요일이었는데, 어떻게 12월 21일 토요일 저녁이라고 생각했을까?

실수의 원인은 바로 이것이었다. 사실 너무도 간단했다.

필리어스 포그는 '자신도 모른 채' 이 여정에서 하루를 벌었던 것이다. 이것은 그가 동쪽으로 돌아 세계일주를 했기 때문이다. 만약 서쪽으로 세계를 돌았다면 반대로 하루 늦게 도착했을 것이다.

실제로 필리어스 포그는 동쪽으로 돌면서 태양보다 앞서 갔고, 결과적으로 그가 이 방향으로 경도를 1도씩 지날 때마다 시간은 4분씩 줄어들었던 것이다. 그런데 지구는 360도이므로 4분씩을 더하며 한 바퀴 돌고 나면 정확히 24시간이 되는 것이다. 즉 이 하루는 의식하지 못한 채 얻은 보너스였던 셈이다. 바꿔 말하면 필리어스 포그는 동쪽으로 가는 동안 해가 뜨는 걸 80번 본 것이고, 런던에 남겨진 그의 동료들은 단지 79번만 본 것이다. 이날이 포그 씨의 생각처럼 일요일이 아니라 토요일이었던 이유는 바로 이것이다. 그래서 리폼클럽의 동료들은 그를 기다리고 있었던 것이다.

또한 끝까지 런던시를 고집했던 파스파르투의 그 유명한 시계가 만약 시간과 분은 물론 날짜까지 나타나는 시계였다면 그날이 12월 21일 토요일임을 알려 주었을 텐데!

필리어스 포그는 결국 2만 파운드를 딴 셈이다. 그러나 여행 도중 거의 1만 9천 파운드를 써 버렸기 때문에 금전적인 이득은 초라했다. 그러나 앞서도 말했듯이, 필리어스 포그는 이 내기를 통해 모험과 도전을 하려 했을 뿐 돈을 벌려는 게 결코 아니었다. 게다가 남은 1천 파운드마저 정직한 파스파르투와 불운한 픽스 형사에게 나눠 주었다. 그는 더 이상 픽스를 원망하지 않았다. 다만 법의 엄격함을 가르치기 위해 파스파르투에게 그의 실수로 인해 낭비하게 된 1,920시간의 가스비는 받아 냈다.

바로 이날 저녁 포그 씨는 여전히 냉정하고 침착한 모습으로 아우다 부인에게 말했다.

"결혼식을 그대로 올려도 좋겠소?"

"포그 씨, 그건 바로 제가 당신께 묻고 싶은 말이에요. 당신은 파산했었지만, 이젠 부자가 됐으니……."

"하지만, 부인. 이 재산은 당신 거나 다름없소. 만약 당신이 나와 결혼할 생각이 없었다면 내 하인이 사무엘 윌슨 목사에게 가지도 않았을 거고, 또 내 실수를 깨닫지도 못했을 거고, 또……."

"사랑하는 포그 씨……."

"사랑하는 아우다……."

두 사람의 결혼식이 48시간 후 이루어질 것이라는 사실은 능히 짐작할 수 있을 것이다. 멋지고 화려하고 환한 차림의 파스파르투가 이 젊은 부인의 증인으로 참석하게 될 것이다. 그녀를 구해 주었으니 이런 영광은 받아도 마땅하지 않을까?

그런데, 이튿날 동이 트자마자 파스파르투가 소란을 떨며 주인의 방문을 두드렸다.

방문이 열리고 침착한 신사가 모습을 보였다.

"무슨 일인가?"

"있잖아요, 주인님. 제가 방금 전 깨달은 건데요……."

"대체 그게 뭔가?"

"우리가 단 78일 만에 세계일주를 할 수도 있었다는 거예요."

"그럴 수도 있겠지. 인도를 거치지 않았다면. 하지만 내가 인도를 지나지 않았다면 아우다 부인을 구할 수 없었을 테고, 내 아내도 되지 않았을 걸세. 또……."

포그 씨는 조용히 문을 닫았다.

이렇게 해서 결국 필리어스 포그는 내기에서 이겼다. 80일 만에 세계일주를 해낸 것이다. 이를 위해 그는 모든 교통수단을 다 이용했다. 여객선, 철도, 마차, 요트, 상선은 물론이고 눈썰매에다 코끼리까지. 이 괴짜 신사는 이번 여행 내내 침착하고 정확한 자신의 훌륭한 자질을 유감없이 발휘했다. 그다음은? 이 여행으로 그가 얻은 게 무엇일까? 이 여행은 그에게 무슨 이득을 가져다주었을까?

전혀 없다고 말할 수 있을까? 그렇다고 치자. 하지만 그건 이 아름다운 부인이 없었을 경우에 할 말이다. 믿긴 좀 어렵지만 그녀는 그를 이 세상에서 가장 행복한 남자로 만들었으니까!

사실 이보다 더 하찮은 걸 얻는다 해도 모두들 세계일주를 떠나지 않을까?

작품 해설

■■■ '공상과학소설의 아버지' 쥘 베른

항해사를 동경한 소년, 공상과학소설가로 꿈을 실현하다

'SF소설의 선구자'로 불리는 쥘 베른은 1828년 프랑스 서부의 항구도시 낭트의 페이도 섬에서 태어났다. 증조부 때부터 대대로 법률가를 지내온 베른의 집안과는 달리 어머니 소피 알로트 드라퓌예의 친할아버지는 부유한 선주였으며 외할아버지는 항해사였다고 한다. 이러한 어머니의 피를 이어받아서인지 어린시절부터 쥘 베른은 가보지 않은 땅, 바다 너머의 미지의 세계에 대한 동경과 호기심이 무척이나 강했다.

그 당시 낭트는 크고 작은 배들이 드나드는 커다란 군항이었다. 부둣가에 꽉 들어차 있는 각양각색의 범선들과 이국적인 풍경들, 낯선 사람들은 어린 소년의 호기심을 잡아끌기에 충분했으리라. 그는 자연스레 항해사의 꿈을 키우게 된다.

그러나 가업을 이어주길 바라는 아버지의 뜻에 따라 항해사의 꿈은 접어야 했다. 그리고 열아홉이 되던 1848년 법률 공부를 하기 위해 파리로 떠나게 된다. 하지만 이곳에서도 그는 공부보다 연극관람과 독서에 빠져 지냈다. 그러다가 우연히 문학 살롱에 드나들면서 『삼총사』, 『몽테크리스토 백작』의 작가 알렉상드르 뒤마를 비롯한 당대 유명 작가들과 교류하게 된다. 1851년 법학 공부를 마치지만 낭트로 돌아가지 않고 파리에 남아서 본격적인 작가의 길을 걷기로 결심한다. 그리하여 30대 초반까지는 주로 중편 소설이나 희극, 특히 오페레타의 창작 작업에 힘을 쏟았지만 큰 호응을 얻지는 못한다.

1862년 쥘 베른은 저널리스트 나다르가 제작한 기구인 '거인 호'에서 영감을 얻어 『기구 여행』을 쓴다. 하지만 이 원고는 출판인들의 주목을 얻지 못했다. 그러던 중 자신의 책을 출간해줄 출판사를 여기저기 수소문하다가 그의 인생에 있어 가장 중요한 만남이 이루어진다. 바로 아동서 출판업자 피에르 쥘 에첼과의 만남이다.

예리한 에첼은 한눈에 쥘 베른의 재능을 알아챘다. 『기구 여행』은 손볼 곳이 많았으나 천재적 작가로서의 가능성을 읽어낸 것이다. 쥘 베른은 에첼의 조언을 받아들여 여러 차례 원고를 수정하였고, 1863년 『기구를 타고 5주일』이라는 제목으로 세상의 빛을 보게 된다. 이 책은 그야말로 대성공을 거두었다. 공상과학소설 작가로서 첫 발을 내딛는 순간이었다.

에첼과의 관계는 에첼이 숨을 거두는 1886년까지 이십여 년이 넘는 세월 동안 변함없이 지속되었다. 에첼은 빅토르 위고나 조르주 상드와 같은 위대한 낭만주의 작가들의 책을 펴냈으나 벨기에 망명에서 돌아온 뒤에는 온가족(주로 아동도서)을 위한 출판에 주력했다. 당시만 해도 프랑스의 청소년 교육은 교회에서 전담하고 있었다. 에첼은 종교계 출판사에서 펴내는 "품격도 없고 향취도 없는 책들, 한심하기 짝이 없는 책들을 아무 생각 없이 쉽게 써서 내놓는 상업적 문필"에 개탄하며 어린이들이야말로 과학과 역사의 새롭고 확실한 지식을 받아들여야 한다고 생각했다. 그리하여 《교육과 오락》이라는 청소년용 교양잡지를 창간하기에 이른다.

두 사람의 만남은 양쪽 모두에게 결정적 사건이었다. 에첼은 자신의 뜻과 같이하면서 《교육과 오락》의 집필을 맡아줄 작가가 필요했으며, 쥘 베른 역시 창작의 기반이 절실히 필요했던 터였기에 에첼의 제안을 흔쾌히 승낙했다. 그는 대부분의 작품을 《교육과 오락》을 비롯한 잡지와 신문 등에 발표한 뒤 에첼의 출판사에서 단행본으로 출간하는 형식으로 작품활동을 이어 나갔는데, 이러한 단행본을 수많은 판화가 삽입된 호화장정본으로 재출간하여 파격적인 반향을 불러일으키기도 했다.

한 세기를 앞질러간 과학적 상상력

쥘 베른의 창의력과 아이디어는 마르지 않는 샘물과도 같았다. 에첼과 일 년에 두세 권의 작품을 써내기로 계약을 하기도 했지만, 실제로도 그는 폭발적인 에너지로 새로운 작품을 써내려갔다. 물론 이러한 창작활동 뒤에는 남다른 노력이 숨어 있었다. 쥘 베른은 자신의 작업 방식에 대해 다음과 같이 말했다.

저는 "늘 새벽 5시면 일어납니다. 5시에 서재에 앉으면 11시까지 일합니다. 난 아주 천천히, 그리고 매우 꼼꼼하게 일하는 편이에요. 원하는 문장이 나올 때까지, 한 문장 한 문장 쓰고 또 씁니다. 항상 내 머릿속에는 적어도 열 권 정도의 소설이 미리 쓰여 있어요. 주제라든지 줄거리 같은 게 아주 철저하게 준비되어 있기 때문에, 만일 하느님이 시간만 더 허락하신다면, 80권 정도의 소설쯤은 어렵지 않게 써내려갈 수 있습니다."

그리하여 탄생한 60여 편에 달하는 '경이의 여행' 시리즈는 방대한 양을 자랑할 뿐만 아니라 작품의 배경에 있어서도 상상을 초월하는 스케일을 보여준다. 단지 사람의 발길이 닿지 않은 미지의 세계로의 여행에서 끝나는 것이 아니라 포탄에 몸을 싣고 달나라로 떠난다거나 지구의 속을 뚫고 들어간다거나 잠수함을 타고 심해를 탐험한다거나 하는 등의 내용은 당시 과학을 백여 년이나 앞질러 간 것이다. 『지구에서 달까지』(1865)에서의 달나라 여행은 1969년 아폴로 11호가 달에 착륙함으로써 이루어졌고, 『해저 2만리』(1870)에 등장했던 심해 잠수함은 1954년 세계 최초의 원자력 잠수함이 탄생하면서 실현되었다. 1955년 항행을 개시한 이 잠수함의 이름 'SSN-571 노틸러스(Nautilus)'는 쥘 베른의 소설에서 따온 것이기도 하다. "20세기의 과학은 베른의 꿈을 뒤쫓아서 발전했다."고 해도 과언이 아닌 것이다. 이밖에도 팩시밀리, 우주비행선, 입체영상장치, 움직이는 해상 도시 등 그의 작품에서 예견되어 발명된 것들은 수도 없이 많다.

이를 두고 줄리앙 그라크는 쥘 베른에 대해 시대의 변화를 반영하는 작가라고 평했다. "쥘 베른이 지닌 현대성을 말하자면, 그는 기술에 대해 이야기했다는 점에서 지나간 시대를 대표하는 작가라고 할 수 있습니다. 하지만 그는 매순간 어떤 일이 일어나고 있는지에 대해 놀랄 정도로 정통했습니다. 그는 기술의 세 가지 단계를 거쳐 왔습니다. 첫 번째 단계는 증기 기관의 시기고, 그 다음은 전기가 출현한 시기죠. 그는 당시에 전기가 갖고 있던 위치보다 훨씬 더 중요한 위치를 전기라는 물질에 부여할 줄 알았어요. …… 마지막으로 그가 겪은 단계는 내연기관의 시기입니다. 그러나 내연기관은 잘 이용하지 못했다고 볼 수 있어요."

이것들은 모두 과학적 지식에 대한 폭넓은 이해와 전문 잡지까지 섭렵하는 끊임없는 탐구정신, 공상과학소설 작가로서의 상상력이 결합되어 탄생한 결과였다.

세계 각국의 지리와 문화가 살아 숨쉬는 『80일간의 세계일주』

1873년 발표된 『80일간의 세계일주』는 쥘 베른의 작품 가운데에서도 특히나 독자들의 사랑을 받아왔다. 이 작품은 원래 《르탕》지에 연재되었는데, 작품의 인기 덕에 신문도 불티나게 팔렸다고 한다. 책이 나온 다음 해에는 그 인기에 힘입어 연극으로 각색되어 무대에 올려진 뒤 큰 성공을 거두기도 했다. 작품이 신문에 연재되는 동안 "포그 씨가 과연 80일 안에 세계를 일주할 수 있을까"는 많은 사람들의 초미의 관심사였다. 이를 두고 내기를 거는 사람도 있었다. 포그 씨의 여행 일정을 따라 세계를 일주하는 사람들도 생겨났는데, 세계를 일주하는 데 걸리는 시간을 54일까지 단축시켰다는 일화도 전해진다.

사실 쥘 베른은 작품을 쓰기 전부터 결말을 미리 염두에 두고 있었다. 주인공 포그를 태양과 반대 방향으로 돌게 함으로써 하루 4분의 시차로 정확히 24시간을 벌게 한 것이다. 이러한 지구의 시간 경계는 드라마틱한 반전을 이루어내며 약속보다 하루 늦은 줄 알았던 주인공을 내기에서 승리로 이끈다.

『80일간의 세계일주』는 과학적 상상력이 두드러지는 그의 많은 작품과는 달리 세계 각국의 지리와 문화와 극적인 모험담이 절묘한 조화를 이루는 작품이다. 19세기의 각 나라의 풍경과 독특한 풍습, 그 나라 사람들의 표정까지 고스란히 담아내고 있다. 쥘 베른은 이 작품을 쓰는 데 《세계일주》에서 여러 요소를 빌려왔는데, 홍콩의 아편굴이나 인도의 서티 풍습, 미국의 퍼시픽 열차 등은 모두 이 잡지에서 영감을 얻은 것이다.

이 책이 출간되던 때는 증기기관의 발달로 '철도'라는 새로운 길이 세계를 하나로 연결해 나가던 시기였다. 로마시대부터 증기기관이 이 땅에 나타나기 전만 하더라도 인간이 이동하는 데 걸리는 시간에는 거의 변함이 없었다. 그러나 19세기에는 산업혁명으로 물질적으로 풍요로워지고 교통수단이 발달하면서 여행에 대한 사람들의 관심이 커졌다. 1869년에 뚫린 수에즈 운하는 런던에서 봄베이까지의 이동 시간을 절반으로 단축시켰다. 신문과 잡지 산업의 호황은 외국에 대한 많은 정보를 주었고 인식 가능한 범위는 훨씬 넓어졌다. 그러면서 거리에 대한 감각은 공간 중심에서 시간 중심으로 변화하게 된다. 지구가 좁아진 것이다. 『80일간의 세계일주』는 기가 막히게도 세계를 80일로 환원시켰다.

세계가 훨씬 가까워져가고, 사람들의 관심 역시 세계 곳곳으로 뻗어 나가는 과정 속에서 이 책은 세상 사람들이 뒤쫓고자 하는 꿈의 역할 이상을 해냈다. 그것은 지식과 과학을 기반으로 한 인류의 진보에 대한 믿음이었다. 때문에 쥘 베른의 작업은 철저하게 실현 가능성에 기반한 객관적 지식만을 작품의 근거로 삼아야 했다. 프랑스, 영국, 인도, 미국의 철도 시간표와 선박 출항 시각을 빠짐없이 조회하고, 각종 여행 안내문과 팸플릿을 일일이 확인하였다. 현실성이 떨어진다면 독자들의 공감을 얻어낼 수 없으리라 생각했기 때문이다.

현대에서 빛을 발하는 쥘 베른의 문학

그러나 애석하게도 쥘 베른은 프랑스 문단으로부터 정식적인 인정을 받지는 못했다. 1872년 『기이한 여행들』로 '아카데미 프랑세즈 상'을 받았음에도 아카데미 프랑세즈의 회원이 되지는 못했던 것이다. 물론 에첼과 알렉상드르 뒤마가 이를 위해 갖은 노력을 기울였으나 결과는 없었다. 수십 차례 후보로만 지명되었을 뿐이었다. 대중적인 성공과 모험소설 이상의 작품성은 인정받았지만 보수적이며 완고했던 프랑스 문단은 부차적 장르로 여겼던 아동문학의 테두리 밖에서 쥘 베른을 제대로 평가하지 않았다. 그 역시도 이 점을 두고두고 아쉬워했다고 한다. "나는 프랑스 문단으로부터 한 번도 제대로 주목받지 못했습니다. 내 생애 가장 큰 유감은 내가 프랑스 문학계에서 몇 손가락 안에 드는 작가로 손꼽혀본 적이 한 번도 없다는 겁니다."

하지만 그의 진가는 1세기가 지난 지금에 더 큰 빛을 발휘하는 것 같다. 랭보의 「취한 배」가 『해저 2만리』에서 영향을 받았고, 빌리에 드 릴라당의 『트리뷜라 보노메』가 『지구 속 여행』으로부터 영감을 받았다는 것은 널리 알려진 사실이다. 또 사르트르, 쥘리앙 그라크, 르 클레지오, 베르나르 베르베르 등 어린 시절 쥘 베른의 작품을 읽으며 남다른 애착을 가지게 되었다고 밝히는 작가들은 수도 없이 많다. 상상력과 창의력에 목말라 하는 여러 문학가들에게 쥘 베른의 작품은 영원한 꿈의 원천으로 여겨지고 있다.

이밖에도 유네스코가 집계하는 번역서 통계에 따르면 이 조사가 1948년 이래 쥘 베른은 항상 10위 안에 랭크되었으며, 21세기에 들어서는 순위가 오히려 높아져 다섯 손가락 안에 들고 있다고 한다. 이처럼 오랜 시간이 흘러도 쥘 베른의 작품이 사랑받는 이유는 허무맹랑한 허구를 넘어서 풍부한 상상력과 해박한 지식을 바탕으로 그가 선사해 준 'SF소설'의 묘미 때문일 것이다.

기술의 진보에 대한 믿음과 미래에 대한 낙관적 시선으로 새로운 미래를 만들어낸 쥘 베른! 그리하여 시간이 더욱 흐른 뒤에도 그의 문학과 정신은 독자들로부터 더욱 큰 사랑을 받을 것임이 분명하다.

작가 연보

쥘 베른(Jules Verne, 1828~1905)

1828년

2월 8일, 프랑스 서부의 항구도시 낭트에서 법률가였던 아버지 피에르 베른과 어머니 소피 알로트 드라퓌예의 장남으로 태어났다.

1833년~1846년

생 스타니슬라스 초등학교, 생 도나시앵 신학교 그리고 낭트 고등학교의 전신인 왕립 컬리지에 다녔다. 아버지의 바람으로 법학을 공부하기로 결심하고 대학입학자격시험을 치러 합격했다.

1847년

4월 파리로 건너가 법과대학 시험에 합격했다.

1848년

7월, 2학년 진급을 위해 시험을 치렀다. 몇몇 문학 살롱에 드나들기 시작했으며, 『몽테크리스토 백작』의 작가 알렉상드르 뒤마와 인연을 맺게 된다.

1849년

법학사 학위를 받았다. 하지만 낭트로 돌아가지 않고 작가의 꿈을 이루기로 결심한다. 30대 초반까지 그는 희극이나 중편소설, 특히 오페레타의 대본을 쓰는 데 열중한다. 6월 12일, 「부러진 밀짚」을 초연했다.

1851년

「기구여행」과 「멕시코 해군의 최초의 선박들」이 브르통 피트르 슈발리에가 운영하는 《가족 박물관》에 게재되었다. 「모나리자」를 쓰기 시작했다.

⚜1852년~1854년

글쓰는 데 전념하고자 아버지의 사무소를 물려받지 않았다. 《가족 박물관》에 「마리탱 파즈」, 「캘리포니아의 성」이 실렸다. 리리크 극장의 비서가 되어, 1854년 6월 극장의 단장인 쥘 스베스트가 사망할 때까지 일했다.

⚜1856년~1857년

친구 오귀스트 르라르주의 결혼식에 참석하기 위해 아미앵으로 떠났다. 그곳에서 신부의 언니 오노린 드비안과 사랑에 빠졌다. 이듬해 1월 10일 파리에서 오노린과 결혼식을 올렸다.

⚜1859년

인냐르와 함께 영국, 스코틀랜드를 여행했다. 생계를 위해 처남의 소개로 증권거래소에 취직하였다.

⚜1861년

6월 「열하루 동안의 포위 공격」이 무대에 올려졌다. 인냐르와 함께 노르웨이, 스칸디나비아로 두 번째 여행을 떠났다. 8월 3일 미셸 베른이 태어났다.

⚜1862년~1865년

10월경 출판인 피에르 쥘 에첼과을 만나 이듬해 1월 31일 『기구를 타고 5주일』을 출간하여 대성공을 거두었다. 1865년 『달세계 일주』가 출간되었다. 에첼과는 일 년에 세 권을 쓰기로 하고 재계약을 맺었다.

⚜1866년

「프랑스의 지리학과 그 식민지들」을 완성했다. 「해저 2만리」를 다듬었다.

⚜1870년

에첼 출판사에서 『지구의 발견』을 출간했다. 레종 도뇌르 훈장을 받았다.

⚜1871년

《교육과 오락》에 「3인의 러시아인과 3인의 영국인들의 모험」이 실렸다. 11월 3일, 아버지 피에르 베른이 사망했다.

⚜1872년

「기이한 여행들」이 프랑스 아카데미에서 상을 받았다. 《교육과 오락》에 「모피의 나라」가 실렸다. 《르탕》지에 「80일간의 세계일주」가 실렸다.

⚜1873년

아미앵에서 기구를 타고 비행을 하였다. 이때의 경험으로 「기구를 타고 24분」을 썼다. 《지리학 협회 보고서》에 「자오선과 달력」이 실렸다.

⚜1874년

「80일간의 세계일주」가 연극으로 무대에 올려졌다. 《가족 박물관》에 발표했던 단편 소설들을 다듬어 『옥스 박사』라는 제목으로 단편집을 출간했다.

⚜1878년

「지구의 발견」을 손질해 『위대한 여행과 위대한 여행가들의 역사』라는 제목으로 출판했다.

⚜1880년~1881년

『19세기의 여행자들』이 출간되었다. 1881년에는 독일과 네덜란드, 코펜하겐까지 항해를 했다.

⚜1882년

《교육과 오락》에 「로빈슨의 학교」가 실렸다. 《르탕》지에 「녹색광선」이 실렸다. 〈불가능한 곳을 지나는 여행〉이 초연되었다.

⚜1884년

《르탕》지에 「불타는 제도」가 실렸다. 《교육과 오락》에 「남쪽의 별」이 실렸다. 「카르파트의 성」을 쓰기 시작했다.

⚜1885년

《르탕》지에 「마티아스 산도르프」가 실렸다. 《교육과 오락》에 앙드레 로리와 공동으로 집필한 「생티아호의 잔해물」이 실렸다.

⚜1886년

《데바》에 「정복자 로뷔르」가 실렸다. 3월 17일 자신의 문학적 아버지라 할 수 있는 에첼이 사망했다. 에첼의 죽음은 그에게 깊은 슬픔을 안겨주었으며, 끝내 장례식에도 참석하지 않았다.

⚜1887년

《르탕》지에 「프랑스로 가는 길과 질 브랄타」가 실렸다. 《교육과 오락》에 「남부 대 북부」가 실렸다. 2월 15일 어머니 소피 베른이 사망했다.

⚜1888년

5월 아미앵의 시의원으로 선출되었다. 그러나 에첼의 죽음과 연이은 어머니의 죽음, 인간에 대한 회의감 등으로 사람들과의 접촉을 극히 꺼렸다.

⚜1890년

《교육과 오락》에 「세자르 카스카벨」이 실렸다. 건강이 점점 악화되었다.

⚜1892년

《교육과 오락》에 「카르파트의 성」이 실렸다. 「리보니아의 비극」을 단숨에 썼다. 레종 도뇌르 훈장을 받았다.

⚜1893년

《교육과 오락》에 「꼬마 신사」가 실렸다.

⚜1894년~1895년

《교육과 오락》에 「앙티페 박사의 놀라운 모험」, 「프로펠러 섬」이 실렸다.

⚜1896년

《교육과 오락》에 「깃발을 바라보며」와 「클로비스 다르당토르」를 발표했다. 글씨를 많이 써서 손에 경련이 일어났다.

⚜1897년

8월 동생 폴 베른이 사망했다. 「마젤라니에서」를 집필했다. 지병인 당뇨병으로 시력과 청력이 악화되었고, 보행이 불편할 정도로 건강이 악화되었다.

⚜1898년~1900년

《교육과 오락》에 「멋진 오레녹」과 「어느 기인의 유언」, 「두 번째 게임」을 발표했다. 「금광 화산」을 썼다.

⚜1902년

《교육과 오락》에 「킵 형제」를 발표했다. 노환으로 집필에 어려움을 호소했다. "단어가 잘 생각나지 않고 더 이상 아이디어도 떠오르지 않는다." 고 말했다.

⚜1903년~1904년

《교육과 오락》에 「여행사」, 「리보니아의 비극」, 「세계의 지배자」가 실렸다.

⚜1905년

《교육과 오락》에 「바다의 침입」과 「세상 끝의 등대」를 발표했다. 당뇨병이 악화되었다. 증상이 시시각각 전 세계에 보도되는 가운데 3월 24일, 사망했다.